SCIENCE FICTION

Herausgegeben
von Wolfgang Jeschke

Ein Verzeichnis aller STAR-TREK-Romane finden Sie am Schluß des Bandes.

V. E. MITCHELL

STAR TREK®
CLASSIC

TORE AUF EINER TOTEN WELT

Roman

Star Trek®
Classic Serie
Band 72

Deutsche Erstausgabe

WILHELM HEYNE VERLAG
MÜNCHEN

HEYNE SCIENCE FICTION & FANTASY
Band 06/5472

Titel der Originalausgabe
WINDOWS ON A LOST WORLD
Übersetzung aus dem Amerikanischen von
GERRIT HAHN und RONALD M. HAHN

Umwelthinweis:
Dieses Buch ist auf chlor- und säurefreiem Papier gedruckt.

Redaktion: Rainer Michael Rahn

Erstausgabe bei POCKET BOOKS, a division
of Simon & Schuster, Inc., New York

Printed in Germany 1997
Umschlagbild: Pocket Books / Simon & Schuster
Umschlaggestaltung: Atelier Ingrid Schütz, München
Technische Betreuung: M. Spinola
Satz: Schaber Satz- und Datentechnik, Wels
Druck und Bindung: Ebner Ulm

ISBN 3-453-12637-8

Für meine Eltern,

Leslie und Virginia Mitchell,

die mich gelehrt haben,
daß alles, was es wert ist,
getan zu werden,
auch richtig getan werden sollte.

1

CAPTAINS LOGBUCH, STERNZEIT 5419.4

Die *Enterprise* nähert sich dem Dulciphar-Sternhaufen, dem einst dichtbesiedeltsten Sektor der Galaxis. Unser Auftrag: routinemäßige archäologische Bestandsaufnahme der uralten Kulturen des Sternhaufens. Aus diesem Grund wurde die Besatzung der *Enterprise* um zwanzig Archäologen der Nexqualy-Universität von Perren IX erweitert. Leiter des Teams ist Dr. Abdul Ramesh Kaul, der führende Spezialist der Föderation in Fragen der meztorianischen Zivilisation, deren Ruinen über den ganzen Quadranten verstreut sind. Es ist mir eine persönliche Ehre, mit solch bedeutenden Gelehrten wie Dr. Kaul und seinem Team zusammenzuarbeiten.

»Warum gerade ich?« fragte Fähnrich Pavel Chekov und blieb stehen. Er hob die Arme gen Himmel, als erwarte er die Antwort einer unsichtbaren Gottheit. »Warum muß man gerade mir diese Djelifanerin an den Hals hängen? Wenn man ihr Gerede hört, könnte man meinen, Gott sei eine Djelifanerin, die auf ihrem Heimatplaneten das ganze Universum erschaffen hat.«

»Weißt du denn, ob es nicht wirklich so war?« sagte Lieutenant Hikaru Sulu. Er zog den Kopf ein, als wolle er sich vor einem drohenden Schlag schützen. Kurz vor dem Turbolift musterte er Chekov aus den Augenwinkeln und stellte fest, das dieser den Witz nicht verstanden hatte. So wie Chekov stets die Meinung vertrat, alles in der Föderation Erfundene stamme in Wirklichkeit aus seiner russischen Heimat, *wußten* die unter einem Matriarchat lebenden Djelifaner, daß alles zuerst auf Djelifa existiert hatte. Wer auch dafür verantwortlich gewesen war, Chekov der Djelifanerin Talika Nyar zuzuteilen – er mußte von seinem Provinzialismus gewußt und es für sehr lustig gehalten haben, die beiden aufeinanderprallen zu lassen.

»Meredith, die Archäologin, die man mir zugeteilt hat, ist so schüchtern, daß sie keine drei Worte mit mir gewechselt hat, seit wir zusammenarbeiten«, sagte Sulu achselzuckend, als sie den Turbolift erreichten.

»Wenigstens ist sie attraktiv«, sagte Chekov und trat in die Liftkabine.

Der rotgelbe Stern auf dem Bildschirm wurde größer und heller. Die ihn umkreisenden Planeten glänzten wie kleine Diamanten im Licht der Sonne. James T. Kirk musterte das Bild mit aller Sorgfalt und fragte sich, welche Entdeckungen sie wohl in diesem Sonnensystem machen würden. Die vertraute Geräuschkulisse, die ihn umgab, beruhigte ihn: das übliche Summen der Triebwerke, Uhura im Hintergrund, die schiffsinterne Nachrichten weitergab, Sulu und Chekov, die vor ihren Instrumenten saßen und gerade dabei waren, das Schiff in das System zu steuern. Spock saß an seiner Station und wertete die neuesten Sensordaten aus. Kirk hielt seine Neugierde so lange im Zaum, bis er wissen *mußte,* was das System für sie bereithielt. »Meldung, Mr. Spock.«

Der Vulkanier wandte sich vom Scanner ab und schaute zu Kirk hinüber. Seine Bewegungen waren kontrolliert und sparsam, wie immer. »Wir treten gerade ins Careta-System ein. Der Stern ist als F9 klassifiziert. Seine Leuchtkraft hat in den letzten fünfhunderttausend Jahren ständig nachgelassen. Insgesamt umkreisen ihn zehn Planeten. Die meisten sind klein. Außerdem befindet sich zwischen dem fünften und sechsten Planeten ein Asteroidengürtel. Der dritte und der vierte Planet liegen in der Zone, in der Leben möglich ist. Das dortige Klima ist jedoch alles andere als freundlich. Im Moment melden die Fernbereichsensoren keinerlei intelligentes Leben auf den Planeten.«

»Mit anderen Worten, wir haben zwei Möglichkeiten, denen wir nachgehen können.« Bevor Spock ihm mit der nächsten Statistik kam, schaute Kirk auf den Bildschirm und versuchte abzuschätzen, auf welchem Planeten sie wohl mehr entdecken würden.

»Es könnte auch möglich sein, daß wir im Asteroidengürtel auf Artefakte stoßen«, sagte Spock in einem Tonfall, als tadele er Kirks unwissenschaftliches Denken. »Die Meztorianer haben des öfteren Orbitalstationen in abgelegenen Zonen von Systemen errichtet, die sie sonst nicht besiedelten. Es wäre eine detaillierte Suche vonnöten, um herauszufinden, ob sie derlei Stationen auch hier errichtet haben.«

Kirk wußte zwar, daß er es bereuen würde, aber er schluckte den Köder. »Wieviel Zeit würde es in Anspruch nehmen, eine solche Suche durchzuführen?«

»Es wird 7,25 Tage dauern, den Asteroidengürtel mit hoher Auflösung abzutasten, um sicherzugehen, daß wir kein meztorianisches Artefakt übersehen haben.« Spock hielt inne und hob eine Braue. »Wir sollten die Suche aber auf jeden Fall durchführen. Wenn wir uns darauf beschränken, nur die Planeten zu untersuchen, laufen wir Gefahr, wichtige Artefakte zu übersehen. In diesem Quadranten existiert eine ungewöhnlich hohe Anzahl verwaister archäologischer Stätten, für die wir keine Erklärung haben. Es ist möglich, daß die kleineren planetaren Körper oder der Asteroidengürtel Informationen beherbergen, die es uns erlauben, Wissen über Vorläufer- oder Nachfolgekulturen dieser isolierten Überbleibsel zu gewinnen.«

Kirk unterdrückte ein Stöhnen. Inzwischen hätte er eigentlich wissen müssen, wann es an der Zeit war, den Mund zu halten. »Ich mache Ihnen einen Vorschlag, Mr. Spock: Sie können jeden beliebigen Asteroiden untersuchen, falls wir auf den Planeten irgend etwas entdecken, das unsere Passagiere bis dahin beschäftigt hält. Sie können es nämlich kaum noch erwarten, endlich ihrer Arbeit nachzugehen.«

»Einverstanden, Sir. Ich muß jedoch anmerken, daß wir die Asteroiden auf jeden Fall abtasten sollten.«

»Mal sehen, Spock. Aber zuerst wollen wir die Planeten unter die Lupe nehmen.« *Hoffen wir, daß wir dort etwas finden, das groß genug ist, um unsere Gäste für eine Weile zu beschäftigen.*

»Jawohl, Captain.« Spock wandte sich wieder den Sensoren zu. Kirk schaute ihm eine Weile zu, dann richtete er seine Aufmerksamkeit erneut auf den Hauptbildschirm. *Der dritte oder der vierte Planet.* Welchen sollten sie nehmen?

Am späten Nachmittag stand die Entscheidung fest: Man wählte den vierten Planeten aus. Nachdem Spock seine Erkenntnisse vorgetragen hatte, ordnete Kirk eine Einsatzbesprechung für die Wissenschaftler der *Enterprise* und das Archäologenteam an, um die Aufgabenverteilung festzulegen.

Kirk, Spock und McCoy saßen an einer Seite des Tisches und warteten darauf, daß die Archäologen ihre Plätze einnahmen. Sie hatten Datenblocks und mehrere Datenbänder mitgebracht, als wisse niemand genau, was man für eine Einsatzbesprechung brauchte.

»Verzeihen Sie bitte diesen Wirrwarr, aber wir sind stets bemüht, auf alles vorbereitet zu sein«, sagte Dr. Abdul Ramesh Kaul und lächelte entschuldigend. Kaul war ein untersetzter, drahtiger Mann. Seine von wochenlanger Arbeit im Freien gebräunte Haut hatte die Farbe von Teakholz. Er war bis auf einen silbergrauen Haarkranz kahlköpfig und musterte sämtliche Anwesenden mit einem schalkhaften Blick. Seine beiden Chefassistenten für dieses System – sie waren, wie Kirk erfahren hatte, vom Los bestimmt worden, damit jeder Archäologe sein Teil zur Arbeit beitragen und Erfahrungen sammeln konnte – hätten keinen größeren Kontrast untereinander und zu ihrem Chef bilden können.

Ein Blick auf Dr. Talika Nyar identifizierte sie als Bewohnerin eines Planeten mit hoher Gravitation. Sie war muskulös gebaut. Ihr Haar war mausbraun, ihre Nase ein riesiger Zinken. Neben ihrer ausgeprägten Muskulatur kam Kirk sich wie ein Hänfling vor. Djelifa, ihr Heimatplanet, war der Föderation erst kürzlich beigetreten, und Talikas Abkommandierung zu dieser Expedition war der erste Kontakt, den die Mannschaft der *Enterprise* mit einer Angehörigen ihres Volkes hatte. Bisher hatte Kirk widersprüchliche Berichte über die Begegnungen seiner Leute mit Talika gehört. Djelifa wurde von einem starken Matriarchat beherrscht – dem rabiatesten innerhalb der Föderation, wenn die Berichte der Soziologen stimmten –, was dazu führte, daß Talika Probleme hatte, die Gleichberechtigung der Geschlechter auf der *Enterprise* anzuerkennen. Der Blick, mit dem sie Kirk maß, überzeugte ihn nicht davon, daß sie bereit war, mit seinen Offizieren zu kooperieren.

Im Gegensatz zu ihr war Dr. Meredith Lassiter eine Augenweide mit weißblonder Mähne und meergrünen Augen. Ihre zierliche Gestalt erweckte den Eindruck, sie sei auf einem Mond oder einer Orbitalstation mit geringer Schwerkraft aufgewachsen. Doch hatte sie keinerlei Angaben über ihre Herkunft gemacht. Jedesmal, wenn Kirk sie in Gesellschaft anderer sah, vermied sie einen direkten Blickkontakt. Sie antwortete nur auf Fragen, die man direkt an sie richtete. Lassiter setzte sich auf ihren Platz und fummelte an einem Datenblock herum. Sie musterte das Gerät, als würde es verschwinden, sobald sie es aus den Augen ließ. Sie unterschied sich ebenso vom Rest des archäologischen Teams wie die Djelifanerin.

Als alle Platz genommen hatten, begann Spock mit der Erläuterung der Daten, die er über den Planeten gesammelt hatte. »Careta IV ist ein Klasse-M-Planet. Seine Schwerkraft beträgt 0,85 der Erdgravitation. Der Sauerstoffgehalt der Atmosphäre liegt zwar unter den für Menschen verträglichen Werten, ist aber für Vulkanier akzeptabel. Das Klima ist in den meisten Regionen kühl bis kalt, was daran liegt, daß die Sonne des Systems langsam abkühlt. Die Taster haben ermittelt, daß es mehrere Orte gibt, an denen eine Suche erfolgversprechend ist.«

Kaul nickte Lassiter zu, die nun von ihrem Datenblock aufschaute und die Wand hinter Spock musterte. »Wir haben Analysen der fünf größten Gebiete gemacht, um unser erstes Untersuchungsziel zu bestimmen.« Ihre Stimme klang sanft und leise, wie raschelndes Herbstlaub. »Jeder dieser Orte ist zwar eine Untersuchung wert, aber wir glauben, daß Parzelle J3 am besten geeignet ist, um dort mit Untersuchungen über die caretanische Zivilisation zu beginnen.«

Talika wollte eine Vergrößerung der Parzelle sehen. Sie zeigte ein flaches Gebiet zwischen kantigen Felsen. Man konnte mehrere Bauwerke erkennen, die der Bordcomputer nun vergrößerte. Man erkannte, daß der Zahn der Zeit ordentlich an den Gebilden genagt hatte. »Mehr Kontrast und höhere Auflösung der Parzelle J3«, sagte Talika zum Bordcomputer. »Von natürlicher Art die Beschädigungen sind«, sagte sie schließlich. Ihr Tonfall war tief und ruhig. Sie war, was ihre Stimmlage anging, für jeden Bariton an Bord eine ernsthafte Konkurrenz. Ihr Aussprache war zwar klar und deutlich, aber sie verdrehte permanent die Worte. »Wir haben gefunden eine Anordnung kleine von Gebäuden verlassenen, die wahrscheinlich entstanden sind später als andere.«

Spock schaute auf den Bildschirm und sah eine kleine Ansammlung von Bauwerken, die am Rand der Felsen auf einem Hügel standen. »Dieses Bauwerk scheint später als die anderen erbaut worden zu sein, wenn man nach seinem Bewuchs und der Spektralanalyse der Gebäude in der unmittelbaren Umgebung urteilt. Anhand der Messungen läßt sich zwar nicht sagen, wann es aufgegeben wurde, aber wir schätzen sein Alter auf etwa hunderttausend Jahre.«

Kaul beugte sich vor und trommelte mit den Fingern auf den Tisch. Seine Hautfarbe war fast so dunkel wie die Holzimitation. »Hunderttausend Jahre sind etwas weniger, als wir für meztorianische Bauwerke in diesem Sektor erwartet haben. Zu dieser Zeit war die meztorianische Zivilisation in den umliegenden Sternhaufen schon der Darneel-Invasion zum Opfer gefallen; die Überbleibsel ihres Imperiums waren in ein dunkles Zeitalter zurückgefallen, aus dem sie nie wieder auftauchten. Bauten, wie man sie hier sieht, können unmöglich von den Meztorianern stammen.«

Kirk nickte, um die wissenschaftliche Spekulation zum Abschluß zu bringen. Er wußte, daß man nur dann eine Antwort bekam, wenn man auf dem Planeten hinunterging und sich die Sache vor Ort anschaute. »Was empfehlen Sie, Mr. Spock?«

Spock warf einen Blick auf seine Unterlagen. »Das hohe Alter der Ruinen macht es praktisch unmöglich, genaue Daten aus dem Orbit zu bekommen. Um präzise Informationen zu erhalten, müssen wir auf den Planeten beamen. Ich stimme mit der Empfehlung von Dr. Kauls Team überein, daß Parzelle J3 als erste untersucht werden sollte. Zusätzlich zu den schon erwähnten wissenschaftlichen Gründen bietet das Gebiet eine geschützte Lage, in der man ein Basislager aufschlagen kann.«

McCoy nickte. »Da die Vegetation aufgrund niedriger Temperaturen und weniger Niederschläge nur spärlich entwickelt ist, sind die Chancen sehr gering, irgendwelchen gefährlichen Lebensformen in die Quere zu kommen. Wir sollten aber trotzdem Ausschau nach Schlangen oder giftigen Insekten halten. Abgesehen davon dürfte die größte Gefahr darin bestehen, daß wir über unsere Ausrüstung oder uns selbst stolpern.«

»Hat noch irgend jemand etwas zu diesem Thema zu sagen?« Kirk blickte in die Runde. Die Wissenschaftler schienen es kaum abwarten zu können, auf den Planeten zu beamen. Es gab also keinen Grund, sie davon abzuhalten. »Also gut. Während Dr. Kauls Team einen Arbeitsplan aufstellt, nehmen wir eingehendere Messungen vor. Die Forschungsgruppe geht morgen früh von Bord. Besprechung beendet.«

Bevor jemand detaillierte Fragen zur Planung stellen konnte, ergriff Kirk die Flucht. Als sich die Tür hinter ihm schloß, hörte er, daß Spock den Wissenschaftlern erklärte, welche Informationen er mit den Sensoren für sie sammeln konnte. Vor sich hin grinsend eilte er der relativen Ruhe der Brücke entgegen, wo er entscheiden wollte, wer von der *Enterprise*-Mannschaft die Forschungsgruppe begleiten würde.

»Es ist ungerecht!« maulte Chekov, als er seinen Einsatzbefehl erhielt. Er deaktivierte den Monitor und drehte sich um. Sulu folgte ihm, als sie sein Quartier gemeinsam verließen und sich auf den Weg zum Freizeitdeck machten. »Wieso trifft's immer mich? Wieso muß ich sie jetzt auch noch auf den Planeten begleiten? Nur weil ich sie durch die *Enterprise* geführt habe?«

»Manche Leute haben das Glück eben gepachtet«, sagte Sulu, der zu verbergen versuchte, wie enttäuscht er war, nicht ebenfalls mit auf die Expedition gehen zu dürfen. Er konnte sich einfach nicht so recht darauf freuen, Spock statt dessen bei der Sensorenanalyse zu assistieren, die dem Planeten und dem gesamten Sonnensystem galt. »Außerdem... Warst du nicht derjenige, der gesagt hat, er wolle sich auf die Naturwissenschaften spezialisieren und sich um Spocks Posten bewerben, wenn er befördert wird?«

»*Ich?*« krächzte Chekov. »Ich habe gerade beschlossen, daß ich eine ruhigere Laufbahn einschlagen will. Bei der Bordwache zum Beispiel.«

»Dann könntest du nach Careta beamen und unserem weiblichen Muskelpaket helfen, die schwere Ausrüstung zu schleppen.« Sulu kicherte und winkte einigen Freunden zu, die sich beeilten, um den Turbolift noch zu erreichen. »Ich glaube nicht, daß du um diesen Job herumkommst, Pavel. Die Götter wollen dich offenbar bei der Landeeinheit sehen.«

»Während du hier im Schiff sitzt und Spock an den Sensoren hilfst. Normalerweise würde ich nie mit dir tauschen wollen, aber diesmal beneide ich dich.« Chekov lächelte Sulu verbissen an.

»Ich weiß, was du meinst.« Sulu nickte nüchtern. »Mach dir keine Sorgen. Ich glaube, mir wäre es lieber, wir hätten diesen Planeten übersehen.« Er klopfte Chekov auf die Schulter. »Wenn's dich beruhigt, ich behalte die Sensoren ständig im Auge. Wenn du in Schwierigkeiten kommst, beamen wir dich wie der Blitz hoch.«

»Sehr beruhigend.« Chekovs Tonfall sprach freilich eine andere Sprache. Bevor man genau wußte, ob sich jemand in Gefahr befand, konnte eine Menge passieren. »Aber es würde mich noch mehr beruhigen, wenn du mir sagen könntest, welche Art von Schwierigkeiten uns erwarten.«

»Ist das nicht Spocks Ressort? Ich meine, alles *vor uns* zu wissen?« Die Tür des Freizeitdecks öffnete sich vor ihnen. Sie traten ein und sahen Uhura, die sie freundlich zu sich winkte, damit sie ihr bei einer Tasse Tee Gesellschaft leisteten.

»Ist wohl so.« Chekovs Miene war finster. »Aber ich glaube, die *Enterprise* könnte auch sehr gut ohne diesen Planeten auskommen.«

»Bist du dir bei diesem Unternehmen hundertprozentig sicher, Jim?« fragte McCoy und machte es sich in Kirks Quartier in einem Sessel gemütlich. »Ich jedenfalls habe bei der Mission ein irgendwie ungutes Gefühl.«

Kirk spielte mit seiner Kaffeetasse. Er nahm sie in die Hand und stellte sie wieder hin, ohne einen Schluck des lauwarmen Getränks zu kosten. Er sah zu Spock hinüber, der die Tischecke so interessiert musterte, daß in seinem Kopf die Alarmklingeln schrillten. »Könntest du das etwas näher erläutern, Pille?«

»Aber klar. Du hast die Diskussion heute nachmittag ja verpaßt.« McCoy trank den Rest seines Kaffees und verzog ob des bitteren Geschmacks das Gesicht. »Ich habe Kaul und seinen Leuten zugehört, und je länger ich ihnen lauschte, desto mulmiger wurde mir. Irgend etwas ist mit diesem Planeten nicht in Ordnung, aber keiner weiß genau, was.«

»Haben Sie diesbezüglich etwas vorzutragen, Spock?« fragte Kirk.

Spock richtete sich auf; seine Aufmerksamkeit galt nun wieder Kirks Gesicht. »Einige Sensorergebnisse sind widersprüchlich. Zum Beispiel gibt es Diskrepanzen im planetaren Magnetfeld – vor allem in der Nähe der größten Ruinen. Außerdem passen unsere Messungen der versunkenen Stadt mit nichts zusammen, was die Meztorianer je gebaut haben – auch wenn Dr. Kaul dies noch nicht bestätigt hat.«

McCoy prustete los. »Das ist doch klar, Spock. Der Mann hat die letzten fünfzig Jahre mit dem Studium der meztorianischen Vergangenheit zugebracht. Glauben Sie wirklich, er springt vor Freude darüber in die Luft, daß die Gebäude von jemand anderem erbaut wurden?«

»Fahren Sie fort, Spock. Was müßte ich noch wissen?« Kirk leerte seine Kaffeetasse. Das Zeug schmeckte so abscheulich, wie er es befürchtet hatte.

»Unsere Messungen haben einige Anomalien enthüllt, die aber im Moment noch nicht erklärbar sind. Die Zivilisation dieses Planeten wurde offenbar sehr schnell und restlos ausgelöscht. Es hat nur wenige oder gar keine Überlebende gegeben. Andererseits sind die Ruinen angesichts ihres offensichtlichen Alters in einem sehr guten Zustand und liegen nahe an der Oberfläche. Nach hunderttausend Jahren hätte ich sie in viel schlechterem Zustand erwartet.«

McCoy verzog das Gesicht, als hätten Spocks Ausführungen einen bitteren Nachgeschmack auf seiner Zunge hinterlassen. »Vielleicht haben neue Kolonisten das aufgegebene Gebiet übernommen. Es ist doch *unnatürlich,* daß ein bewohnbarer Planet so verlassen ist.«

Spock nickte. »Das gehört zu den anderen Diskrepanzen, die mir aufgefallen sind. Ich habe bereits Untersuchungen angeordnet, die klären sollen, warum keine andere Rasse diesen Planeten besiedelt hat. Zur Zeit sind wir dabei, ihn nach natürlichen Rohstoffvorkommen abzusuchen. Es ist sehr unwahrscheinlich, daß keine uns bekannte Rasse das Careta-System entdeckt haben soll.«

»Sie wollen also sagen ...« Kirk hielt inne und spielte mit der Kaffeetasse. Die Fakten führten ihn zum gleichen Schluß. »Es gibt keinen erkennbaren Grund, sich von diesem Planeten fernzuhalten. Und doch haben alle, die in den letzten hunderttausend Jahren hier waren, genau das getan.«

»Wir sollten da unten genau darauf achten, wo wir hintreten, Jim«, sagte McCoy und beendete damit Kirks Gedankengang. »Was immer die anderen davon abgehalten hat, den Planeten zu besiedeln – es könnte dort auf uns warten.«

»Warnung registriert, Pille. Irgendwelche Vorschläge,

wie wir rausfinden können, was es ist, bevor wir runtergehen?« Kirk machte eine Pause, um McCoys Antwort abzuwarten, aber es kam keine. Wie erwartet. »In diesem Fall, meine Herren, müssen wir wohl so lange vorsichtig sein, bis wir wissen, welche Überraschungen uns die ehemaligen Bewohner von Careta IV hinterlassen haben.« Er konnte sich ein fröhliches Grinsen nicht verkneifen. Normalerweise waren archäologische Expeditionen langweilig und öde. Aber der Gedanke an ein Geheimnis, das es zu lüften galt, brachte etwas Leben in die Sache. In den letzten Wochen war nicht viel los gewesen. Sie hatten nur friedliche Missionen und Forschungsaufträge erledigt. Kirk sehnte sich danach, ein Geheimnis zu enträtseln. Sein Grinsen wurde breiter, als er in Betracht zog, ein wenig auf eigene Faust zu ermitteln. Ja, vielleicht würde Careta IV doch nicht so langweilig werden.

2

Die Rematerialisation auf einem Planeten hat etwas für sich, dachte Kirk, als der Transporterstrahl ihn freigab. Zuerst spürte man massiven Boden unter den Füßen, dann umwehte einen der erste Lufthauch. Er wußte zwar nicht warum, aber er empfand jedesmal eine Art Adrenalinstoß, wenn er in einem fremden Territorium materialisierte. Vielleicht lag es daran, daß man der erste Mensch auf einem neuen Planeten war. Allerdings hatte er das gleiche Gefühl gehabt, als er zum ersten Mal auf den Kolonien Deneb II und Rigel IV gelandet war, die schon sehr lange existierten. Vielleicht lag es aber auch nur daran, daß man einen Planeten betrat, dessen Umweltbedingungen anders waren als das künstliche Ambiente auf der *Enterprise.* Allerdings hätte man jede der auf Careta IV vorhandenen Umweltbedingungen auf der *Enterprise* nachahmen können. Nachdem Kirk alle Eventualitäten hatte Revue passieren lassen, zog er den Schluß, daß es deswegen ein so tolles Gefühl war, weil er, James T. Kirk, als erster Mensch eine neue Welt betrat, auf die noch nie zuvor ein anderer den Fuß gesetzt hatte.

Er trat beiseite, damit die nächste Gruppe materialisieren konnte. Spock folgte ihm, er aktivierte sofort den Tricorder, um jene Feinheiten der Umgebung zu analysieren, die vom Schiff aus nicht aufzuspüren waren. Vier Bordwachen schwärmten aus, markierten den Landeplatz für die Fähre *Columbus* und prüften, ob das Terrain der Sensorsondierung entsprach. Die *Columbus* beförderte Werkzeug, das man für die Ausgrabungen benötigte. Außerdem hatte sie Energiezellen und andere Hilfsmittel an Bord. Die Archäologen wollten, daß sie so nahe wie möglich an der Ausgrabungsstätte, aber nicht direkt auf einem eventuellen Fund landete.

Talika, Chekov, Kaul und drei andere Wissenschaftler materialisierten als nächste. Die Forscher zückten sofort ihre Tricorder und begannen mit einem Tiefenscan des Areals. Chekov gesellte sich zu Kirk und beobachtete mit vorsichtigen Blicken ihre Untersuchungen. »Was genau machen wir nun, Captain?« fragte er.

»Momentan warten wir auf die Experten, die uns sagen, was zu tun ist.« Kirk schaute sich um. Ihm fiel auf, daß die zu untersuchende Fundstätte viel größer und unwegsamer war, als die Sensorbilder der *Enterprise* hatten erkennen lassen. Riesige, rißübersäte Mauern aus Basalt ragten wie eine Treppe für Riesen geradewegs in den Himmel. Die tausend Meter hoch aufragenden Felswände wurden in unregelmäßigen Abständen von mit Geröll bedeckten Simsen unterbrochen. Weitere Geröllhalden hatten sich vor den aufragenden Basaltmauern angesammelt und weitere Ruinen unter sich begraben. Ein zwei Kilometer breiter Fluß rauschte an ihnen vorbei. Die steife Brise, die durch das Tal fegte, peitschte das Wasser auf und ließ es schäumen. Ein hundert Meter langer Baum drehte sich, seines Blattwerks entkleidet, träge in der starken Strömung. In ihrer Nähe raschelten spärliche trockene Grashalme und ein paar Büsche im Wind.

Spock gesellte sich zu Kirk und Chekov und konzentrierte sich auf seinen Tricorder. »Es ist äußerst ungewöhnlich. Laut den Tricorderdaten sind die Ruinen mindestens doppelt so alt, wie wir zuerst angenommen haben.«

Chekov stieß einen Pfiff aus. »Das würde bedeuten, daß sie über zweihunderttausend Jahre alt sind.« Er schüttelte ungläubig den Kopf.

»Ich nehme an, daß unsere Freunde da vorn mit diesen Daten einigen Ärger haben werden«, sagte Kirk und versuchte sich die Geschichte dieses Sektors in Erinnerung zu rufen. Er wußte es zwar nicht genau, aber er glaubte sich daran zu erinnern, das die Meztorianer vor etwa hundertfünfzigtausend Jahren existiert hatten. Wenn Spocks Daten korrekt waren, konnte man die Ruinen keiner bekannten Zivilisation zuordnen. Man mußte davon ausgehen, daß sie zu den verwaisten Kulturen gehörten, die er erwähnt hatte. Aber die meisten Bauten waren sogar älter als zweihunderttausend Jahre.

»Das ist korrekt«, sagte Spock und nahm eine erneute Sondierung der Umgebung vor. »Die ältesten bekannten Bauten der Meztorianer sind auf 172500 Jahre datiert worden. Es ist zwar möglich, daß die Bauten aus einer früheren Periode stammen, aber dann müßten wir all unsere Theorien über die Ausbreitung dieses Volkes in diesem Teil der Galaxis neu überdenken.«

»Wenn ich mich recht erinnere, sind die Studien über die Meztorianer die bestdokumentierten, die uns zur Verfügung stehen.« Kirk sah sich die Umgebung genau an. »Ich glaube, es dürfte eine Heidenarbeit werden, sämtliche Studien über diesen Sektor zu überarbeiten – falls wahr ist, was Sie vermuten.«

»Auf jeden Fall.« Spock warf einen Blick auf den Tricorderbildschirm. »Wir müssen in Betracht ziehen, daß jede neue Information, die wir hier sammeln, uns helfen kann, das Bild zu vervollkommnen.«

Chekov kickte einen Stein in Richtung der Archäologen. »Ich prophezeie, daß unsere Freunde da drüben äußerst unglücklich werden, wenn sie erkennen, daß dieser Planet in keine ihrer Theorien paßt.«

Kirk schaute zu Kauls Team hin und bemerkte, daß die Leute in einer Gruppe zusammenstanden und wild diskutierten. »Es sieht so aus, als hätten Sie recht, Mr. Chekov. Sollen wir zu ihnen gehen und nachschauen, was sie gefunden haben?« Die Stimmen der sich offenbar streitenden Wissenschaftler wurden vom wechselnden Wind zu ihnen getragen. Kirk atmete heftig aus. »Ich glaube, wir sollten hingehen, bevor sie sich gegenseitig umbringen.«

Als die drei *Enterprise*-Offiziere die Gruppe erreichten, war der Streit so weit eskaliert, daß es aussah, als stünde man kurz vor einer Rauferei. »Es ist unmöglich! Die Bauten der Meztorianer können nicht so alt sein!« Kauls Tonfall war zwar ruhig, aber bestimmt. »Sie müssen einen falschen Wert abgelesen haben.«

»Ich keine Fehler machen!« Talikas Stimme klang wie ein dräuendes Unwetter. »Ich habe geprüft das Ergebnis fünfmal. Das Instrument dumme aus der Föderation unbestimmtes Ergebnis gibt. Ein Instrument von Djelifa würde geben ein besseres Ergebnis von diesem Gebiet, und viel schneller. Die Ruinen für Meztorianer viel zu alt sind. Sie müssen stammen von einer anderen Zivilisation, noch älterer. Vielleicht sie stammen von verwaisten Ahnen der Meztorianer.«

»Es *gibt* in diesem Sektor *keine* ältere Rasse als die Meztorianer«, sagte Kordes, ein Wissenschaftler, der gerade seinen Doktor gemacht hatte und offenbar darauf aus war, sich bei Kaul beliebt zu machen. »In über zweihundert Jahren intensivster Ermittlungen hat niemand den geringsten Beweis für eine andere Rasse entdeckt. Die sogenannten verwaisten Kulturen sind doch nur Enten der sensationslüsternen Medien, die eitlen Forschern auf den Leim gegangen sind, die sich untauglicher Methoden und sorgloser Datenanalysen bedienen.«

Spock trat vor, um die Diskussion zu unterbrechen. Er hob seinen Tricorder. »Mein Tricorder zeigt ebenfalls an, daß diese Bauten viel älter sind, als Sie angenommen haben, Dr. Kaul. Es scheint, wir sind hier auf einen Fund von extremer Wichtigkeit gestoßen. Darf ich meinen Glückwunsch zum Fund dieser alten Ruinen zum Ausdruck bringen?«

Kaul schaute Spock an. Er blinzelte überrascht. Kirk hörte beinahe, wie die Relais in seinem Hirn einrasteten und er sich bemühte, freundlich zu bleiben. *Wer sagt denn, daß Spock die menschliche Psyche nicht versteht?* dachte er und unterdrückte ein Grinsen. »Wie bitte, Mr. Spock?« sagte Kaul. Man sah ihm an, daß sein Gehirn versuchte, die Informationen zu verarbeiten.

»Ich sagte, daß Sie das Glück haben, der erste Mensch zu sein, der diese Stätte entdeckt hat. Sie haben die Bauten einer *noch älteren* Zivilisation gefunden! Dies wird alle Theorien über diesen Quadranten völlig über den Haufen werfen.«

»Stimmt«, sagte Kaul. Er setzte eine freundliche Miene auf und schaute Kirk so intensiv an, daß dieser wußte, was er sagen würde, bevor er noch den Mund aufmachte. »Um einen Fund dieses Umfangs zu katalogisieren, brauchen wir mehr Leute und zusätzliche Geräte. Ich hoffe, daß Sie die Dringlichkeit der Situation erkennen und uns weitere Mittel zur Verfügung stellen. Wir brauchen mehrere Wochen, um die neue unbekannte Zivilisation zu erforschen. Dazu kommen dann noch Nachuntersuchungen, Feinarbeiten und dergleichen.«

»Ich verstehe, Dr. Kaul.« Kirk unterdrückte sein Grinsen nun nicht mehr. Falls es Kaul bewußt war, wie Spock ihn manipuliert hatte, ließ er es sich nicht anmerken. »Natürlich werde ich Ihnen weiteres Personal zur Verfügung stellen, damit Sie umfangreiche Ermittlungen anstellen können. Aber um unseren Aufenthalt hier zu verlängern, muß ich erst mit Starfleet in Kontakt treten. Sollten die Ergebnisse der vorläufigen Ermittlungen Ihre bisherigen Daten stützen, dürfte es keine Schwierigkeiten geben.«

»Wunderbar, Captain. Wann kann ich mit dem zusätzlichen Personal rechnen?«

»Ich werde den Offizier vom Dienst bitten, Freiwillige mit der nötigen Erfahrung zu akquirieren. Sie müßten in etwa zur gleichen Zeit eintreffen wie die Fähre mit der Ausrüstung.«

»Vielen Dank, Captain Kirk. Damit bin ich sehr zufrieden.«

»Freut mich, Dr. Kaul. Ich werde alles in die Wege leiten.« Kirk wandte sich ab und ging los. Er brauchte nun dringend Abstand zu Kaul. In den letzten Minuten hatte er darüber nachgedacht, ob es wirklich eine gute Idee gewesen war, auf Careta IV zu landen. Vielleicht wäre es besser gewesen, sie hätten die Ruinen nicht entdeckt. Das Bild einer alten Galeone huschte durch seinen Kopf, die führerlos durchs Meer trieb. Und keine Menschenseele war an Bord – nur die Schiffsratten.

Kirk verdrängte das Bild aus seinem Kopf und konzentrierte sich wieder auf Careta IV. Er schaute sich um und versuchte in der steinigen Landschaft irgend etwas Fremdes auszumachen. Aber er sah nur seine Leute bei der Arbeit. Es gab keinerlei Anzeichen für Gefahren. Er fragte sich, wieso er bei der ganzen Sache ein so unheimliches Gefühl hatte. Schließlich griff er nach seinem Kommunikator, um das Zusatzpersonal für Dr. Kauls Team anzufordern.

Wieso habe immer nur ich so ein Glück? fragte sich Chekov, als er Talika durch das Tal folgte. Er hätte sich viel lieber um die korrekte Landung der *Columbus* gekümmert und dafür gesorgt, daß die Ausrüstung parat war. Statt dessen mußte er Talika begleiten und Ruinen absuchen, deren Erforschung sich eventuell lohnte. Talika kletterte über die großen sechseckigen Steine, als wären es kleine Kiesel. Man merkte nun, welche Vorteile das Leben hatte, wenn man von einem Planeten mit hoher Schwerkraft kam. In ihrem eher kleinen Körper steckte eine unheimliche Kraft. Sie stieg über die Hindernisse hinweg, als wären sie nicht da. Und er, Chekov, mußte sich abrackern, um über die Felsen zu kommen.

»Warum Kirk nicht hat jemanden zugeteilt mir, der

ist kompetent?« sagte Talika, als sie eine Pause einlegte, um Chekov nicht zu verlieren, der sich gerade an einem Felsen abmühte. »Warum ein schwacher Mann, der kaum kann stehen auf zwei Beinen?«

»Bloß weil Sie die doppelte Schwerkraft gewöhnt sind ...« Chekov testete die Stabilität eines Felsens. Er spürte, daß er locker und zwischen zwei anderen festgeklemmt war. Er zog sich auf einen großen Findling hinauf, hielt den Atem an und dachte: *Vielleicht kann Mr. Spock es kräftemäßig mit diesem Weibsbild aufnehmen.* »Jeder auf der *Enterprise* hätte Probleme, mit Ihnen mitzuhalten. Was soll denn diese Eile?«

»Ich in Eile bin, weil ich will beenden meinen Auftrag. Doch wie ich soll arbeiten mit der Technik schwachen aus der Föderation und Hilfe einer, die Stellenwert fast keinen hat, ich nicht weiß. Auf Djelifa wir nicht zulassen solche Hindernisse.«

Ihre Worte provozierten Chekovs Antwort, bevor er sich überlegt hatte, ob sie seine Worte falsch verstehen könnte. »Wir sind hier nicht auf Djelifa, und normalerweise behindern wir auch nicht unsere eigene Arbeit.«

Sie musterte ihn mit dem unpersönlichen Blick eines Einkäufers auf dem Viehmarkt. »Wie dann kommt es, daß du mir wurdest zugeteilt? Warum gibt Föderation mir Mann einen, der ist zu schwach, um zu stehen auf eigenen Beinen? Wie du kannst tragen Ausrüstung und Proben?«

»Entschuldigen Sie, daß ich lebe«, murmelte Chekov und betastete seinen rechten Knöchel. Auf dem letzten Stück des Weges war sein Fuß umgeknickt, als ein Stein unter seinem Stiefel davongerollt war, aber er war wenigstens nicht geschwollen. Er hatte noch mal Glück gehabt. Aber er wußte nicht genau, was ihn mehr ärgerte – Talikas herablassendes Gebaren oder sein eigenes Unvermögen, mit ihr Schritt zu halten.

»Es meine Meinung ist, daß die ganze Föderations-*Tska* besteht nur aus Schwächlingen. Ihr alle wie kleine

Mädchen seid, die noch nicht waren im Haus der Riten, um zu lernen die Pflichten und Tugenden der Erwachsenen.« Ihre Miene verfinsterte sich, als sie sah, daß Chekov seinen Fuß prüfte. »Warum du nicht schnell gehst zum Arzt, kleiner Mann, und läßt heilen dein Füßchen? Warum du nicht gehst zurück zum Raumschiff und läßt mich machen meine Arbeit ohne Störungen?«

Weil meine Befehle besagen, daß ich dich vor Gefahren schützen soll, dachte Chekov. Er biß sich auf die Zunge, um nicht wütend herauszuplatzen. Talikas überlegene körperliche Stärke und die Abneigung, die sie ihm gegenüber zeigte, erleichterte seine Aufgabe auch nicht gerade. Dazu kam noch, daß ihre Unachtsamkeit und Ungeduld sie leicht in Gefahr bringen konnte. Außerdem mißachtete sie jede Faustregel, die man beim Erforschen unbekannter Planeten einhalten mußte. Auch wenn ihr Wissen größer war als seins – Chekov erkannte mit einem Blick, daß sie keine Ahnung von den ungeschriebenen Gesetzen hatte, die man auf unerforschten Planeten befolgte. »Ich lasse Sie Ihre Arbeit gern ungestört tun«, sagte er, als es ihm gelungen war, sein Temperament zu zügeln, »aber bitte, tun Sie mir den *gleichen* Gefallen. Ich bin Ihnen zugeteilt, um Ihnen bei der Erforschung des Planeten zu helfen und Sie vor möglichen Gefahren zu schützen. Wir wissen nichts über diese Welt. Deswegen sind die Chancen sehr groß, daß wir eine Gefahr erst entdecken, wenn wir mittendrin stecken.«

Talika schnaubte. Ihr Schnauben erinnerte Chekov an ein Zugpferd, das er einst als Kind in einem Moskauer Naturpark gesehen hatte. »Welche Gefahr es auf diesem verlassenen Planeten schon könnte geben? Schwächlinge wie Föderations-*Tska* vielleicht haben Grund zur Angst, aber ich Djelifanerin bin. Ich nichts brauche zu fürchten.«

»Ich nehme an, der Berg wird Sie erst *fragen,* ob Sie

Djelifanerin sind, bevor seine Steine Sie erschlagen.« Chekov rappelte sich auf und bewegte sich vorsichtig, bis er genau wußte, daß der Knöchel sein Gewicht trug. »Und die Schlangen stellen sich bestimmt auch erst vor, bevor sie zubeißen.«

»Ich von einem Nicht-Djelifaner nichts anderes erwarte. Ich aber mir nicht anhöre dein Gegreine.« Talika machte sich, ohne auf Chekov zu warten und sich um das unregelmäßig geformte Gestein unter ihren Stiefeln zu scheren, rasch auf den Weg. Sie trat das Geröll einfach beiseite. Mehrere faustgroße Brocken purzelten den Abhang hinunter und rissen andere dabei mit. Das polternde Gestein wuchs zu einer kleinen Lawine an, doch zum Glück blieb Chekov unbehelligt.

Chekov beobachtete den sich bewegenden Steinteppich und ballte die Fäuste. Wie lange, fragte er sich, würde Talika noch mit dieser Unachtsamkeit durchkommen? Als die Staubwolke sich gesenkt hatte, suchte er sich vorsichtig einen Weg über das lose Gestein. Sie hatten nun schon eine Stunde damit verbracht, nach Anzeichen von Ruinen zu suchen. Je höher sie kamen, desto größer wurden die Hindernisse, die es zu überwinden galt. Als er eine kleine Pause einlegte und das umliegende Terrain musterte, fragte er sich, ob jemand die Felsformation zum Einsturz gebracht hatte, um etwas zu verbergen. Er versuchte die Tunnel ausfindig zu machen, von denen Spock an Bord der *Enterprise* gesprochen hatte. Wenn es hier welche gab, hatte das heruntergefallene Geröll sie bestimmt verdeckt. Er zückte seinen Tricorder und nahm eine Analyse der Umgebung vor.

Die Felswand hier war deutlich von mehr Spalten und Rissen durchzogen. Anfangs hatte Chekov Schwierigkeiten, die dominierenden vertikalen Brüche, die die Felswände im ganzen Tal voneinander trennten, von den weniger deutlich erkennbaren horizontalen zu unterscheiden, die sie in viele hexagonale Platten teilten.

In diesem Gebiet wies das Gestein willkürlich ausgerichtete Spalten auf. Chekov kratzte sich am Kopf und versuchte sich die Grundlagen der Geologie ins Gedächtnis zu rufen. Bei Basalt dieser Art bildeten sich durch das Abkühlen und Verdichten geschmolzenen Gesteins Fugen, wobei eine Spaltenreihe mehr oder weniger parallel zum Boden verlief und die zweite, vertikal verlaufende, beim Abkühlen des Gesteins Sechsecke bildete. In der Natur waren solche Muster zwar nie perfekt, aber auch nie so chaotisch wie seine Messungen. Nach hunderttausend Jahren konnte man natürlich nicht mehr bestimmen, ob das Gestein gesprengt war, aber er nahm an, daß sogar Spock diese Möglichkeit nicht von sich weisen würde. Jemand hatte versucht, diese ganze Gegend vor jedem fremden Zugriff zu schützen.

»Du deine Stiefel in Bewegung setzen könntest, um zu kommen hier rüber?« bellte Talika. Ihre Stimme war so laut, als stünde sie gleich neben ihm.

Chekov gehorchte widerwillig. Da er wütend war, weil sie ihn aufgeschreckt hatte, bestand seine Antwort aus einem Fauchen. »Können Sie nicht etwas freundlicher sein? Sie hätten wenigstens *fragen* können, warum ich mit dem Tricorder hier stehe, statt gleich loszubrüllen!«

Sie kehrte zu ihm zurück. Ihre Stirn zeigte ein erstauntes Runzeln. »Warum du hast ausgepackt Tricorder? Hier nichts zu finden ist. Das haben Messungen unsere ergeben. Warum also du verschwendest Zeit?«

Der Schreck ließ Chekov fast wanken. Talika war *neugierig?* Es war ihre erste Regung, wenn man mal von ihrem ständigen Genörgel und dem überheblichen Gehabe absah. Er deutete auf die Felswand neben ihm. »Alles sieht so aus, als hätte jemand versucht, das Bergmassiv wegzusprengen. Als hätte er hier etwas verstecken wollen, damit es niemand findet. Bleibt nur die Frage, wie tief versteckt und wie groß es ist.«

Talika musterte die Umgebung, verzog die Unterlippe und zeigte ihre breiten Zähne. Chekov musterte ihren Ausdruck und hoffte, daß er endlich einen vorteilhaften Eindruck auf sie gemacht hatte. Es wäre ihm viel lieber gewesen, wenn sie für den Rest des Unternehmens als Team arbeiten konnten. Endlich zückte sie grunzend ihren eigenen Tricorder.

Mir einem Seufzer der Erleichterung setzte Chekov die Sondierung fort. Daß sie seine Idee akzeptierte, ließ ihn hoffen, ihre harte Schale irgendwann durchstoßen zu können. Mit diesem Gedanken kam das Wissen, daß er nicht der einzige in der Föderation war, der sich mit einer Djelifanerin herumschlagen mußte. Wahrscheinlich mußten Tausende den Frauen von Djelifa beweisen, daß sie ebenso fähig waren wie sie. Es würde gewiß nicht leicht sein, aber am Anfang war es eben immer schwierig. Trotzdem – es war ermutigend zu wissen, daß Talika durchaus bereit war, auf ihn zu hören. Vielleicht konnte er eines Tages sogar dem Menschen vergeben, der ihn ihr zugewiesen hatte.

Sie arbeiteten sich über eine halbe Stunde lang bergauf und bergab, ohne ein brauchbares Ergebnis zu bekommen. Talika wurde unruhig und nervös, sie fing an, in ihrer Muttersprache vor sich hinzumurmeln. Chekov zweifelte schon an seinem Riecher, als sein Tricorder eine Anomalie anzeigte. »Ich habe etwas gefunden«, sagte er und deutete in die entsprechende Richtung.

Talika richtete ihr Gerät sofort auf die angegebene Stelle, aber er zeigte nichts Besonderes an. »Nichts«, sagte sie, nachdem sie das Gebiet fünfmal abgesucht hatte. Sie drehte an den Knöpfen, und ihre Miene wurde immer finsterer.

Chekov kalibrierte seinen Tricorder, doch zu seiner Bestürzung löste sich die Anomalie auf. Er schüttelte das Gerät verwundert und richtete es erneut auf die umliegende Gegend. Aber alle Anzeigen bewegten sich innerhalb normaler Parameter. »Wenn ich es nicht besser wüßte, würde ich sagen, irgend jemand oder irgend etwas blockiert das Signal«, murmelte er. Noch während er den Satz aussprach, nahm eine Idee in ihm Gestalt an. Vielleicht hatte das fragliche Etwas oder der fragliche Jemand ihr Hiersein *wahrgenommen.* Sie waren schon mehrmals auf außerirdische Gerätschaften gestoßen, die auch nach langer Zeit noch funktionierten. Angesichts des Alters der Artefakte, die man auf Careta IV schon gefunden hatte, konnte man mit ziemlicher Sicherheit annehmen, daß irgendwelche noch existierende Technik auf dem Planeten nicht mehr perfekt funktionierte. *Aber wie bringt uns das weiter?* fragte er sich.

Chekov signalisierte Talika, daß sie auf ihn warten sollte, dann machte er sich auf den Weg durch das felsige Gelände zu ihr. »Wenn sich dort unten irgend ein Gerät befindet, arbeitet es auf sehr niedrigem Niveau. Es ist zwar offenbar in der Lage, uns anhand von Geräuschen auszumachen, aber wenn es unseren Standort nicht kennt, kann es die Tricorderstrahlung nicht anpeilen.« Er schob sich mit der Hand das Haar aus der Stirn. »Haben Sie irgendeinen Vorschlag, was wir jetzt tun sollen?«

»Wie du kannst wissen das? Das nicht möglich ist. Das gegen alles ist, was gelernt wir haben«, sagte Talika. Ihre Stimme war eine Mischung aus Neugier und Geringschätzung.

»Ich weiß, daß es sich nicht so verhält, wie irgend etwas, das mir schon mal begegnet ist. Aber das macht es nicht unmöglich. Vielleicht ist es eine Art Schutzmechanismus, der dazu dient, irgend etwas zu beschützen, was sich hier befindet. Wenn jemand einen Gegenstand verstecken oder vor der Vernichtung bewahren wollte, hätte er mit Sicherheit dafür gesorgt, daß man es nicht mit Sensoren oder Tricordern erkennen kann. Wenn nichts zu finden ist, wird auch nicht weiter gesucht.« Er richtete den Tricorder wieder auf das umliegende Gebiet. Es war, wie er erwartet hatte: Die Messungen zeigten normale Werte, sonst nichts. »Wenn jemand einen Störfeldgenerator in diesem Gestein versteckt hat, können wir mit unseren Geräten nicht das geringste aufspüren. Allerdings kann es auch ein Trick sein, um uns davon abzuhalten, in anderen Regionen zu suchen – wo wir gegebenenfalls etwas finden, was man wirklich vor uns verbergen will.« Er zuckte die Achseln und setzte eine frustrierte Miene auf. »Ich könnte ein Gerät bauen, das all dies im Schlaf bewirken kann. Aber es würde uns nicht weiterbringen.«

Talika nickte. »Was das Objekt ist, wo das Objekt ist und allem vor: Existiert es wirklich?«

Chekov nickte. »Wenn wir davon ausgehen, daß es *wirklich* existiert, bleiben nur noch zwei Fragen.«

»Es unsere Aufgabe ist, zu finden Artefakte. Deswegen ich sagen würde – als Arbeitshypothese –, das Objekt existiert.«

Sie nagte an ihrer Unterlippe, und ihr Blick flog hin und her, als sie das Gestein unter ihnen musterte. »Wenn ich gehe bergab und mache Krach viel, das Objekt denkt vielleicht, wir gehen fort. Du hier bleibst und ganz leise bist. Wenn ich bin am Ende vom Abhang, ich mit beiden Armen winken werde, und dann wir beide Tricorder aktivieren. Oder du hast eine bessere Idee?«

Welche Möglichkeiten hatten sie? Chekov fummelte an seinem Tricorder herum. Er dachte über die Eventualitäten nach. Die Tricorderstrahlung war vermutlich zu schwach, als daß ein außerirdisches Gerät sie ohne weiteren Hinweis entdecken konnte. Die *Enterprise* verfügte zwar über bessere Sensoren, aber sie waren wahrscheinlich zu stark und würden den Tarnmechanismus auslösen, wenn Sulu sich dieses Gebiet hier von Bord aus vornahm. Talikas Plan war also der beste. »Probieren wir es aus«, sagte Chekov. »Viel Glück!«

»Auch dir!«

Chekov setzte sich auf einen Findling und schaltete

seinen Tricorder aus. Auf sein Nicken hin begann Talika mit dem Abstieg. Sie nahm bewußt die Strecke mit den meisten Steinen und schlitterte den Abhang hinunter. Als Chekov ihr zusah, war er nicht mehr allzusehr beleidigt, die Rolle des ›schwachen Mannes‹ spielen zu müssen. Was Talika ihm da vorführte, sah mehr nach einem halsbrecherischem Unternehmen aus als nach einer spaßigen Angelegenheit. Er war froh, daß er nicht derjenige war, der den Hügel hinabschlittern mußte.

Talika kam am Fuß des Abhangs an. Eine Lawine aus Steinen, Geröll uns sonstigem Unrat folgte ihr mit lautem Krachen und sammelte sich rings um ihre Füße, bis ihre Knöchel bedeckt waren. Sie blieb still stehen.

Eine Minute ... zwei Minuten ... drei. Endlich hob sie die Hand und aktivierte ihren Tricorder. Es war das Zeichen für Chekov, ebenfalls mit dem Abtasten zu beginnen.

Er drückte den Knopf und wurde sofort belohnt. Geringe Energieanzeigen wurden erkennbar. Sie kamen von unterhalb der Geröllhalde. Chekov wiederholte aufgeregt die Messung; er wollte sichergehen und die exakte Position des Artefakts lokalisieren. Es war nicht einfach, einen kleinen Gegenstand zu messen, der unter Tonnen von Geröll vergraben war. Man würde ihn nur schwer ausgraben können, selbst dann, wenn man genau wußte, wo er war.

Chekov stand auf und bewegte sich leise und vorsichtig auf das Ziel zu. Dabei maß er die ganze Zeit weiter, um die genaue Position zu bestimmen. Nach fast fünf Minuten ständigen vorsichtigen Hin- und Herwanderns wurde er jedoch unvorsichtig. Ein Stein löste sich unter seinem Fuß und holperte von dannen. Beim ersten Laut, den er von sich gab, ging die Tricorderanzeigen schlagartig auf Null. »Verdammt!«

»Ah-ii-ya!« Talikas Triumphschrei hallte durch das Tal. »Es lebt! Nach so lange Zeit es immer noch arbeitet. Ah-ii-ya!«

Erst jetzt erkannte Chekov Talikas Hauptmotiv. Aufgrund der maßlosen Selbstüberschätzung ihrer Rasse wurmte es sie, in einem archäologischen Team unter einem Mann zu arbeiten, selbst wenn dieser Mann Dr. Kaul war, dessen Erfahrungen die ihre um Jahrzehnte übertrafen. Von nun an war sie in der Lage, ihre eigenen Anliegen in der Föderation durchzusetzen. Chekov schüttelte den Kopf, als er sie jubilierend am Fuß des Abhangs sah. Dann machte er sich auf den Weg zum Basislager, um die nötigen Gerätschaften zu holen, die sie brauchten, um ihren Fund auszugraben.

3

Auch wenn die Grabungsgeräte pausenlos liefen, es dauerte fast zwölf Stunden, um das Geröll wegzuschaffen, das die Fundstelle bedeckte. Chekov durchlebte in dieser Zeit nicht nur die Ungeduld des Entdeckers, der sich fragte, was Talika und er gefunden hatten, sondern auch die Panik, den Planeten verlassen zu müssen, ohne je in Erfahrung zu bringen, was die Ausgrabung zum Vorschein brachte. Die ersten Arbeiten waren schnell getan: Zuerst wurden die größten Brocken beiseite geschafft. Selbst bei den Riesenfelsen mußten die Ausgrabungstrupps mit äußerster Vorsicht und Präzision zu Werke gehen, um keine weitere Geröllawine aus der Felswand zu lösen, die das Ausgrabungsgebiet noch mehr verschüttete. Als die Sonne allmählich hinter den Hügeln verschwand, wies Kirk Sulu an, noch ein Dutzend Hochleistungsstrahler herunterzubeamen, damit die Arbeiten weitergehen konnten. Der erste Landetrupp wurde – für die Nacht – von einem zweiten abgelöst. Die Hauptarbeiten fanden immer noch an der Stelle statt, von der Dr. Kaul glaubte, dort seien die besten Funde zu machen.

Chekov verbrachte den ganzen Abend damit, Sulu mit seinen morgendlichen Erlebnissen zu nerven. Er ging sogar so weit, das felsige, öde Gelände von Careta IV mit den nördlichen Steppen Rußlands zu vergleichen. Anfangs war er erleichtert, wieder in einem warmen, kuscheligen Quartier und in Sicherheit zu sein, weit weg von dem kargen und gespenstischen

Planeten. Doch je länger er über das Artefakt nachdachte, um so neugieriger wurde er. Was hatte der Landetrupp bereits gefunden? Wieso konnte das Artefakt nach so vielen tausend Jahren noch aktiv sein? Je öfter er seine Gedanken zu zerstreuen versuchte, desto schneller kehrten sie zurück. Er konnte einfach nicht widerstehen. Er mußte dabeisein, wenn der Ausgrabungstrupp den letzten Stein beiseite räumte. Schließlich kapitulierte er vor sich selbst und beantragte, auf den Planeten zurückkehren zu dürfen.

»Alle anderen aus der Landeeinheit haben den Antrag längst gestellt«, sagte Kirk. »Sie sind der letzte. Machen Sie sich in fünfzehn Minuten zum Beamen bereit.« In seiner Stimme war ein unterdrücktes Lachen vernehmbar.

»Captain, wir erhalten gerade eine Nachricht von der Flotte«, meldete Palmer, die Funkoffizierin der Nachtschicht. Sie wandte sich von der Konsole ab und schaute Kirk an. Ihr Gesichtsausdruck ließ schon erahnen, daß der Funkspruch etwas völlig Unerwartetes bereithielt. »Es ist Admiral Komack, Sir.«

»Auf den Bildschirm, Lieutenant.« Kirk setzte eine neutrale Miene auf und fragte sich, was der Admiral diesmal für die *Enterprise* auf Lager hatte. Komack war unberechenbar. Man wußte nie, was er als nächstes vorhatte.

Komacks Gesicht füllte den Bildschirm aus. Sein Haar war angegraut, und sein Mund verzog sich zu einem schmalen Lächeln, als die Verbindung stand.

»Sieht so aus, als wären Glückwünsche angebracht, Captain Kirk. Ihre Gäste haben etwas von größter Wichtigkeit entdeckt. Unsere Experten brennen schon auf die Ergebnisse.«

»Danke, Sir.« Kirk richtete sich im Kommandosessel auf. Er ließ Komack Zeit, mit der Überraschung herauszurücken. So wie er ihm Honig ums Maul schmierte, war zu erwarten, daß er nun mit einem Auftrag herausrückte, der ihm nicht gefiel.

»Ihren Meldungen zufolge sind wir der Meinung, daß Ihr Fund der wichtigste der letzten drei Jahrzehnte ist. Sie haben die Erlaubnis, so viel Zeit und Personal in Anspruch zu nehmen, wie Sie brauchen, um Careta IV und diese Kultur eingehend zu untersuchen. Unsere Experten wundern sich, daß wir noch nie etwas von dieser neuen Zivilisation gehört oder gefunden haben. Teilen Sie Dr. Kaul bitte mit, daß er über die *Enterprise* und ihre Möglichkeiten verfügen kann – und daß Sie den Auftrag haben, ihm in jeglicher Hinsicht zur Hand zu gehen.«

Kirks Hand krallte sich in die Lehne des Kommandosessels. Er hätte wissen müssen, daß Komack, was das Schiff und die Besatzung anging, den Archäologen einen Blankoscheck ausstellen würde. »Geht in Ordnung, Admiral. Wir werden unser Bestes tun.«

»Wunderbar, Captain Kirk. Starfleet, Ende.« Mit diesen Worten verschwand Komacks Gesicht vom Bildschirm.

»Kirk, Ende«, murmelte Kirk, obwohl der Bildschirm längst leer war. Diese Anweisung gab Kaul noch mehr Macht über das Schiff und seine Besatzung. Kirk gab dem Offizier vom Dienst kopfschüttelnd das Zeichen, die Brücke zu übernehmen. Ob ihm der Befehl nun gefiel oder nicht, es war an der Zeit, auf den Planeten zurückzukehren, um zu sehen, was das Ausgrabungsteam zu Tage gefördert hatte.

Als Chekov den Transporterraum betrat, waren die meisten schon von Bord gebeamt. Kirk, McCoy und zwei Bordwachen betraten den Raum in dem Moment, als er darüber nachdachte, wer schuld daran war, daß er in dieser Misere steckte. Wenn überhaupt jemand seinen Spaß mit ihm trieb, dann konnten es nur die Fremden sein, die vor Jahrtausenden hier gelebt hatten.

Schließlich war ihr Artefakt so interessant, daß er sogar bereit war, das warme und sichere Schiff gegen einen öden Planeten einzutauschen und freiwillig von Bord zu gehen.

»Nicht gerade die erste Wahl, um einen Abend zu verbringen, was, Mr. Chekov?« fragte Kirk grinsend, als er den Raum betrat und auf das Transporterfeld stieg.

»Nein, Sir, ich weiß wirklich nicht genau, warum ich den Drang verspüre, dort hinunterzugehen«, erwiderte Chekov und nahm seine Position hinter Kirk ein.

»Es liegt daran, daß wir ein Haufen unbelehrbarer Idioten sind«, sagte McCoy und nahm die Konversation wieder auf, als sie auf der Oberfläche des Planeten materialisierten. Er zog seinen Kragen ein Stück höher, um sich vor dem kalten Wind zu schützen. Der fahle Schein des Mondes verwandelte das Treiben am Boden in ein unheimliches Szenario. »An einem solchen Abend sollte man in seinem Quartier sitzen, die Füße hochlegen, ein gutes Buch lesen und etwas Warmes trinken, damit auch die Seele etwas davon hat.«

»Die Vorstellung ist nicht ohne«, sagte Kirk. Er lächelte McCoy an und machte sich auf den Weg zum Ausgrabungsort. Er war hell erleuchtet und wimmelte von weiß gekleideten Leuten, die sich deutlich vom Rest der Umgebung abhoben. »Aber nach all den Abenden, die ich so verbracht habe, brauche ich auch mal wieder ein bißchen Abwechslung. Was meinen Sie dazu, Mr. Chekov?«

Chekov zuckte nach einigen Sekunden des Nachdenkens die Achseln. »Eigentlich wollte ich genau das tun, was Dr. McCoy gesagt hat. Aber ich war einfach zu neugierig. Schließlich entdeckt man nicht jeden Tag ein neues Stück Geschichte.«

»Eine sehr diplomatische Antwort«, kicherte McCoy. »Sie schützt Sie vielleicht sogar vor meinem nächsten Belastungstest.«

Sie traten in den beleuchteten Teil des Areals. Chekov suchte den Felshang nach der Stelle ab, an der Talika und er gestanden hatten, doch er konnte sie nicht mehr finden. Das Ausgrabungsteam hatte das Aussehen des Hangs völlig verändert. Von der Stelle, an der das Artefakt von tonnenschwerem Geröll verschüttet gewesen war, war nur noch wenig übrig geblieben. Man hatte das meiste Gestein schon abgetragen.

Spock kam gerade von einem Gespräch mit einem Techniker zurück. »Wir werden dem Zeitplan gemäß in einer Stunde und fünfunddreißig Minuten auf das Ziel stoßen, Captain.«

»Können wir dann endlich nach Hause?« fragte McCoy mit einem Anflug von Ironie und schenkte dem Vulkanier einen verschmitzten Blick. »Wir können nämlich nicht *alle* die ganze Nacht über wie Roboter wach bleiben.«

»Stimmt, Doktor. Manche Lebewesen sind weniger gut konditioniert, wenn unvorhergesehene Umstände auftreten«, erwiderte Spock und wandte sich wieder Kirk zu. »Da ein Großteil der Frühschicht wieder heruntergekommen ist, um die Ausgrabungsarbeiten zu verfolgen, würde ich vorschlagen, das gesamte Gebiet komplett zu scannen, um nach möglichen weiteren Artefakten Ausschau zu halten. Die Beleuchtung gestattet uns, mit kleinen Gruppen ein weitläufiges Areal zu untersuchen. Wir müssen auf jeden Fall eine detaillierte Messung der gesamten Umgebung vornehmen, denn es hat den Anschein, als sei das Gestein absichtlich dazu verwendet worden, etwas zu verstecken.«

Kirk zählte die Anwesenden. Hätte er die Ausgrabungen leiten müssen, hätten ihn die Zuschauer so behindert, daß er nicht in der Lage gewesen wäre, seinem Auftrag nachzukommen. Spocks Vorschlag würde dem Ausgrabungsteam mehr Raum und Ruhe verschaffen, bis der Großteil des Gerölls abgetragen war. »Die Gaffer an die Arbeit zu schicken, ist eine gute Idee,

Mr. Spock. Ich glaube, die Techniker sind froh, wenn sie die Meute vom Hals haben.«

»Ich wollte mir die Felswände ohnehin genauer ansehen«, sagte Chekov. Er aktivierte seinen Tricorder und ging auf die Wand zu, die das Ausgrabungsteam freigelegt hatte. Die ganze Umgebung war meterhoch von Geröll bedeckt. Die Stelle, an der Talika und er heute morgen noch gestanden hatten, existierte nicht mehr. Zum ersten Mal seit Jahrtausenden war sie freigelegt. Welche Geheimnisse würde sie wohl preisgeben? Es war ein faszinierendes Gefühl, an einem Ort zu stehen, den seit vielen tausend Jahren kein Lebewesen mehr erblickt hatte.

Chekov programmierte den Tricorder darauf, bei jedem Schwenk sämtliche Sensorfrequenzen abzusuchen und jedes noch so kleine Zeichen anzuzeigen. Als er die Felswand erreichte, wurde ihm unheimlich. Das Gestein schien nur darauf zu warten, auf ihn herabzustürzen und ihn unter sich zu begraben. Es machte ihn nervös. Ein kalter Schauer durchlief seinen Körper. Er konnte das Gewicht des Gesteins förmlich spüren. Wenn es ihn begrub, würde er keine Luft mehr bekommen und in einer Jahrtausende währenden Dunkelheit verschwinden.

Er konzentrierte sich wieder auf die Realität. Der Tricorder zeigte an, daß die Felswände so stabil waren wie der Rest der Umgebung. Alles war genau so wie heute morgen. Er mußte endlich aufhören, seiner Phantasie freien Lauf zu lassen. Auch wenn es noch so dunkel war und wer weiß welche Geheimnisse der alten Zivilisation hier auf ihn warteten. Er konzentrierte sich wieder auf seine Arbeit und nahm die detaillierten Scans in Angriff, die Spock haben wollte.

Die nächste halbe Stunde verging wie im Flug. In der Hoffnung, mehr über die Zivilisation zu erfahren, die den Planeten einst besiedelt hatte, hatte Chekov die Felswand und die umliegenden Geröllmassen Meter für Meter abgetastet. Der von Gestein bedeckte Halbkreis ließ in ihm erneut den Gedanken aufkeimen, daß hier bestimmt etwas für die Ewigkeit versteckt worden war. Wer auch dafür verantwortlich gewesen war, er hatte gewollt, daß man es nie entdeckte. Er hatte den halben Berg weggesprengt, um dieses Ziel zu erreichen.

Noch bevor Chekov sich in diesen Gedanken vertiefen konnte, signalisierte sein Kommunikator, er solle zur Ausgrabungsstelle zurückkehren. In fünfzehn Minuten wollte man das Artefakt freilegen. Dieser Zeitraum gab auch den am weitesten entfernten Gruppen die Möglichkeit, rechtzeitig zur Fundstelle zurückzukehren.

Als Chekov wieder in die Nähe des beleuchteten Areals kam, stellte er fest, daß in der Zeitplanung etwas schiefgelaufen sein mußte. Die Fundstelle war noch immer mit Steinen bedeckt. Um sie herum stand eine Menschentraube, die achselzuckend und stirnrunzelnd diskutierte. Kirks Gesicht sah im grellen Licht nicht gerade erfreut aus. Auch auf Dr. McCoys Stirn waren einige Falten zu sehen.

Chekov drängte sich neben McCoy. »Was ist passiert, Doktor?« fragte er leise.

McCoy antwortete ebenso leise. »Offenbar ist das Objekt mit den Sensoren nicht mehr zu orten. Vorhin war es noch deutlich zu sondieren, aber jetzt ist es plötzlich futsch. Es war wohl ein Bedienungsfehler. Schließlich verschwinden Dinge nicht so einfach.«

»Normalerweise nicht, aber dieses Artefakt verhält sich absolut unnormal.« Chekov erinnerte sich nur allzu gut daran, welche Probleme Talika und er an diesem Morgen gehabt hatte. Er trat vor, um eventuell zu helfen. Er war kaum fort, als die Luft schimmerte und Scotty an der Stelle materialisierte, an der er gerade noch gewesen war.

»Ich hab Ihnen doch gesagt, Sie sollen die Apparate im Auge behalten, Terrensen«, sagte Scott, als er auf die

Techniker zukam. »Sie können doch nicht erwarten, daß sie korrekt arbeiten, wenn Sie sie nicht jede Stunde neu kalibrieren.«

»Aber das haben wir doch getan«, sagte der jüngere der beiden Techniker, eine wahre Bohnenstange mit einem strubbeligen braunen Haarschopf. »Wir haben nicht geschludert, Sir. Bestimmt nicht. Eben hatten wir noch ein anomales *Nichts* auf dem Scanner, mitten in dem Geröllhaufen da – und plötzlich war es weg.«

»Mal sehen, was Sie gemacht haben«, sagte Scott. Er zwängte sich zwischen die beiden Techniker, beugte sich über die Steuerkonsole und startete ein Selbstdiagnoseprogramm. Nach einiger Zeit, als er eine Unzahl von Daten gelesen und Berechnungen verfolgt hatte, machten sich einige Falten auf seiner Stirn breit. Nervös gab er weitere Kommandos in die Konsole ein. Dann kamen die Ergebnisse des zweiten Testlaufs auf den Bildschirm. Sie schienen ihm nicht im geringsten zu gefallen. »Das ist doch nicht möglich«, sagte er kopfschüttelnd. »Das Diagnoseprogramm sagt, hier hätte es nie eine Anomalie gegeben. Selbst wenn ich die Sensoraufzeichnungen der letzten Stunden abrufe, ist das Gerät der Meinung, hier habe es nie etwas anderes als einen Haufen Steine gegeben. Es ist fast so, als würden der Scanner und das Diagnoseprogramme nicht glauben, was sie sehen.«

Spock gesellte sich zu Scott und nahm die vorhandenen Daten in Augenschein. »Wenn wir den momentanen Ergebnissen glauben, haben wir die ganze Zeit ein Phantom gejagt. Trotzdem: Vor fünf Minuten hat der Scanner unter diesem Steinhaufen ein künstliches Objekt unbestimmbaren Alters angezeigt.«

Auch Chekov trat näher heran. Er wollte feststellen, ob er zwischen den Scannerergebnissen und dem Vorfall des heutigen Morgens Ähnlichkeiten erkennen konnte. »Darf ich bitte mal die Messungen sehen, die vor und nach dem Zwischenfall gemacht wurden? Talika und ich hatten heute morgen ein ähnliches Problem. Allerdings sind wir davon ausgegangen, es läge am Gestein.«

Terrensen drückte die Wiedergabetaste, und die Daten liefen in parallelen Blöcken über den Bildschirm. Mit der stabilen Stromversorgung waren Scanner effektiver und sensibler als normale Tricorder. Dies versetzte sie in die Lage, einen größeren Frequenzbereich zu erfassen. Es dauerte einige Zeit, bis Chekov sich durch die Datenmengen gearbeitet hatte, aber als er fertig war, war die Anomalie deutlich zu sehen – ein dreißig Kubikmeter großes Objekt, für das die Sensoren *keine Daten* meldeten. Er ließ die Aufzeichnungen noch einmal ablaufen, um sicherzugehen. »Kurz bevor die Sensoren an dieser Stelle nur noch Steine ausmachen, gibt es eine Frequenzschwankung im unteren Bandbereich. Es sieht fast so aus wie das Absorptionsfeld eines Biaxial-Schirmgenerators.«

»Ist das wahr, Spock?« fragte Kirk, der sich der Gruppe ebenfalls angeschlossen hatte. »Und was hat das alles *damit* zu tun?« fragte er und deutete auf die Felswand und den hell erleuchteten Steinhaufen.

»Das zweite Auftauchen dieses Musters in den Messungen erhöht sehr stark die Wahrscheinlichkeit, daß es nicht an willkürlichen Frequenzschwankungen des Artefakts liegt, das wir zu lokalisieren versuchen.« Spock schaute sich die Daten an. »Mr. Chekovs Annahme, daß es sich um einen Biaxial-Schirmgenerator handelt, könnte durchaus stimmen. Aber wenn es so ist, handelt es sich um ein Gerät völlig fremder Bauart, die nichts mit den sonstigen Funden auf diesem Planeten zu tun hat.«

»Aber welchem Zweck dient der Schirm, Spock? Was soll er hier?« Kirk gestikulierte in Richtung Scannerdisplays, als erwarte er, sie könnten ihm in Großbuchstaben eine Antwort geben.

»Unbekannt«, sagte Spock. Er schaute ebenfalls auf die Monitore, als wolle er nachschauen, ob Kirk etwas

Brauchbares gefunden hatte. »Entweder hat jemand mit großem Aufwand versucht, etwas zu verstecken, das wir nicht finden sollen, oder er will, daß wir hier suchen, obwohl es hier gar nichts gibt. Und uns somit von der Suche nach wichtigeren Dingen abhalten.«

»Und wir haben nicht die geringste Möglichkeit festzustellen, welche der beiden Möglichkeiten die richtige ist.« Kirk zog seine Jacke enger und stellte den Kragen auf. Die Temperatur war in der letzten halben Stunde um ein paar Grad gesunken. Außerdem wehte mittlerweile ein scharfer Wind, der allmählich unbehaglich wurde.

»Es sei denn, wir schauen nach, was unter dem Rest des Gesteins liegt«, sagte Spock. Er suchte die Displays nach Hinweisen ab, die ihm eventuell sagen konnten, wie die Fremden gedacht hatten. Aber mit dem geringen Wissen, das sie hatten, war es fast unmöglich, die richtige Lösung zu finden. »Wir haben das Artefakt fast freigelegt. Spätestens wenn wir es sehen, werden wir feststellen, ob wir richtig lagen oder jemandem auf den Leim gegangen sind, der wollte, daß wir unsere Zeit hier verschwenden und nicht anderswo suchen. Die Sensorabtastung unterstützt beide Theorien.«

Kirk nickte, auch wenn Spock ihm nicht mehr erzählt hatte, als er ohnehin wußte. Da die Sensoren außer Gestein nichts anzeigten, mußten sie praktisch blind graben, was die Möglichkeit erhöhte, das unter dem Geröll begrabene Artefakt zu beschädigten. »Irgendwelche Vorschläge, Mr. Scott? Können Sie die Scanner irgendwie mit dem Ausgrabungsgerät verbinden?«

Scott schüttelte den Kopf. »Wir haben alles versucht, Captain. Unsere Sensoren sind schon so ausgelegt, daß sie die meisten Interferenzen kompensieren können, da viele Kulturen im Dalreth-Sektor ihre wichtigsten Monumente mit Schirmgeneratoren oder Verzerrern getarnt haben. Wenn die Sensoren hier nichts finden, findet hier niemand etwas.«

Kirk wägte die Möglichkeiten ab. Wenn sie ohne Grabwerkzeuge vorgingen, mußten sie alle Steine mit den Händen wegräumen, was sehr zeit- und kraftaufwendig war. Eine Aufgabe, die keinem sehr gefiel. »Dann wollen wir mal sehen, ob wir das Ding auf der Basis der vorherigen Daten freilegen können.«

Das Ausgrabungsteam begann wieder mit der Arbeit. Man richtete sich nach den zuvor aufgezeichneten Daten, um das Objekt nicht zu beschädigen. Doch nachdem die Männer innerhalb von fünfzehn Minuten fünf dicke Findlinge bewegt hatten, gaben sie auf. »Ich kann es nicht verantworten«, sagte der ältere Techniker, ein untersetzter, drahtiger Bursche, der kurz vor der Pensionierung stand. »Wenn ich etwas bewege, weiß ich nicht, ob es ein normaler Stein oder das Artefakt ist. Auch wenn ich mich an die vorhandenen Daten halte, ich kann nicht sagen, was echt ist und was nicht.«

Terrensen nickte zustimmend. »In dieser Lage können wir uns keine Fehler erlauben. Selbst wenn wir uns an die alten Daten halten, die die Anomalie in dem Geröllhaufen zeigen, ist es immer noch ein heikles Spiel.«

»Sie haben Ihr Bestes versucht«, sagte Kirk und wandte sich der um die Konsolen versammelten Menschentraube zu. »Sie haben es gehört. Wir müssen also die Ärmel aufkrempeln und es auf die harte Tour versuchen.«

Mit verblüffend wenig Genörgel begaben sich die fünfundzwanzig Besatzungsmitglieder auf den Weg zum Fundort und machten sich daran, das Basaltgestein aus dem Weg zu räumen und es ein Stück weiter auf einen Haufen zu stapeln. Als die Findlinge frei lagen, wurden sie von den Technikern mit einem Transporterstrahl erfaßt und auf den größeren ersten Haufen gebeamt. Bald darauf war der Fundort frei von Gestein, und man enthüllte vier Basaltplatten. Sie standen aufrecht, und eine fünfte ruhte wie ein Deckel auf ihnen.

Der Steinwürfel war etwa doppelt so groß wie Kirk, und die Steine standen so dicht aneinander, als seien sie in dem Boden gerammt worden, um irgend etwas luftdicht zu verschließen.

Kirk wunderte sich kopfschüttelnd über die Perversität des Universums. So große Steine in einer solchen Anordnung konnten unmöglich natürlichen Ursprungs sein. Sie waren aber auch kaum der Grund für die Strahlung, die Chekov angemessen hatte. Und sie waren mit Sicherheit nicht der Grund für das Verschwinden der Sensordaten. Außerdem waren sie im Gegensatz zu den Findlingen, die sie beiseite geräumt hatten, nicht von ein paar Männern zu bewegen. »Spock, was sagen die Sensoren jetzt?«

»Rein gar nichts, Captain.« Spock stellte einige Regler ein und wiederholte seine Messung. »Den Sensoren zufolge existiert das Gebilde, das wir vor uns sehen, überhaupt nicht.«

4

Mehrere Sekunden lang schauten dreißig Augenpaare ungläubig in Spocks Richtung. »Was soll das heißen, Spock?« fragte Kirk, als er die Stimme endlich wiederfand. Das Objekt *mußte* einfach existieren. Alle konnten es sehen. Man sah auch den tintenschwarzen Schatten, den es über den unebenen Boden warf, und die meisten der Umstehenden hatten es beim Wegräumen der Findlinge angefaßt.

Spock trat beiseite, um Kirk freie Sicht auf das Sensorendisplay zu geben. »Ich meine damit, unsere Sensoren sind nicht in der Lage, das Objekt zu orten, das wir dort sehen. Alles sieht danach aus, als werde es von einem sehr gut entwickelten Klasse-B-Störfeld geschützt, das, wie Mr. Chekov bereits vermutet hat, von einem Biaxial-Schirmgenerator gespeist wird. Demzufolge können wir auch nicht in Erfahrung bringen, welche anderen Schutzmechanismen es vielleicht noch birgt.«

»Wie, zum Henker, kann das sein?« McCoy begab sich zu Spock und Kirk hinüber, lehnte sich an die Konsole und verschränkte die Arme vor der Brust. »Sie sagen, das Ding sei mehrere hunderttausend Jahre alt. Und doch wird es von einem Mechanismus geschützt, der unserer *heutigen* Technik unbekannt ist?«

»Stimmt, Doktor. Viele Kulturen verfügen über eine hochentwickelte Technik. Es gibt keinen Grund, die Echtheit des Artefakts nur deswegen in Frage zu stellen, weil es nicht in Ihr Weltbild paßt.«

»Schluß jetzt.« Kirk bedeutete den beiden Männern

zu schweigen. »Ich brauche Informationen, die uns sagen, wie wir weiter vorgehen sollen. Hat jemand eine Idee?«

Kaul, den man von der Hauptausgrabung zum Fundort des Artefakts gerufen hatte, bahnte sich einen Weg durch die Menge. »Was höre ich da von einem Fund, der nicht existiert?« fragte er, von dem schnellen Lauf noch außer Atem. »Wenn er wirklich so gut geschützt wird, ist er von höchster Wichtigkeit. Dieser Fund muß mit größter Vorsicht untersucht werden.«

»Sehen Sie selbst«, sagte Kirk und deutete auf die Messungen. »Während Dr. Kaul die Daten analysiert, wäre ich für brauchbare Vorschläge dankbar, meine Herren.«

Scott schaute von den Anzeigen zum Artefakt, als wolle er sichergehen, keiner Fata Morgana aufgesessen zu sein. »Klasse-B-Störfelder können die meisten Sensoren und Antigravheber blockieren. Aber mit mechanischen Hilfsmitteln müßten wir in der Lage sein, das Gebilde aufzubrechen.«

»Dann glauben Sie, daß etwas im Inneren dieses Gebildes ist?« Kirk stellte die Frage eigentlich nur, um zu hören, was die anderen davon hielten. Nach den Mühen, die die Unbekannten auf sich genommen hatten, um den Steinblock zu vergraben, mußte er einfach irgend etwas verbergen.

»Es wäre zwar unlogisch, sich die Mühe zu machen, einen Gegenstand so zu verbergen, wenn er nicht äußerst gefährlich wäre«, sagte Spock und studierte mit konzentrierter Miene den großen schwarzen, vor ihnen aufragenden Würfel, »doch im Moment haben wir keinen Beweis für die Gefährlichkeit des Objekts.«

Kirk wußte genau, welche Entscheidung nun im Raume stand. Als er sich Admiral Komacks Befehl ins Gedächtnis rief, wurde ihm sonnenklar, welche Worte er nun aussprechen mußte. »Wir werden nichts Neues erfahren, wenn wir den Würfel nicht öffnen. Gefahr ist ein Bestandteil unseres Berufes, meine Herren. Stellen wir also fest, warum sich jemand die Mühe gemacht hat, dieses Ding zu verbergen. Mr. Scott, lassen Sie alle Apparate herunterbeamen, die Sie brauchen, um den Würfel zu öffnen.«

»Aye, Sir.« Scotty machte sich auf den Weg und zückte seinen Kommunikator.

Nach mehreren Minuten eingehender Diskussion materialisierten ein paar Dutzend Meter vom Fundort entfernt ein Stapel Ausrüstungsgegenstände und drei Techniker. Scott trat sofort zu ihnen. Er ruderte mit den Armen, um ihnen zu zeigen, wohin sie die Ausrüstung bringen sollten, und schickte sofort alle Zuschauer an die Arbeit, die ihm über den Weg liefen. Binnen weniger Minuten war das Artefakt von technischen Instrumenten umgeben und von einer Art Netz überzogen.

Kaul umrundete die Arbeiter, richtete seinen Tricorder auf das Objekt und trieb die Leute ständig zu Eile an, damit er endlich sehen konnte, was sich im Inneren des Würfels befand. Talika folgte ihm die ganze Zeit. Ihre massive Gestalt ließ Kaul wie einen Zwerg wirken. Trotz der lauten Kommandos Scotts fing Kirk ein paar Fetzen von Talikas Worten auf. Sie diskutierte mit Kaul über die Wichtigkeit des Fundes, und wie man weiter mit ihm verfahren sollte.

»Manche Dinge ändern sich einfach nie, was, Jim?« McCoy lächelte kopfschüttelnd über den Anblick der wuchtig gebauten Djelifanerin, in deren Schatten sich der Inder bewegte.

»Was ist los, Pille?« Kirk, der Scott beobachtete, der gerade eine riskante Verbindung zwischen drei Querbalken beaufsichtigte, wandte sich um und folgte McCoys Blick. Der Unterschied zwischen den beiden Archäologen hätte nicht größer sein können.

»Diese Anfänger lassen sich immer so von ihren Ideen einwickeln, daß sie nicht übers Ende ihrer Nase hinausblicken können.« McCoy schaute Kirk von der

Seite an. »Obwohl man in Dr. Nyars Fall zugeben muß, daß sie einen entschieden besseren Überblick hat als die meisten anderen.«

Kirk lächelte widerwillig. Wie Talikas Rest war auch ihre Nase nicht gerade klein ausgefallen. »Du weißt doch, Pille, daß eine ausgeprägte Nase bei den Djelifanern als schön gilt.«

»Erzähl mir bloß nicht, sie wurde auf Djelifa zur Schönheitskönigin gewählt.« McCoy wandte den Blick zum Himmel. »Ihre Stimme erinnert mich zu sehr an meine Ex-Frau.«

Kirk zuckte die Achseln. Er wußte nicht genau, ob er den Spruch ernst nehmen sollte. »Dagegen kann ich leider auch nichts machen. Aber ich habe gehört, daß Talika nach dem Standard ihrer Heimatwelt eine sehr attraktive Frau sein soll.« Er zog die Jacke noch enger um sich, da in der Schlucht ein scharfer Wind wehte. Dann machte sich auf den Weg zu Scott. Die Nachtluft war trocken, schmeckte nach Staub und roch wegen der mittlerweile glühendheißen Lampen leicht nach Ozon. »Übrigens, hast du die Daten über die djelifanischen Gebräuche etwa noch nicht studiert?«

»Ich hab sie überflogen, aber sie enthielten zu viel technisches Geschwafel.« McCoy ging neben Kirk her und schüttelte den Kopf. »Ich bin halt nur ein alter Landarzt, Jim. Der Mensch, der die Daten zusammengestellt hat, hat sich die größte Mühe gegeben, alles in ein Fachchinesisch zu verpacken, das normale Menschen nicht mehr verstehen.«

Spock gesellte sich zu ihnen. Er hielt problemlos mit Kirk Schritt. Die dünnere Luft Caretas führte zwar dazu, daß die Menschen hier langsamer wurden, doch Spock fühlte sich von der Luft und der Temperatur an einen Wintertag in den L-Langon Bergen erinnert. »Der Captain meint, Sie hätten dem Kapitel über die djelifanische Namensgebung etwas mehr Aufmerksamkeit schenken sollen. Djelifanerinnen, die die Volljährigkeit erreichen, erwerben das Recht auf einen *einzigartigen* Namen. Männliche und weibliche Kinder, die der Gesellschaft ihren Wert noch nicht bewiesen haben, werden nach ihren Klans und Klanführern benannt.«

McCoy schenkte Kirk einen genervten Blick. Er glaubte zwar nicht, daß der Captain genügend Zeit gehabt hatte, um den langweiligen Bericht eingehend zu studieren, aber Kirk und Spock taten so, als hätte man dies auch während der Einsatzbesprechung erfahren können. »Und was ist daran so wichtig, Jim? Gerade dieser Abschnitt war der schlimmste Teil der gesamten Akte.«

»Leider ja, Pille.« Kirk grinste McCoy verlegen an. Das lose Gestein knirschte unter seinen Stiefeln. Das Geräusch war so laut, daß es sogar die Ausgrabungsarbeiten übertönte. »Spock will dir eigentlich nur klarmachen, daß unter dem ganzen technischen Kram die alles entscheidende Tatsache verborgen ist, daß man es für äußerst unhöflich hält, erwachsene Djelifanerinnen mit dem Nachnamen anzusprechen.«

»Ach.« McCoy runzelte die Stirn und versuchte sich an das zu erinnern, was er von den komplizierten Daten mitbekommen hatte. »Woher soll *ich* denn wissen, daß man mir *das* mitteilen wollte?«

»Ich schätze, das ist der Grund, warum Spock als Übersetzer in der Nähe bleibt.« Kirk wartete nicht auf McCoys Antwort. Er richtete seine Aufmerksamkeit wieder auf die Ausgrabungen. Der Rahmen über dem Artefakt war fertig. Mehrere Angehörige der Mannschaft verstärkten die Streben, während andere die Metallscheiben in Position hievten, die ihnen als Arbeitsoberfläche dienen sollte. »Wie lange dauert's noch, Scotty?«

»Wie lange?« Scott trat zurück und musterte das Gerüst mit dem Blick eines Bauherren. »Es dürfte nicht mehr als fünf Minuten dauern, alles abzusichern und die Winden klarzumachen. Aber wenn Sie nichts dagegen haben, Captain... Es wäre mir lieb, wenn sich bis auf die Burschen, die mir zur Hand gehen, alle aus der Gefahrenzone entfernen, wenn wir den Versuch machen, das Ding zu öffnen. Schließlich wissen wir nicht, *warum* sich jemand die Mühe gemacht hat, das Ding so zu versiegeln.«

»Gut mitgedacht. Dann räumen wir jetzt die Umgebung, damit wir keine Zeit verschwenden, wenn Sie fertig sind.«

»Danke, Captain. Bevor wir anfangen, geben wir Bescheid, damit auch der Letzte mitbekommt, daß er sich in Sicherheit bringen muß.« Scotty machte sich daran, die Arbeiter zu beaufsichtigen, die im Begriff waren, die Winden in Position zu bringen. Zwei Teams hatten ihre Winden bereits gesichert und nahmen die nächsten in Angriff. Ein drittes war gerade dabei, eine Winde auf die Arbeitsplattform zu hieven. Ein viertes Team befand sich schon auf der Plattform, war aber noch damit beschäftigt, die Winde in Position zu bringen.

Nachdem Scott sie lange genug beobachtet hatte, stieg er die Leiter hinauf. »He, Jungs, ich zeig euch mal, wie man diese Babys richtig anfaßt.«

Kirk wandte sich mit schmunzelnder Miene ab. »Auf geht's, meine Herren. Sorgen wir dafür, daß alle Schaulustigen in sicherer Entfernung sind.«

Aus Scotts fünf Minuten wurden fünfzehn, aber es störte Kirk nicht weiter. Es kostete ohnehin mehr Zeit, die Leute dazu zu bewegen, angemessenen Sicherheitsabstand einzuhalten. Noch schwieriger war es, die Archäologen im Zaum zu halten. Kaul wollte so nahe wie möglich an die Fundstelle heran, um nichts zu verpassen. Er befürchtete wohl, die Sensoren könnten noch immer falsche Werte anzeigen und seine fachmännische Beobachtungsgabe gefragt sei, um die Feinheiten zu erkennen, wenn man die riesigen Basaltplatten hob. Schließlich ging Kirk einen Kompromiß ein, um der leidigen Diskussion ein Ende zu setzen. Da niemand wußte, wie groß die Sicherheitszone sein mußte, gestattete er Kaul und den Archäologen sich zwischen den Zuschauern und dem Artefakt aufzustellen. Wenn die Fremden irgendeine Falle mit vergraben hatten, waren bestimmt alle Anwesenden in großer Gefahr. Kirk fragte sich, ob es nicht sicherer sei, die nicht benötigten Leute zurück zur *Enterprise* zu schicken.

Als Spock Kirks Gesichtsausdruck sah, hob er eine Braue. »Sie scheinen besorgt zu sein, daß es im Inneren des Artefakts eventuell aktive Schutzmechanismen gibt, Captain?«

»Der Gedanke ist mir gekommen, Spock.« Kirk musterte das Artefakt. Er war bereit, sich seinen Geheimnissen zu ergeben. Scott und seine Leute waren gerade im Begriff, die letzten Kabel zu befestigen und zu verankern: der letzte Schritt vor dem Anheben der gewaltigen schwarzen Basaltplatte. »Wenn Sie irgendwelche Bedenken haben, möchte ich sie gern hören, *bevor* Mr. Scott die Abdeckplatte hebt.«

»Meine Analyse der uns bisher bekannten Schutzmechanismen besagt, daß die Platten dazu dienen, das Objekt zu verbergen und es uns zu erschweren, uns ihm zu nähern. Meiner Meinung nach wird sich das, was in dem Würfel enthalten ist, nur als unbeabsichtigt tödlich erweisen.«

»*Unbeabsichtigt* tödlich?« fragte McCoy. »Meinen Sie so etwas wie einen *Unfalltod?*«

Kirk entschloß sich einzugreifen, bevor McCoy zur Höchstform auflief. »Meinen Sie etwas in der Art, daß ein Stein herunterkrachen könnte und uns unter sich begräbt?«

»Das wäre eine Möglichkeit. Das Hauptmotiv der Fremden scheint jedoch darin bestanden zu haben, das Objekt unauffindbar zu machen – nicht, jemanden zu verletzen, der nach ihm sucht.«

Scott wandte sich zum Captain um, hob eine Hand und signalisierte ihm so, daß das letzte Kabel befestigt und gesichert war. »Ich hoffe, daß Sie recht haben, Mr. Spock. Wir machen nun den ersten Test.« Kirk gab Scott das Zeichen, die Winde zu aktivieren.

Die Motoren erwachten zum Leben, die Winden spannten die Kabel und zogen am Gewicht der Platte. Zuerst geschah gar nichts. Scott erhöhte die Energie der Winden, aber die Basaltplatte wollte sich nicht bewegen. Die Motoren jaulten und heulten unter der schweren Last auf.

»Das ist merkwürdig.« Spock machte sich auf den Weg zur Kontrollkonsole des Grabungsgeräts und rekonfigurierte die Stromzufuhr für die Lampen und nicht mehr benötigten Geräte. »Normalerweise müßten zwei Winden die Platte spielend heben können. Die anderen sind nur dazu da, eventuelle Ausfälle auszugleichen, wenn sie angehoben ist.«

Kirk griff nach seinem Kommunikator. »Wissen Sie genau, daß die Platten nicht aneinander befestigt sind?«

»Die visuelle Überprüfung hat keinerlei Anzeichen für eine Verbindung zwischen den Platten ergeben. Allerdings waren wir nicht in der Lage, brauchbare Tricorderergebnisse zu bekommen.« Spock legte einen Schalter um und reduzierte so die Energie der Maschinen und Lampen auf halbe Kraft.

Kirk aktivierte den Kommunikator. »Mr. Scott, Sie haben jetzt fast die gesamte Energie des Generators zur Verfügung.«

»Danke, Captain«, erwiderte Scott über den Kommunikator. Er trat an die Kontrollen und speiste den zusätzlichen Strom ins Energienetz ein. Kurz darauf heulten die Motoren der Winden in einem schrillen Ton auf, und nach einiger Zeit liefen sie in einem ständig an- und abschwellenden Ton synchron. Einige Anwesende hielten sich die Ohren zu, um den Krach weniger intensiv zu hören. Ein tiefes, unregelmäßiges Grollen gesellte sich zum Kreischen der Windenmotoren. Es war noch irritierender als der Maschinenlärm.

Alle hielten gespannt den Atem an und warteten. Die Winden hatten die Grenze der Belastbarkeit erreicht. Noch mehr würden sie wohl kaum aushalten. Kirk wunderte sich, daß Scott, der ansonsten immer sorgsam auf seine Geräte achtete, nicht schon längst den Stecker gezogen hatte. Er grinste. Wie alle anderen war auch Scott daran interessiert, das Geheimnis zu lüften. Selbst wenn es bedeutete, die nächsten drei Tage damit zuzubringen, die Maschinen zu reparieren.

Das Grollen wurde lauter, und Kirk registrierte, daß es sich um das letzte Aufstöhnen der großen Basaltplatte handelte, die sich nun endlich von dem riesigen Würfel hob und an dessen Wänden rieb. Mit einem lauten Krachen und einem schrillen Quietschen löste sich das vordere Ende der Platte. Die Würfelwände bebten unter dem Druck der sie umspannenden Kabel und kippten. Es sah so aus, als fielen sie bei Mikrogravitation oder in Zeitlupe um. Die Erschütterung wirbelte Staub auf, der das Artefakt kurz einhüllte und die Sicht auf sein Inneres behinderte.

Das Jaulen der Winden ließ nach und wurde zu einer normalen Geräuschkulisse. Dann waren von der Arbeitsplattform her würgende Geräusche zu vernehmen. Bevor Kirk sich fragen konnte, was dort vor sich ging, hatte die Staubwolke auch ihn erreicht. Ein penetranter Mief durchdrang die Luft und erzeugte Übelkeit. Bevor Kirk erkannte, daß es sich um suldanisches Gas handelte, lag er schon am Boden und übergab sich.

Neben ihm zirpte ein Kommunikator.

»Spock an *Enterprise.* – Nottransport. Beamen Sie sofort alle an Bord. Ich wiederhole. Nottransport. Beamen Sie sofort alle an Bord. Sofort.« Seine Stimme klang geschwächt, als könne auch er sich nur mühsam gegen die Auswirkungen des Gases wehren.

Zum Glück reagierten die Techniker im Transporterraum schnell. Sie schlugen beim Transport der Forschungsgruppe zur *Enterprise* sämtliche vorher aufgestellten Rekorde um eine volle Minute. Als Kirk später das Lazarett verließ, in dem man ihm ein entsprechendes Gegenmittel verabreicht hatte, fragte er sich, wie vielen Leuten auf der *Enterprise* es auch morgen noch übel ergehen würde. Es gab *wirklich* jemanden, der nicht wollte, daß man das Artefakt entdeckte.

5

Was den Morgen danach angeht, dachte Kirk grimmig, als er die Anwesenden im Konferenzraum musterte, *hatte ich recht.* Obwohl er sofort behandelt worden war, fühlte er sich von den Nachwirkungen des Gases erheblich beeinträchtigt. Er hatte starke Kopfschmerzen, und sein Magen fühlte sich an, als hätte er einen Ziegelstein verschluckt. Als er zu McCoy hinüberschaute, fiel ihm auf, daß auch dieser sich offenbar nicht gerade gut fühlte. Kaul und Talika, die näher an der Ausgrabungsstätte gestanden hatten, schien es noch schlimmer erwischt zu haben. Chekov hingegen wurde hauptsächlich von seinem jugendlichen Enthusiasmus für das geheimnisvolle Artefakt zusammengehalten. Die vulkanische Selbstbeherrschung stand Spock zwar recht gut, aber auch er schien Probleme zu haben, sich gegen die Nachwirkungen des Gases durchzusetzen. Die einzige Person im Raum, die noch halbwegs lebendig aussah, war Meredith Lassiter. Sie hatte die Ausgrabungsarbeiten an Bord der *Enterprise* verfolgt. Aber auch sie hatte dunkle Ringe unter den Augen, die davon zeugten, daß sie die ganze Nacht über den von den Scannern ausgespuckten Daten gebrütet hatte.

»Wahrscheinlich ist es das, was man vor uns verbergen wollte«, sagte sie und schaltete ein Bild auf die Schirme der Anwesenden.

Das Objekt war etwa zwei Meter hoch, vier Meter lang, aber nur zehn Zentimeter dick. Die Rückseite war von einem metallisch Blaugrau und zeigte weder Kratzer noch andere Beschädigungen. Die Vorderseite erinnerte Kirk irgendwie an ein zweiflügeliges, in einen schwarzen Rahmen eingefaßtes Fenster. Die Illusion wurde durch eine von kniehohem Gras bewachsene, naturalistische Landschaft verstärkt, die sich auf der linken Hälfte zeigte. Die rechte Seite des Gegenstandes zeigte absolut nichts. Sie war völlig leer. Nur der glasige Glanz der Oberfläche unterschied sie von ihrem Hintergrund.

»Was ist das?« fragte Chekov, dessen Ausdruck den Schrecken widerspiegelte, den auch alle anderen empfanden. »Und *dafür* haben wir uns beinahe umbringen lassen?«

Lassiter nickte. »Was es ist, wissen wir noch nicht. Es hat jedoch den Anschein, die Schutzmechanismen des Steinwürfels sollten dafür sorgen, daß wir dem Objekt nicht zu nahe kommen.«

Spock holte eine Zahlenreihe auf den Bildschirm. »Dies ist eindeutig der Gegenstand, von dem Dr. Talika und Fähnrich Chekov die ersten Sensormessungen bekamen. Wir vermuten, daß die Barriere, die ihn umgab, ein Dämmfeld hatte. Allerdings war es wohl defekt, denn in der Zeit, in der es aktiviert war, ist dem Dämmfeld Streustrahlung entwichen, was es uns ermöglichte, das Objekt zu orten. Die Abschirmung hat außerdem ein Störfeld erzeugt, das unsere Sensoren deaktivierte und unbrauchbar machte, sobald es ihre Strahlung wahrnahm. Obwohl das Feld nur mit sehr wenig Kraft arbeitete, war es sehr wirkungsvoll. Die vorläufigen Analysen der Emissionen des Artefakts zeigen, daß sein Energieausstoß-Hauptmodus in einer subharmonischen Frequenz liegt, die in Menschen Gefühle stärksten Unbehagens auslöst. Abschließend möchte ich sagen, daß der Energieausstoß des Objekts innerhalb von 7,3 Stunden nach dem Entfernen der Barriere ständig gestiegen ist. Seither ist er konstant.«

»Als würde es seine Batterien für irgend etwas aufladen«, murmelte Chekov. »Aber wofür?«

Kirk nickte. »Eine gute Frage. Irgendeine Idee, Mr. Spock?«

»Im Moment nicht. Dr. Lassiter und die anderen haben zwar eine beeindruckende Datenmenge zusammengetragen, aber im Augenblick wissen wir noch nicht, wozu das Objekt konstruiert wurde oder was es ist.«

Lassiter wickelte eine Haarlocke um ihre Finger. »Wir wissen weder, *wer* das Objekt hier zurückgelassen, noch wer es so tief vergraben hat. Die Steinplatten, die es umgaben, sind viel jünger. Im Moment gehen wir davon aus, daß die Meztorianer dieses aus einer viel älteren Zivilisation stammende Objekt versteckt haben, aber wir haben noch keinerlei Beweise für diese Theorie.«

»Irgendwelche Tips?« Kirk sah zu Kaul hinüber. Er hoffte, daß er eine brauchbare Idee hatte. Kauls Gesicht sah aus, als wäre es zu Wachs erstarrt. Der Archäologe saß starr an seinem Platz, blinzelte mehrmals und schloß die Augen. Schweiß trat auf seine Stirn. McCoy sprang von seinem Stuhl auf und eilte zu ihm hinüber. Kirk tat es ihm gleich.

McCoy öffnete seinen Kommunikator. »Medizinischer Notfall. Dr. M'Benga – sofort in den Konferenzraum.« Er prüfte Kauls Puls und Atmung. »Es sind die Nachwirkungen des suldanischen Gases«, sagte er dann. »Wir sind von einer besonders miesen Abart erwischt worden. Wenn Dr. Kauls Reaktion auf das Zeug typisch ist, müssen alle Betroffenen noch mal ins Lazarett, um sich eine weitere Dosis Mylezan abzuholen.«

»Ich werde es sofort anordnen, Pille«, sagte Kirk. »Nach der Besprechung erhält jeder eine zweite Spritze. Wir können nichts mit Leuten anfangen, die in kritischen Momenten einfach umfallen.«

Die Tür öffnete sich. M'Benga trat ein. Ihm folgten

zwei Sanitäter mit einer Trage. Sie betteten Kauls kraftlosen Körper darauf und machten sich auf den Weg zum Lazarett. M'Benga blieb und hörte sich McCoys Diagnose an. »Die Mylezan-Injektionen sind fertig, wenn die Besprechung beendet ist«, sagte er dann und verschwand ebenfalls durch die Tür.

»Wo waren wir stehengeblieben?« fragte Kirk, als die Tür sich hinter M'Benga schloß. Er gab den Anwesenden einige Sekunden Zeit, damit sie wieder Platz nehmen und ihre Gedanken ordnen konnten. Talika und Lassiter stritten sich darüber, wer während Kauls Abwesenheit die Expedition leiten sollte. Kirk hielt sich zurück. Er wollte auf keinen Fall in diese Meinungsverschiedenheit hineingezogen werden. Schon der Gedanke, Talika in die Quere zu kommen, bereitete ihm Unbehagen. Die Frau war unerbittlich, wenn sie etwas erreichen wollte. Schon die Art, wie sie ihre Ansichten über den Planeten verteidigte, reichte aus, um ihr aus dem Weg zu gehen. Schließlich zog auch Lassiter diese Schlußfolgerung; sie brach den Blickkontakt zu Talika ab, um dem Gespräch ein Ende zu machen, und blickte nur noch auf die Tischplatte. Ihr Gesicht war von gold- und silberschimmerndem Haar verdeckt.

»Wir müssen studieren das Artefakt mit Vorsicht größter.« Talikas Stimme klang kräftig und bestimmend. »Wegen der Gefahr. Ich persönlich werde Forschungen anstellen mit Hilfe von einem Assistenten und mache ergänzende Scans mit Meßgerät. Alle anderen bleiben in Abstand sicherem und untersuchen von dort.«

Bei diesen Worten verlor Chekovs Gesicht jegliche Farbe. Kirk glaubte einen Moment lang, auch er litte an den Nachwirkungen des Gases, doch dann versteifte er sich, als müsse er etwas Unausweichliches akzeptieren. Kirk fragte mit grinsendem Gesicht: »Wollen Sie sich freiwillig melden, Mr. Chekov?«

Zuerst machte Chekovs Mund eine Bewegung, als

wolle er verneinen, doch dann sagte er: »Ja, Sir, ich würde mich geehrt fühlen, Talika bei den Untersuchungen an dem Artefakt helfen zu dürfen«.

»Danke, Fähnrich, Ihr Enthusiasmus in dieser Sache ist sehr lobenswert.« Kirk wandte sich wieder zu Talika um. »Wann wollen Sie mit der Arbeit beginnen?«

»Wir starten werden in einer halben Stunde etwa. Dr. Meredith und ich müssen noch kalibrieren Sensoren vorher, um zu bekommen signifikante Objektdaten. Wenn Mr. Spock hilft, wir schneller fertig sein werden. Wir jedoch müssen mitnehmen Medikamente – für den Fall, daß wir angegriffen werden wieder. Auf Djelifa alles ganz anders ist. Da die Besatzung der *Enterprise* nicht besteht aus Djelifanern, wir aufpassen müssen, daß schwache Menschen nicht werden verletzt.«

Kirk mußte sich auf die Zunge beißen, um keinen Kommentar abzugeben, der ihm das Genick brechen konnte. Er bezweifelte zwar ernsthaft, das ein djelifanisches Team schneller war als die Besatzung der *Enterprise,* aber er wußte auch, daß jeder, dem Talikas Unverschämtheit zu Ohren kommen würde, so langsam wie möglich arbeitete, um es ihr heimzuzahlen.

Spock, dem offenbar schwante, daß Kirk im Begriff war, ihr eine Antwort zu geben, die nicht dem diplomatischen Protokoll entsprach, griff ein. »Die Sensoren sind bereits rekalibriert, Dr. Talika. Die Arbeit wurde vor einer Stunde beendet. Sie brauchen nur noch zu bestimmen, welche Frequenzen Sie untersuchen wollen.«

»Danke, Mr. Spock«, sagte Kirk, der noch immer damit beschäftigt war, seinen zornigen Gesichtsausdruck unter Kontrolle zu halten. »Wenn niemand etwas hinzuzufügen hat, ist die Besprechung beendet. Die Forschungsgruppe wird in einer halben Stunde von Bord beamen.«

Das Morgenlicht macht Careta auch nicht schöner, dachte Chekov, als er sich mit Talika auf den Weg zum Artefakt machte. Der pulsierende Kopfschmerz, der auf die suldanische Gasattacke vom Vorabend zurückzuführen war, trug ein Übriges zu seinem Mißmut bei. Der Rest der Forschungsgruppe war direkt an der Kontrollkonsole materialisiert. Alle hofften, daß dieser Abstand ausreichte, um vor weiteren Überraschungen der Fremden sicher zu sein und trotzdem nichts zu verpassen. Chekov fragte sich insgeheim, ob der Abstand reichte, den die *Enterprise* in der Kreisbahn zu dem Objekt einhielt. Welcher Abstand war sicher, wenn jemand etwas so beschützen wollte, daß es wirklich niemandem gelang, an dieses Etwas heranzukommen? Je näher sie dem Artefakt kamen, desto sicherer fühlte sich Chekov bei dem Gedanken, daß Spock und seine Leute jeden ihrer Schritte aus der ›sicheren‹ Entfernung der Kontrolleinheit verfolgten. Entweder waren auch sie dem Objekt zu nahe, oder zu weit von ihm entfernt, so daß man Talika und ihm zu Hilfe eilen konnte, wenn sie angegriffen wurden.

Talika wirkte, als mache sie sich keine weiteren Gedanken. Sie musterte das Artefakt und verglich das, was sie sah, mit den Meßdaten ihres Tricorders. Schließlich kam sie auf Chekov zu. »Du zur rechten Seite gehst. Ich zur linken gehe. Wir einen kreisrunden Scan machen und gehen nach innen immer weiter, bis wir treffen uns in der Mitte.«

»Was immer Sie wollen«, sagte Chekov und aktivierte seinen Tricorder. Er ging los. Seine Blicke wechselten ständig von Talika zum Artefakt und zurück. Das Artefakt war noch immer von Scottys spinnwebartigem Baugerüst umgeben. Die dicken Basaltplatten, die es Jahrtausende verborgen hatten, lagen daneben. Wenn Talika wollte, daß er sich spiegelbildlich zu ihren Bewegungen in Kreislinien zum Mittelpunkt bewegen sollte, hätte sie wenigstens sagen können, wie schnell er vorgehen und wie weit er pro Umkreisung nach innen gehen sollte. Es schien, als sei Präzision keine djelifanische Tugend. Statt ihm genaue Instruktionen zu erteilen, hielt sie ihm lieber Vorträge über das, was er falsch machte. *Vielleicht glaubt sie, ich kann ihre Gedanken lesen,* dachte er säuerlich. Vielleicht war dies der Grund, warum sie ständig so tat, als sabotiere er bewußt all ihre Anweisungen.

Wenigstens schien sie es nicht eilig zu haben. Chekov hielt gut mit ihr Schritt. Das heißt, es gelang ihm stets, den Abstand zu korrigieren, wenn sie den Punkt erreichten, an dem ihre Bahnen sich schnitten. Seine Tricordermessungen ergaben nichts Ungewöhnliches – nur beständige Energieemissionen des Artefakts. Sonst wurde nichts von Interesse angezeigt. Keine versteckten Schutzmechanismen unter dem von Geröll bedeckten Boden. Keine Scanner, die über ihnen in den Felswänden verborgen waren, keine Hinweise auf die Herkunft oder die Funktion des Gegenstandes, den sie untersuchten.

Nach vier Umkreisungen standen sie genau vor dem Objekt. Die Luft war hier spürbar kühler, fast so, als gäbe es hier ein kleines Kühlaggregat. Chekov fröstelte unwillkürlich. Kühlfelder mit so großen Lecks wurden in der Föderation seit über fünfzig Jahren nicht mehr verwendet, und selbst damals waren sie nur für spezielle Funktionen verwendet worden – etwa für das langfristige Einlagern biologischen Materials. Entweder interpretierte er seine Empfindungen falsch, oder irgend etwas Seltsames ging hier vor.

Chekov trat drei Schritte zurück und schwenkte den Tricorder. Er blickte auf die Temperaturanzeige. Sie stieg ständig an, bis er sich völlig vom Artefakt abgewandt hatte. Als er sich ihm wieder zuwandte, sanken die Werte. In der Nähe des Artefakts war die Temperatur genau zehn Grad niedriger als in der Richtung des kleinen Flusses auf der anderen Seite. Erstaunt und verwirrt zeigte er Talika den Tricorder, damit sie die Ergebnisse sah.

»Es in Schatten ist kälter«, sagte sie achselzuckend. »Na und?«

Kopfschüttelnd ging Chekov die Temperaturdaten durch. »Solche Temperaturschwankungen gibt es auch im Schatten nicht. Irgend etwas am Artefakt ist dafür verantwortlich, daß es hier kälter ist.«

»Warum soll das sein für mich wichtig?« sagte Talika und wandte sich wieder dem schwarzen Gegenstand zu.

Für einen Moment stand Chekov einfach nur da und fragte sich, wieso sie solche Fakten einfach überging. Für ihn hieß es, daß das Gerät auch nach Jahrtausenden noch aktiv war und irgend etwas *machte.* Es war von Fremdlingen konstruiert worden, deren Motive nirgendwo erkennbar waren. Zudem barg es Gefahren, deren Ausmaß man nicht im geringsten einschätzen konnte. Ein Stück aus dem Puzzle einfach links liegen zu lassen, erschien ihm beinahe kriminell unverantwortlich. Aber Talika bewegte sich auf das Gebilde zu, als hätte sie längst alle Antworten in der Tasche. Offenbar war es für Djelifaner typisch, alles besser zu wissen, keine Ratschläge anzunehmen und allen Sicherheitsregeln zu trotzen, die man bei der Erforschung neuer Planeten beachten sollte.

Es müßte genau umgekehrt sein, dachte Chekov, als auch er zur Vorderseite des Objekts zurückkehrte. Er schwang seinen Tricorder über die rechte Seite des fensterähnlichen Gebildes, doch der Tricorder zeigte lediglich die Präsenz des Gegenstandes an. Es war weniger, als wenn er den Tricorder gegen einen Spiegel gehalten hätte. Normalerweise hätte ihm das Gerät die Beschaffenheit, Energiezufuhr und tausend andere Dinge des Objekts verraten müssen. Zumindest hätte er Messungen über die Beschaffenheit und Eigenschaften des Schutzschirms erhalten sollen, der den Tricorder blockierte.

Chekov griff intuitiv nach der Oberfläche des Objekts. Als er nur noch einen Zentimeter davon entfernt war, spürte er ein Prickeln in den Fingerspitzen. Als er die Hand zurückzog, hörte es sofort auf. Er versuchte es erneut. Mit dem gleichen Ergebnis. Er streckte noch einmal den Arm aus und tastete das Feld ab, das wie eine Aura an der Oberfläche des Fensters klebte. Das Prickeln in seinen Fingern hörte erst am Rand wieder auf. Chekov fragte sich, ob der schwarze Rahmen die Quelle des Feldes war, oder ob es sich um eine Art Sperre handelte, die das Feld an der Ausdehnung hinderte. Er strich über die Fläche und versuchte die Maße des Feldes zu bestimmen, indem er immer mit einem Auge auf den Tricorder schaute. Zu seiner Verwunderung blieb die Anzeige unverändert. Jedes Energiefeld verursachte leichte Schwankungen, wenn jemand oder etwas in seine Nähe kam, und wenn es noch so klein und schwach war. Irgend etwas stimmte hier nicht. Schließlich entschloß er sich, in das Feld hineinzugreifen. Er konnte keine weiteren Tests mehr machen, die etwas brachten. Chekov spreizte die Finger und griff in das Energiefeld.

Als er wieder klar denken konnte, lag er mehrere Meter von dem Objekt entfernt nach Luft schnappend auf dem Boden. Sein rechter Arm war völlig taub, sein Schulterblatt fühlte sich an, als wäre es ausgerenkt. Unbeholfen brachte er sich in eine sitzende Position. Sein rechter Arm hing gefühllos herunter.

»Was du machst da unten? Schlafen während der Arbeit?« Talika schaute finster auf ihn hinab.

Chekov stöhnte. Er wollte sich aufrichten, aber seine Beine waren zu schwach, um ihn wieder in eine stehende Position zu bringen. Er fiel wieder zu Boden. »Es hat mich weggeschleudert, als ich hineingreifen wollte.«

»Du nicht hast *bessere* Ausrede?« sagte Talika mit einer Miene, die ihr Gesicht in eine Grimasse verwandelte.

Chekov fühlte sich an eine der Hexenmasken erinnert, die man bei den Schöpfungsspielen auf Devron 5 verwendete. »Kein djelifanischer Assistent würde sein so dämlich.«

Chekov kochte vor sich hin. »Greifen Sie doch selbst mal rein. Vielleicht haben Sie mehr Glück.«

»Schon getan. Die Hand geht durch die Oberfläche von Fenster.« Ihr Gesicht wurde noch finsterer. »Blödling! Du wirklich glaubst, das ich nicht erkenne deine Lügen?«

»Vielleicht spürt es die djelifanische Überlegenheit«, fauchte Chekov, bevor er die Wichtigkeit ihrer Worte verstand. Talika hatte die andere Seite des Fensters erforscht: jene, die eine wunderschöne Landschaft eines anderen Ortes und einer anderen Zeit darstellte. Diese Seite hatte zugelassen, daß Talika sie berührte, während die leere Seite, die er untersucht hatte, ihn weggeschleudert und den Versuch abgewehrt hatte, sie anzufassen. Obwohl beide Seiten des Artefakts einiges gemeinsam hatten, unterschieden sie sich in ihrer Funktion. Wenn Talikas Hand durch das Fenster greifen konnte, war es dann auch möglich, etwas anderes hindurchzuschieben?

Mühsam raffte Chekov sich auf. Er stellte fest, daß seine Knochen nun nicht mehr so taub waren. Seine ersten Bewegungen sagten ihm zwar, wie hart er gelandet war, aber je mehr er sich bewegte, desto besser ging es. Nach einiger Zeit hatte er das Artefakt wieder erreicht und untersuchte erneut und mit großer Vorsicht die Oberfläche des Fensters.

Auch diesmal rückte das Objekt nicht mit den gewünschten Ergebnissen heraus. Schließlich hielt er genau über dem fensterähnlichen Feld inne und schaute auf den Tricorder. Wie beim letzten Mal zeigte er keinerlei Veränderungen an. Die Anzeige blieb tot, wie an der leeren Seite. Chekov inspizierte das Szenario auf der linken Hälfte und wunderte sich, wie sehr die dort gezeigte Landschaft der russischen Steppe ähnelte. Da war eine endlose Ebene mit kniehohem Gras und einer Abendsonne, die am Horizont langsam ihre Bahn zog. Es wirkte so real, daß er das Gefühl hatte, er könne direkt durch den Spiegel in die Landschaft treten und durch das Gras gehen.

Nach einigen Minuten der Inspektion schob Chekov eine Hand in Richtung des Objekts. Er hatte eigentlich erwartet, einen erneuten Angriff zu erleben oder Daten von dem Ding zu erhalten, aber der Tricorder zeigte – wie schon zuvor – rein gar nichts an. Wenn er etwas herausbekommen wollte, mußte er es nochmals versuchen.

Langsam streckte er die Hand aus. Er rechnete mit dem prickelnden Gefühl des Kraftfeldes. Aber als er nur noch einen Zentimeter von der Oberfläche entfernt war, umhüllte eine Art von Wärme seine Fingerspitzen. Ohne weiter nachzudenken, griff er hinein, dankbar für die Wärme, die ihm im Gegensatz zur Kälte rings um das Artefakt sehr gut tat. Noch bevor er verstand, wie weit er schon gegangen war, war seine Hand bis zum Gelenk im Artefakt verschwunden.

Erschreckt wollte er sie wieder herausziehen. Zuerst hatte er das Gefühl, sie sei in Plastik eingeschweißt. Er konnte sie nicht herausziehen. Chekov geriet in Panik. Er versuchte es nochmals, diesmal mit mehr Kraft. Er zerrte mit aller Gewalt an seiner Hand. Als er schließlich freikam, torkelte er nach hinten und verlor den Halt. Er stolperte und landete direkt vor Talikas Füßen.

»Blödling!« sagte sie in einem empörten Tonfall. »Habe ich etwa gesagt, du das darfst anfassen?«

Chekov rappelte sich auf. Er bemühte sich, den Rest der Würde zu behalten, der ihm noch geblieben war. Er schaute sich nach etwas um, das man als Testobjekt verwenden konnte. Einige Sicherungskabel des Baugerüsts lagen in der Gegend herum. Außer ihnen befanden sich nur Steine und Felsen in Reichweite. Chekov griff nach einem faustgroßen Stein und warf ihn in Richtung Artefakt. Er erzeugte ein leises Pfeifen, als er durch die Luft flog.

Doch statt durch das Fenster zu fliegen, wie Chekov es erwartete, prallte der Stein an der Oberfläche ab und wurde zu ihm zurückgeschleudert. Er warf sich zu Boden – gerade noch rechtzeitig, um ihn nicht abzubekommen. Talika hatte weniger Glück. Chekov hörte einen dumpfen Aufschlag und ein schmerzhaftes Grunzen, als der Stein ihre Schulter traf. Er bereitete sich auf das Gebrüll vor, das sie aufgrund seiner Unachtsamkeit sicher ausstoßen würde. Aber sie verhielt sich still.

Chekov rappelte sich auf und wandte sich ihr zu. Vielleicht konnte er ihrem bevorstehenden Wutanfall entgegenwirken. »Tut mir leid, Dr. Talika. Ich habe nicht damit gerechnet, daß der Stein zurückgeschleudert wird. Ich wußte nicht, daß ich so fest geworfen habe.«

Sie ignorierte die Entschuldigung mit einem Stirnrunzeln. »Du nicht hast ihn geworfen. Das Artefakt hat zurückgeworfen den Stein.«

»Sehr interessant«, sagte Chekov. Er bemühte sich, die Wichtigkeit ihrer Beobachtung zu verstehen. Dem Artefakt hatte sein Arm offenbar gefallen, deswegen hatte es versucht, ihn hineinzuziehen. Aber den Stein hatte es abgewehrt. Chekov hob stirnrunzelnd einige Kiesel und einen dicken Stein auf. Mit dem Stein in der Linken bewegte er die Hand erneut auf das Fenstergebilde zu. Sofort setzte das Kribbeln in den Fingerspitzen wieder ein. Als sich die Hand mit dem Stein im Inneren des Fensters befand, wollte er den Stein loslassen. Aber seine Finger waren wie gelähmt. Es ging nicht. Bevor der Arm hineingezogen wurde, riß er ihn schnell wieder zurück.

»Das Ding scheint kein absolutes Vorurteil gegen Steine zu haben«, sagte er und starrte das Artefakt verwundert an. Er hatte damit gerechnet, daß es sowohl den Stein als auch seine Hand abwehren würde.

Spock gesellte sich zu ihnen. »Offenbar hat das Gerät eine Vorliebe für organisches Material. Mit Erlaubnis Dr. Talikas werden wir nun mit einer Reihe intensiverer Tests beginnen.«

»Welche Tests?« fragte Talika sofort und schaute Spock an. »Wenn das Artefakt will organisches Material, dann wir ihm geben organisches Material. Wertlose Föderationsmänner sind gute Kaninchen für Versuch.«

Chekov knirschte mit den Zähnen, um einen bissigen Kommentar zu unterdrücken. Ihm war klar, wen Talika – in der Hoffnung, er werde endlich etwas Brauchbares lernen – am liebsten in das Artefakt geschickt hätte.

Spock ignorierte ihre Worte jedoch. »Ich würde eine konservativere Methode empfehlen, als jemanden dort hineinzuschicken. Zuerst sollten wir feststellen, inwiefern das Artefakt zwischen organischen und nichtorganischen Stoffen unterscheidet.«

Talikas Miene verzog sich erneut zu einer finsteren Grimasse. »Welche Vorschläge du kannst machen?«

»Zuerst müssen wir feststellen, welches Material es akzeptiert und welches nicht. Zudem sollten wir während des Versuchs weitere intensive Sensorsondierungen vornehmen, um eventuelle Veränderungen im Energieausstoß des Artefakts oder der Szenerie zu messen, die in dem Fenster abgebildet ist. Erst wenn wir alle Testergebnisse ausgewertet haben, können wir in Erwägung ziehen, das Artefakt von einem Lebewesen erforschen zu lassen.«

Talika strich sich mit der Hand durch ihr mausbraunes Haar. Die Tolpatschigkeit ihrer Bewegungen verdeckte ihre Verärgerung. »Völlige Zeitverschwendung das ist. Aber das typisch ist für Föderation. Wenn ihr würdet folgen Anweisungen der Djelifaner, ihr würdet arbeiten effektiver und schneller.«

Spocks Miene wurde zum typisch vulkanischen Pokergesicht. »Ihre Methode wäre mit Sicherheit schneller. Aber auch wenn sie es wäre, es liegt an Captain Kirk, zu entscheiden, ob wir nach Ihrer oder unserer Methode vorgehen. Wir sind mit Sicherheit irgendwann soweit, daß wir ein Lebewesen ins Artefakt schicken können. Doch zuerst müssen wir alle nötigen Daten sammeln, um es mit der bestmöglichen Ausrüstung und dem minimalsten Risiko zu versehen.«

»Na schön.« Talikas finstere Miene verriet ihre wahren Gedanken. »Im Interesse der djelifanischen Kooperation mit Flotte eurer wir werden es machen so, wie du willst.«

»Danke, Dr. Talika«, sagte Spock und wandte sich an Chekov. »Ich habe bemerkt, daß Sie eine Handvoll Steine gesammelt haben. Würden Sie sie auf verschiedene Stellen des Artefakts werfen, sobald Dr. Talika und ich uns aus der Gefahrenzone entfernt haben?«

»Natürlich, Sir.« Es fiel Chekov zwar nicht leicht, den nötigen Enthusiasmus für diese Arbeit aufzubringen, aber er behielt seine Gefühle für sich. Normalerweise wurden immer die Fähnriche ausgesucht, wenn haarige Aufträge anstanden, aber dieser hier schien kaum Gefahren zu bergen. Es wurmte ihn jedoch, daß Talika ihn dauernd als Flasche hinstellte, weil er kein Djelifaner und obendrein ein Mann war. *So wie sie redet, muß man fast annehmen, daß die Djelifaner das Universum erschaffen und an uns untervermietet haben, damit sie sich nicht um alles selbst kümmern müssen.*

Chekov schob seine rebellischen Gedanken beiseite und bezog etwa fünf Meter vom Artefakt entfernt Position. Er bückte sich und legte die kleinen Steine auf einen Haufen, damit er sie erreichen konnte. Dutzende anderer Steine lagen überall greifbar herum. Als Spock signalisierte, daß Talika und er in sicherer Entfernung waren, nahm er den ersten Stein und warf ihn in Richtung Artefakt.

Fünfzehn Minuten und etwa vier Dutzend Steine später wußten alle Beteiligten, daß das Artefakt die Steine mit mehr Wucht zurückschleuderte, als Chekov sie geworfen hatte. Die dazu nötige Kraft mußte aus dem Inneren des Objekts kommen, aber seine Abschirmung war leider von den Sensoren nicht zu durchdringen und störte all ihre Instrumente.

Frustriert zog Chekov seine Uniformjacke aus und wickelte sie zu einem Ball zusammen. Wenn das Artefakt nur organische Materie akzeptierte, mußte es sehr interessant sein zu sehen was passierte, wenn es mit einem Ball in Berührung kam, der aus auf Karbon basierenden Polymeren bestand. Er schleuderte das Bündel mit voller Wucht auf das Fenstergebilde.

Die Jacke kam mit voller Wucht zurück, entfaltete sich im Flug und wickelte sich gekonnt um Chekovs Kopf. Chekov sprang erschreckt zurück und fiel nach hinten. Erst als er nach einer wilden Fuchtelei feststellte, daß es nur seine Jacke war, beruhigte er sich wieder. Er zückte den Tricorder und scannte die Jacke. Wie zuvor gab es keine Ergebnisse. Die Jacke unterschied sich nicht von den anderen Gegenständen, die auf der *Enterprise* synthetisiert wurden. Als er sie wieder angezogen hatte, kehrten Spock und Talika zurück.

»Sieht so aus, als sei unsere anfängliche Hypothese falsch«, sagte Spock und fuhr mit dem Tricorder nochmals über das Artefakt. Wäre er ein Mensch gewesen, hätten die nicht vorhandenen Ergebnisse ihn stark frustriert. »Es erkennt wohl, wenn eine höhere Lebensform versucht, das Energiefeld zu durchdringen.«

»Ich habe mit der Hand einen Stein hineingehalten«, sagte Chekov. Er musterte das Artefakt, als könne er so den Kode knacken, der es enträtselte. »Ob es alles einläßt, wenn ein Mensch es festhält?«

Spock hob ein etwa fünf Meter langes Kabel auf, das die Techniker hatten liegen lassen. »Bitte, prüfen Sie Ihre Theorie, Mr. Chekov. Das Kabel ist lang genug, um zu sehen, was passiert, wenn es die andere Seite des Fensters erreicht.«

Chekov nahm das Kabel und hielt es vorsichtig an das Artefakt. Er befürchtete, es könne zurückgeschleudert werden und den hinter ihm stehenden Spock verletzen. Als es das Fenster berührte, schob er etwas nach. Das Kabel ragte etwa zehn Zentimeter in das Motiv hinein, das das Fenster anzeigte.

»Die Sensoren zeigen noch immer keinerlei Veränderungen im Kraftfeld«, meldete Spock. »Die andere Seite scheint von unseren Aktivitäten unbeeinflußt zu sein. Fahren Sie fort, Mr. Chekov.«

Zwanzig Zentimeter, dreißig, vierzig. Chekov spürte allmählich, daß sich vom Anfang des Kabels eine Art Wärme bis an seine Hände zog. Sie war so unscheinbar, daß er sie kaum wahrnahm. Er wischte zuerst die eine, dann die andere Hand an seinen Hosen ab und schob das Kabel weiter in das Artefakt hinein.

Eineinhalb Meter. Nun war es soweit, daß Chekov die durch das Kabel strömende Wärme nicht mehr ignorieren konnte, auch wenn die dafür zuständige Energiequelle auf Spocks Tricorder keinerlei Spuren hinterließ. Auch schien das Ende des Kabels nicht auf der anderen Seite des Fensters zu erscheinen. Als Chekov das Kabel einen Moment lang losließ, um sich die Hände abzuwischen, fiel es mit einem Zischen und Ploppen neben dem Artefakt auf den Boden. Es war sauber abgetrennt worden. Im gleichen Moment tauchte das andere Ende auf dem Bild im Fenster auf und fiel dort zu Boden.

Spock hob das abgeschnittene Kabelende auf. Es war sauber durchtrennt worden. »Woher wußte das Objekt, daß ich es losgelassen hatte?« fragte Chekov und schüttelte ungläubig den Kopf. Der Gedanke an derlei Kräfte war beängstigend, vor allem, wenn man nicht wußte, wie man sie beherrschen konnte. Er schüttelte sich vor Entsetzen, als er sich vorstellte, was das Artefakt wohl mit einem Menschen anrichtete, der halb in ihm steckte.

»Ich vermute, wir werden abgetastet«, sagte Spock und kontrollierte seinen Tricorder. »Allerdings bin ich nicht in der Lage, irgendwelche Strahlung zu messen. Ich schlage vor, wir machen den Versuch, einen Tricorder im Inneren des Kraftfeldes zu plazieren.«

Es dauerte fünfzehn Minuten, einen Tricorder an einer Eisenstange zu befestigen und Handschuhe aufzutreiben, die Chekovs Hände vor der Hitze des Artefakts schützen sollten. Spock prüfte noch einmal die Einstellungen des Geräts, dann signalisierte er Chekov, das Experiment in Angriff zu nehmen. Langsam schob Chekov die Stange in Richtung Artefakt. Zunächst passierte nichts. Chekov hatte das Gefühl, die Stange stieße gegen eine feste Mauer. Er gab mehr Druck. Auch diesmal passierte nichts.

Schließlich stemmte er sich mit dem gesamten Körpergewicht gegen die Stange. Der Tricorder riß aus seiner Halterung und sauste an der Stange entlang auf Chekov zu. Im gleichen Moment durchdrang die Stange das Feld mit einer Abruptheit, die Chekov aus dem Gleichgewicht brachte. Er taumelte, versuchte die Balance zurückzugewinnen und fiel zu Boden.

Einen Moment lang blieb er liegen, schnappte nach Luft und stemmte sich wieder hoch. Als er stand, hörte er, daß die Stange klirrend in zwei Teile zerbrach.

Spock griff an Chekov vorbei, um den Tricorder an sich zu nehmen. Die Stille zog sich in die Länge, als er den Tricorderbildschirm studierte und eine Augenbraue hob. »Das Gerät hat während des Kontakts mit dem Kraftfeld keinerlei signifikante Aufzeichnungen gemacht. Dieses Ergebnis führt uns zu einer unausweichlichen Schlußfolgerung.« Er legte eine Pause ein, damit Chekov und Talika ihm folgen konnten.

Chekov stöhnte. Er wußte, was nun kam. »Wenn wir keinen ferngesteuerten Tricorder durch das Feld schicken können, muß er von jemandem festgehalten werden. Nur wird dieser Jemand Probleme haben, seine Stellung zu halten, da das Artefakt auf alles, was sich in ihm befindet, gewaltigen Sog ausübt.«

Talika grunzte. »Menschgewinsel typisches. Du den Tricorder in Kraftfeld hältst, und ich dich halte. Nichts auf diesem Planeten Standfestigkeit von Djelifanerin erschüttern kann.«

»Ich hoffe, das Artefakt weiß dies ebenfalls.« Chekov nahm Spocks Tricorder, überprüfte die Einstellungen, die der Vulkanier gemacht hatte, und legte den Tragriemen um seinen Hals, um ihn zu sichern. Talika stellte sich breitbeinig vor dem Artefakt auf und lehnte einen muskulösen Arm gegen den Rahmen. Den anderen schlang sie um Chekovs Taille. Chekov wußte zwar nicht genau, ob dies die Position war, die er selbst gewählt hätte, aber er fühlte sich sicher. Es bedurfte wirklich großer Kraft, einen Koloß wie Talika umzuwerfen.

Langsam führte Chekov den Tricorder an das Fenster heran. Als er die Oberfläche des Feldes berührte, schien er kurz zu winseln, doch ansonsten tat sich nichts. Als er näher heranging, spürte er, daß sich erneut ein warmes Prickeln in seinen Fingern ausbreitete. Als der Sog einsetzte und an seinem Arm zerrte, mußte er gegen den Drang ankämpfen, den Arm nicht zurückzuziehen. Um brauchbare und so viele Daten wie möglich zu erhalten, mußte er den Tricorder so weit in das Objekt hineinhalten wie möglich.

Chekovs Arm tauchte zentimeterweise in das Fenster ein. Er spürte ihn noch. Er spürte auch das Gewicht des Tricorders. Er sah aber nicht mehr als das Bild der wogenden Ebene, die das seltsame Gerät ihnen zeigte, seit sie es von den Schutzwällen befreit hatten. Die Vorstellung, daß sein Arm eventuell am Rand des Fensters endete, war äußerst verwirrend.

Als sein Ellbogen in das Fenster eintauchte, nahm der Sog stark zu. Chekov zuckte überrascht zurück.

Seine Stiefel verloren auf dem losen Geröll den Halt. Aus dem Gleichgewicht geworfen, stürzte er dem Fenster entgegen. Der Sog zerrte heftig an ihm. Talikas fester Griff verlangsamte zwar seine Bewegungen, aber seine Schwungkraft drückte ihren Arm auf die Fensteroberfläche. Das Feld packte auch sie, und sie stürzten gemeinsam durch das Fenster.

6

»Haben Sie eine Erklärung dafür, Spock?« Kirks Frage war eher ein Befehl. Die fünf Bordwachen, die zusammen mit ihm auf den Planeten gebeamt waren, schwärmten aus und umstellten das Artefakt mit Phasergewehren. Das Winseln des Transporters kündigte die Ankunft sechs weiterer Wachen an, die sich sofort zu den anderen gesellten.

Spock hob eine Augenbraue. »Sind die Leute nötig?«

»Zwei Leute sind verschwunden«, sagte Kirk und musterte das Artefakt mit finsterer Miene. Das linke Fenster, das Chekov und Talika verschlungen hatte, war nun ebenso leer und undurchsichtig wie das rechte. »Können Sie mir erklären, was passiert ist? Laut den Bordsensoren sieht es so aus, als hätte das Artefakt sie in sich hineingezogen.«

»Es ist im Grunde richtig, Captain. Als Fähnrich Chekov den Arm in das Objekt hineinschob, meldete er, daß es eine starke Sogwirkung auf ihn ausübte. Er ist leider ausgerutscht und hat Dr. Talikas Hand mit dem Schutzfeld in Kontakt gebracht, das die Oberfläche überlagert. Bevor sie reagieren konnten, wurden sie hineingezogen.«

»Aber warum? Aus welchem Grund? Wo stecken sie jetzt? Leben sie noch?« Während die Fragen aus Kirks Mund sprudelten, nahmen die nichtssagenden Rahmen des Objekts in seinen Augen ein finsteres und bösartiges Aussehen an. »In dem Ding ist doch nicht genug Platz, um sie festzuhalten.«

»Richtig, Captain.« Spock schaute auf seinen Tricorder, als könne er auf dem Bildschirm Antworten auf Kirks Fragen finden. Offenbar sagte er ihm jedoch nichts Neues. Trotzdem tastete er das Objekt nochmals ab, bevor er antwortete. »Ich habe allerdings eine Theorie. Ich glaube, das Objekt ist die Relaisstation eines Materietransporters. Die logischste Erklärung besteht darin, daß wir vor einem Teil des planetenumspannenden Transportsystems der Fremden stehen. Wenn dies der Fall ist, wurden Fähnrich Chekov und Dr. Talika an einen anderen Ort dieses Planeten versetzt. Wir müssen sie nur lokalisieren und zum Schiff zurückbeamen.«

Kirk schnippte seinen Kommunikator auf. »Kirk an *Enterprise.* – Uhura, haben die Bordsensoren Chekov oder Dr. Talika schon ausfindig gemacht?«

»Negativ, Captain«, erwiderte Uhura knapp. Doch ihre Worte verrieten ihre Frustration, denn es bedrückte sie, nichts dazu beitragen zu können, die Vermißten ausfindig zu machen. »Wir können keine Spur von ihnen oder ihrer Ausrüstung lokalisieren. Seit unserer Ankunft hat sich auf dem Planeten nichts verändert.«

»Danke, Uhura. Kirk, Ende.« Kirk drehte sich zu Spock um. »Haben Sie irgendwelche anderen Vorschläge, Spock?«

»Zur Zeit leider nicht.« Spock musterte mit höchster Konzentration die Daten seines Tricorders. »Wenn sie nicht gerade innerhalb der Reichweite der Bordsensoren materialisiert sind, brauchten diese eine ganze Weile, um sie aufzuspüren. Es dürfte aber eine vernünftige Hypothese sein, daß die Szenerie, die wir durch das Fenster sahen, ihr Ziel ist – speziell deswegen, weil das Lichtspektrum und die Vegetation dem entsprechen, was wir von dieser Welt kennen. Man muß aber auch andere Möglichkeiten in Betracht ziehen. Zur Zeit haben wir jedoch nicht genügend Daten, um ein Modell zu konstruieren, das uns sagen könnte, wie das Gerät operiert.«

»Und wann, glauben Sie, haben Sie die nötigen

Daten?« Kirk hörte die Schärfe seines eigenen Tonfalls und hielt inne, um seine Ungeduld zu zügeln. Es war schließlich nicht Spocks Schuld, daß sie so wenig über das Artefakt wußten. »Wie wollen sie dem Objekt die nötigen Antworten entlocken?«

»Momentan weiß ich nicht genau, welches die beste Methode ist, Captain. Aber ich ziehe in Betracht...« Spock verstummte, denn eine Bordwache hatte einen Schrei ausgestoßen.

Auf der linken Seite des Fensters tat sich etwas. Bunte Streifen flackerten über seine Oberfläche. Sie wechselten unrhythmisch von Violett zu Rot und wieder zurück. Als Kirk dem Pulsieren zusah, spürte er, daß sich sein Magen umdrehte. Er schaute weg, bevor ihm schlecht wurde.

Doch als er wieder zurückblickte, zeigte das Fenster wieder die vertraute Graslandschaft. Dicht vor ihm lagen ein Stück Kabel, eine Eisenstange und andere Dinge auf dem zertretenen Gras. Sie kamen ihm sehr bekannt vor. Er trat näher heran, um seinen Verdacht bestätigen zu lassen.

Hinter dem Fenster lagen Chekovs Tricorder und Kommunikator – am Anfang eines breiten Streifens von niedergetretenem Gras, der in Schlangenlinien bergab verlief und irgendwann aus seinem Blickfeld verschwand. Talikas Kommunikator und ihr djelifanischer Zeremoniendolch, den sie in der Stiefelscheide getragen hatte, lagen mehrere Meter von Chekovs Ausrüstungsgegenständen am Anfang eines zweiten ins Gras getretenen Pfades. Doch von den Vermißten war nichts zu sehen.

»Faszinierend.«

Kirk zuckte erschreckt zusammen, als er Spocks Stimme neben sich hörte. Er war in das Studium der Szenerie versunken gewesen und hatte nicht bemerkt, daß der Vulkanier an ihn herangetreten war. »Was meinen Sie, Spock?«

»Der Pfad im Gras. Er ist viel zu breit, als daß Mr. Chekov ihn ausgetreten haben könnte. Es sei denn, er hat sich hingelegt und ist gerollt.«

»Hmmm. So sehe ich es auch.« Kirk studierte sorgfältig die Spur. Die abrupten Zickzacklinien wären aber auch von einem rollenden Menschen schwierig zu erzeugen gewesen. »Ich weiß zwar nicht, warum er den Abhang *hinabgerollt* sein sollte, aber es dürfte ihm praktisch unmöglich gewesen sein, *diesen* Kurs zu verfolgen.«

Spock nickte. »Korrekt, Captain. Ich vermute, daß der Transport durch das Artefakt den Orientierungssinn unserer Leute beeinflußt hat.«

»Könnten Sie etwas ausführlicher werden, Spock? Wenn wir sie zurückholen wollen, brauchen wir etwas mehr Informationen.« Irgend etwas in der Szenerie im Fenster störte Kirk. Als er es anschaute, warf die untergehende Sonne scharlachrotes Licht über die gewellten Hügel und färbte die Schatten samtschwarz.

Sonnenuntergang! Kirk spürte plötzlich, daß sich ein Gedanke in seinem Kopf formte. Er griff zum Kommunikator. »Kirk an *Enterprise.*«

»Uhura hier«, kam sofort die Antwort.

»Uhura, sagen Sie Mr. Sulu, er soll die Vermißten dort suchen, wo die Sonne untergeht. Wir glauben, Fähnrich Chekov und Dr. Talika wurden an einen anderen Ort versetzt und von einem anderen Artefakt wieder ausgespuckt. Sie müßten sich in einem Gebiet aufhalten, das ...« Er hielt inne und schaute Spock an, um zu sehen, ob er genauere Daten hatte.

»Ich schätze, das zweite Artefakt befindet sich noch für etwa fünfunddreißig Minuten auf der Tagseite. Wir gehen davon aus, daß wir einen Ort sehen, der in den mittleren Breitengraden liegt. Wenn ich mehr Informationen hätte, könnte ich genauere Angaben bezüglich seiner Position und seiner Entfernung zum Äquator machen.«

Sulu antwortete. »Alles registriert, Captain. Ich gehe in eine Kreisbahn, die uns genau über den Terminator bringt.«

»Sehr gut. Halten Sie mich auf dem laufenden. – Kirk, Ende.« Kirk klappte den Kommunikator zu und klemmte ihn an seinen Gürtel. »Irgendwelche Vorschläge, Spock?«

»Ich möchte weitere Tests an dem Artefakt durchführen. Dazu brauche ich alle verfügbaren Tricorder. Die Logik schreibt vor, daß jedes Gerät, das ein so großes Kraftfeld erzeugt, an irgend einer Stelle auch Strahlungslecks haben muß. Daß wir bis jetzt noch keinerlei Daten messen konnten, veranlaßt mich dazu, jene Frequenzen zu untersuchen, die wir normalerweise nicht scannen. Wir postieren mehrere Leute mit Tricordern, die auf verschiedenen Frequenzen messen, rund um das Artefakt. So können wir sämtliche Frequenzbereiche gleichzeitig abtasten.«

»Hoffentlich gibt es wirklich ein Leck«, murmelte Kirk säuerlich. Bis jetzt hatte sich die fremde Technologie als so fortgeschritten erwiesen, daß er sich vorkam wie ein Wilder aus dem vorindustriellen Zeitalter. Er schüttelte den Kopf, um seine üble Laune zu vertreiben, und nickte Spock zu. »Sehen Sie zu, was Sie machen können. Es ist wohl unsere beste Chance.«

»Jawohl, Captain.« Spock winkte eine Bordwache heran und wies sie an, sämtliche Mannschaftsangehörigen mit Tricordern zusammenzutreiben, und zwar nicht nur in der nächsten Umgebung, sondern auch an der Hauptausgrabungsstätte. Als er die Instrumente justiert hatte, verfügte er über dreißig Tricorder.

»Während Sie das Artefakt von den Ihnen zugewiesenen Positionen aus abtasten«, erklärte er der kombinierten Gruppe aus Besatzungsmitgliedern und Archäologen, »versuche ich, es zu einer Reaktion auf meine Anwesenheit zu bewegen. Wir beziehen die Computer der *Enterprise* in den Versuch mit ein. Ich weise noch einmal darauf hin: Es ist extrem wichtig, daß Sie die Tricorder während der ganzen Zeit auf das Objekt richten, egal was auch passiert.«

»Das klang nach einer Warnung.« Kirk schaute zu, als der Trupp rund um das Artefakt in Position ging, aber er sprach leise, damit ihn niemand hörte. »Was wird Ihrer Meinung nach *wirklich* passieren?«

Spock hob eine Braue, als frage er sich, warum Kirk sich über derlei Dinge Gedanken machte. »Die Logik gebietet, auf alles vorbereitet zu sein, Captain. Die Möglichkeiten favorisieren jedoch eindeutig ein enttäuschendes Ergebnis unserer Bemühungen.«

»Anders ausgedrückt: Im Grunde glauben Sie nicht, daß etwas passieren wird.«

»Korrekt, Captain«, sagte Spock und überprüfte, ob auch alle die ihnen zugewiesenen Plätze eingenommen hatten. »Ich habe jedoch vor, mein Bestes zu geben, um dem Artefakt eine Reaktion zu entlocken. Deswegen führen meine Handlungen ein Element der Ungewißheit in meine Fähigkeit ein, das Resultat vorherzusagen.«

»Natürlich, Spock.«

»Ich bin froh, daß Sie die Gefahren eines solchen Unternehmens richtig einschätzen.« Spock richtete den Blick zu Boden, näherte sich dem Artefakt und blieb mehrmals stehen, um alle faustgroßen Steine aufzusammeln, die er sah. Als Kirk begriff, was er vorhatte, tat er es ihm gleich. Nach kurzer Zeit hatten sie eine beträchtliche Menge Munition gesammelt.

Spock trat von seinem Steinhaufen zurück und musterte ihn mit kritischem Blick. Selbst der kleinste Stein war um ein Vielfaches größer als die Kiesel, die Chekov auf das Artefakt geworfen hatte. Zu den von der *Enterprise* für die Ausgrabungsarbeiten heruntergebeamten Werkzeugen gehörten auch mehrere überzählige Schutzplatten. Spock suchte sich eine aus und schleifte sie zum Steinhaufen. Er ging hinter ihr in Stellung und benutzte sie als Schild.

Kirk kniete sich neben ihn hin. »Wenn ich die Platte festhalte, haben Sie beide Hände frei. Das müßte es etwas leichter machen.«

»Ich weiß Ihre Hilfe zwar zu schätzen, Captain, aber es wäre mir lieber, wenn Sie sich nicht einer solchen Gefahr aussetzen würden. Es wäre ratsam, wenn Sie einen angemessenen Sicherheitsabstand wahren würden.« Während Spock sprach, veränderte er seine Position, damit Kirk hinter dem Schild mehr Platz hatte.

Kirk mußte grinsen, als ihm klar wurde, wie gut Spock ihn kannte. Er suchte Deckung hinter der Metallplatte und hielt sie fest. »Vielleicht irre ich mich, Spock, aber ich nehme an, dieser Platz gehört zu den sichersten in dieser Gegend. Wenn Sie also nichts dagegen haben, sorge ich dafür, daß Sie nicht von Ihren eigenen Steinen erschlagen werden, wenn das Artefakt sie zurückwirft.«

»Ich weiß Ihre Besorgnis zu schätzen, Captain.« Spocks Ton fiel noch neutraler aus als üblich, und er zog mehrere Steine hinter die Deckung. Er wog die beiden ersten in den Händen, lugte um die Metallplatte herum, berechnete die Entfernung und warf. Er bewegte sich rasch, nahm zwei weitere Steine vom Stapel, warf sie ebenfalls, dann noch einmal zwei und duckte sich. Die Steine trafen den oberen Rand des Fensters, wobei sie einen Lärm erzeugten, als hätte man ein paar Böller gezündet. Sekunden später krachte der erste Stein mit voller Wucht gegen die Metallplatte und ließ sie vibrieren. Bevor Kirk sich vom ersten Aufschlag erholt hatte, knallten auch die fünf anderen gegen ihre Deckung.

»Faszinierend«, murmelte Spock, als die Platte aufhörte zu vibrieren. »Es hat alle Steine an ihren Ursprungsort zurückgeschleudert.«

»Und?« Kirks Ohren klingelten noch, deswegen entging ihm die tiefere Bedeutung von Spocks Worten. Die lauten Aufschläge auf die Metallplatte hatten seine Kopfschmerzen vom Morgen wieder wachgerufen.

»Ein Gegenstand, den man gegen eine glatte Oberfläche wirft, müßte den physikalischen Gesetzen zufolge im gleichen Winkel in eine andere Richtung abprallen.« Spock nahm noch ein paar Steine. »Die Wahrscheinlichkeit, daß ein Gegenstand genau dort aufschlägt, woher er gekommen ist, ist verschwindend gering. Daß aber *alle* an die gleiche Stelle zurückkehren, ist absolut unlogisch.«

»Ich verstehe.« Kirk schüttelte sich. Zuerst das suldanische Gas, dann die Kopfschmerzen. Er wollte einfach nur, daß Spock das Experiment fortsetzte, damit sie wieder zur *Enterprise* zurückkehren konnten. »Fahren Sie fort mit Ihrem Test.«

»Jawohl, Captain.« Spock warf die nächste Steinladung auf das Artefakt. Alle kamen mit der doppelten Wucht genau dorthin zurück, wo sie hergekommen waren.

Kirk knirschte mit den Zähnen. Der Lärm war so stark, daß er glaubte, die Steine träfen seinen Kopf. »Hören Sie mit der Spielerei auf, Spock. Es wird mit den anderen Steinen das gleiche machen. Bringen Sie es hinter sich, damit wir aufs Schiff zurückkehren können.«

»Wie Sie wünschen, Captain.«

Ein Grinsen huschte über Kirks Gesicht, als ihm klar wurde, daß das laute Krachen dem Vulkanier nicht weniger auf die Nerven ging als ihm. Wahrscheinlich war Spock mit seinem vulkanischen Gehör noch um einiges sensibler als er mit seinem Brummschädel.

Aber Spock nahm eine weitere Steinladung und warf auch sie gegen das Artefakt. Die Steine flogen wie Raketen wieder an ihren Ausgangsort zurück. Kirk verzog vor Schmerzen das Gesicht. Spock mußte wissen, was er tat. Die Wucht der Aufschläge war so hart, daß er sich nicht mehr länger halten konnte. Die Wucht drückte ihn nach hinten. Er verankerte die Füße im losen Boden, um mehr Halt zu haben. Spock brauchte Daten. Also lag es an ihm, dafür zu sorgen, daß er sie auch bekam. Denn nur so waren sie in der Lage, Chekov und Talika zu retten.

Vier Steinladungen später wußte Kirk nicht mehr genau, ob Spocks Plan gut überlegt war. Das Artefakt schleuderte jede Steinladung mit steigender Wucht zurück. Er stand kurz davor, unter der Belastung zusammenzubrechen. Seine Kopfschmerzen nahmen gigantische Ausmaße an. Sein Körper würde den ständigen Feuersalven auf die Metalldeckung nicht mehr lange standhalten. Es war irgendwie verrückt. Die Wucht der Steine nahm immer mehr zu. Fast so, als hätte das Artefakt allmählich die Nase voll von den Versuchen.

»Das ist die letzte Salve«, sagte Spock. Er warf sechs Steine hintereinander auf das Artefakt und duckte sich, um Kirk zu helfen. Zuerst kam nichts zurück. Aber ehe die beiden begriffen, was passiert war, krachten alle sechs Steine gleichzeitig gegen die Platte. Auch ihre gemeinsame Kraft war nicht in der Lage, der Wucht standzuhalten. Die Steine verbogen die Platte und warfen Kirk und Spock nach hinten. Leise hörte Kirk durch das Gewitter in seinem Schädel, daß jemand einen Nottransport veranlaßte.

Kirk musterte die niedergeschlagenen Stabsoffiziere, die sich im Konferenzraum versammelten. So wie es aussah, war niemand wild darauf, das Ergebnis der letzten vier Arbeitsstunden zu melden. Also gab es nur schlechte Nachrichten. *Oder zumindest keine uneingeschränkt guten,* dachte er, obwohl er wußte, daß niemand nur deswegen etwas zurückhalten würde, um bei der Konferenz mit etwas Gutem zu glänzen. »Mr. Sulu, wie weit sind Sie mit der Suche nach Chekov und Dr. Talika?«

»Momentan nicht gerade sehr weit, Captain. Wir

haben ihre Ausrüstung in der Nähe eines zweiten fensterähnlichen Artefakts im Planquadrat N4 lokalisiert. Die Kommunikatoren und Tricorder waren nicht einsatzbereit. Wir haben sie zur Untersuchung auf die *Enterprise* gebeamt.« Sulu runzelte die Stirn. Er fühlte sich unwohl bei dem Gedanken, daß etwas in der Lage war, ihre Elektronik lahmzulegen. »Seit wir die Suche auf die Umgebung des zweiten Artefakts konzentriert haben, können sie sich nicht weit entfernt haben. Trotzdem haben wir weder menschliche noch djelifanische Lebenszeichen aufgefangen. Die einzigen Lebensformen in diesem Gebiet, die größer sind als Nagetiere, sind zwei einsame krebsartige Wesen. Sie sind fünf Kilometer vom Artefakt entfernt und gehen getrennt von einander in verschiedene Richtungen.«

Lassiter schaute von ihrem Datenblock auf und machte ein verwundertes Gesicht. »Wir haben keinerlei Lebensformen dieser Art registriert. Wie groß sind sie?« fragte sie mit leiser Stimme.

Sulu holte die Sensordaten auf den Schirm. »Die eine wiegt etwa fünfundsiebzig Kilo, die andere fast einhundert. Das ist alles, was wir ohne genauere Untersuchung sagen können. Sie scheinen sich ohne irgendein Ziel unabhängig voneinander zu bewegen. Allerdings muß ich sagen, daß unsere Scanner nicht die beste Auflösung haben, um mehr Details zu zeigen. Wir müßten eine Sonde ausschicken, um genauere Informationen über diese Geschöpfe zu erhalten.«

Kirk nickte zustimmend. »Tun Sie das. Wenn die Sensoren so große Lebensformen übersehen haben, müssen wir den Grund dafür in Erfahrung bringen.«

»Ich mache mich sofort an die Arbeit, Captain«, sagte Sulu. Er gab die entsprechenden Anweisungen an die Brücke.

»Kann mir vielleicht jemand erklären, warum das zweite Artefakt nicht ebenfalls verborgen ist?« Kirk schaute in die Runde der am Tisch sitzenden Archäologen. Er wartete darauf, daß ihm jemand eine plausible Antwort gab. Als sich niemand zu Wort meldete, wandte er sich an Spock.

»Im Moment haben wir keinerlei Erklärung dafür, Captain. Doch als wir das erste Artefakt freilegten, änderten sich die Sensordaten der anderen planetaren Region.« Spock holte die Daten auf den Bildschirm. »Einige dieser Auswirkungen sind recht subtiler Art, aber als Arbeitshypothese können wir wohl annehmen, daß der Schirm, der das erste Fenster umgab, irgendwie die Funktion anderer, ähnlicher Artefakte auf diesem Planeten blockiert hat.«

»Ich verstehe, Mr. Spock. Hatten Sie Erfolg bei der Auswertung der Sensordaten unseres Experiments auf der Oberfläche?«

»Es handelt sich natürlich nur um vorläufige Daten, Captain. Aber ich konnte einige Frequenzen ausmachen, in denen starke Energieausstoßschwankungen meßbar sind. Dies könnte mir eventuell die Möglichkeit geben, den Schirm mit Hilfe der Sensoren zu durchdringen. Ich empfehle jedoch, zuerst alle möglichen Sensorgeräte um das Objekt zu positionieren, bevor wir weitere Experimente durchführen.«

Kirk nickte. »Sagen Sie Mr. Scott nach der Konferenz, was Sie benötigen. – Welche Tests wollen Sie vornehmen?«

»Logischerweise sollten wir den Test wieder aufnehmen, den Mr. Chekov durchführte, als der Unfall geschah.« Spock warf einen Blick auf seinen Bildschirm. »Der Computer meldet nur eine Wahrscheinlichkeit von 2,5 Prozent, wenn wir weiter mit Steinen experimentieren. Ich schlage vor, daß wir den Test abbrechen und ich den Computer jene Daten noch einmal verarbeiten lasse, die wir heute morgen bekommen haben. So haben wir die Möglichkeit, eventuelle Fehler zu vermeiden.«

»Das ist genau in meinem Sinne.« Kirk rieb sich die

Schläfen. Er war froh, daß Spock nicht wieder auf die Idee kam, Steine auf das Artefakt zu werfen. Auch wollte er niemandem gern befehlen, diese Tortur durchzumachen. Wenn der Datenprozessor des Artefakts den Schluß zog, daß Spocks zweite Testreihe eine Fortsetzung der ersten war... Falls sich die Abwehrkraft des Artefakts weiter verstärkte, konnte die Sache tödlich enden. Kirk verbannte diesen Gedanken schnell aus seinem Kopf und wandte sich dem Chefingenieur zu. »Scotty, können Sie irgendwie erklären, wieso die Kommunikatoren und Tricorder nicht funktionieren, die wir beim zweiten Artefakt geborgen haben?«

»Nun, es ist nicht so einfach, Sir.« Scott zuckte die Achseln. Er war nicht erbaut darüber, daß er die fremde Technik nicht ganz verstand. »Ihre Schäden ähneln denen, die nach der Rematerialisation durch falsch geschaltete Transporter auftreten. Alles ist leicht verstellt, aber ich kann in den Veränderungen kein Muster erkennen. Meine Leute arbeiten noch an der Sache und bemühen sich, das fremde Gerät zu verstehen, aber mehr kann ich im Moment nicht sagen. Ich habe so etwas noch nie gesehen.«

»Soll das heißen, Sie wissen nicht, ob Sie technische Gegenstände schützen können, wenn man sie durch das Artefakt schickt, Scotty?« fragte Kirk.

Scotts Gesicht wurde verdrießlich. »Aye, Captain. So ist es.«

»Na schön, meine Herren. Mr. Spock wird mit seinen Tests fortfahren. Hoffen wir, das sie uns neue Ergebnisse bringen. Doch ungeachtet der Resultate... Sollten wir Fähnrich Chekov und Dr. Talika vor Sonnenuntergang noch nicht gefunden haben, gehe ich mit einer Sicherungsgruppe durch das Artefakt und suche sie dort, wo sie wahrscheinlich verschwunden sind.«

Spock versteifte sich auf seinem Stuhl. »Ich muß gegen dieses riskante Vorhaben protestieren, Captain. Sie dürfen sich nicht in eine solche Gefahr begeben. Die

Logik schreibt vor, daß ich im Notfall die erste Wahl bin, wenn es darum geht, den Suchtrupp anzuführen.«

»Ich habe Ihren Einwand zur Kenntnis genommen«, sagte Kirk und holte tief Luft. »Trotzdem werde ich derjenige sein, der ihn anführt. Sollte irgend etwas schieflaufen, werden Sie hier gebraucht, um die Rettungsaktion zu leiten.«

»Ich verstehe.« Spocks Tonfall besagte, daß er nicht mit Kirk übereinstimmte.

Kirk senkte den Kopf, um ein kurzes Grinsen zu verbergen. Wer hatte eigentlich gesagt, daß Vulkanier keine Gefühle kannten? Spocks Enttäuschung war so groß, daß man sie ihm ansah. Kirk musterte ihn. »Mit etwas Glück finden wir die Vermißten, dann ist diese Diskussion ohnehin überflüssig. Ich werde niemanden durch das Artefakt schicken, um unsere Neugier zu befriedigen und zu erfahren, wie man das Ding bedient. Es ist einfach zu gefährlich.«

Spock hob eine Braue. »Vielleicht ist die Gefahr für jene, die das Artefakt passieren, überhaupt der Grund dafür, daß man es versteckt hat.«

»Aye«, murmelte Scott vor sich hin. »Es würde zumindest erklären, warum das Ding so schwer zu lokalisieren war.«

Kirk stand nickend auf. »Was auch der Grund war, wir müssen unsere Leute zurückholen. Falls niemand mehr etwas zu sagen hat, ist die Besprechung hiermit beendet.«

Spocks wissenschaftliche Teams arbeiteten fieberhaft daran, dem Artefakt ein paar Antworten zu entlocken, doch das seltsame Fenster blieb ihnen ein Rätsel. Die Bordsensoren registrierten zwar minimale Energieschwankungen, sobald jemand ein Kabel in das Fenster hielt oder sonst irgendwie mit dem Schutzschirm in Kontakt kam, doch kein Leck reichte aus, um Spock präzise Anhaltspunkte über die Funktionsweise des

Fensters zu geben oder ihm zu sagen, was aus Chekov und Talika geworden war. Die Sensoren der *Enterprise* meldeten zwar weiterhin die Bewegungen der beiden von den Sonden verfolgten Lebensformen, aber genauere Daten lagen noch immer nicht vor.

Als die Dämmerung sich der zweiten Ausgrabungsstelle näherte, trieb Spock seine Leute noch härter zur Arbeit an. Kirk beobachtete ihre hektische Aktivität mit neugierigen Blicken. Er wartete darauf, Spock würde ihm mitteilen, daß das Artefakt sich jeglicher Analyse entzog. Doch insgeheim *wußte* er schon jetzt, daß er durch den fensterähnlichen Rahmen gehen mußte, um seine Leute zu retten.

Auf der linken Fensterhälfte war helles Tageslicht zu sehen, als Spock auf Kirk zutrat. »Ich muß ihnen melden, Captain, daß wir nicht in der Lage waren, irgendwelche brauchbaren Informationen über das Artefakt und seine Funktionsweise zu gewinnen. Trotzdem würde ich raten, solange keinen Versuch zu unternehmen, das Artefakt zu durchqueren, bis wir in Erfahrung gebracht haben, wie es und sein Schutzschirm funktionieren. Das Risiko ist zu groß, und es sind noch zu viele Fragen offen.«

»Es ist unser Berufsrisiko, Spock, das wissen Sie doch ebenso wie ich.« Kirk wandte sich dem geheimnisvollen Fenster zu. »Außerdem sind wir es Chekov und Dr. Talika schuldig, alles in unserer Macht Stehende zu unternehmen, um sie zu retten. Da wir von dem Ding keinerlei Informationen bekommen, werde ich ihnen einfach folgen.«

»Jawohl, Captain.« Spock winkte einige seiner Leute zu sich. Während er ihnen erklärte, was sie tun sollten, wenn der Captain und seine Begleiter durch das Fenster gingen, sammelte Kirk die Sicherungsgruppe um sich und instruierte sie.

Zehn Minuten später stand er mit drei Bordwachen vor dem Fenster. Sie waren bereit hindurchzugehen.

Die *Enterprise* hatte rund um das zweite Artefakt Sonden postiert, um zu beobachten, was geschah, wenn Kirk und die anderen auf der anderen Seite herauskamen. Spock hatte seine Meßgeräte rund um das erste aufgebaut, um alles im Detail festzuhalten.

Kirk drehte sich nochmals zu den Männern um und versicherte sich, daß sie fertig waren. Als auch der letzte Mann nickte, machten sie sich auf den Weg. »Bringen wir es hinter uns.«

Kurz vor dem Fenster streckte er den Arm aus. Ein warmes Kribbeln entstand in seinen Fingern und breitete sich bis in den Arm aus. Etwas zog an ihm, und bevor er merkte, was passierte, war sein Arm schon bis zur Schulter verschwunden. Die Bordwachen standen neben ihm und taten das gleiche. Der Sog war so stark, daß man ihm nicht trotzen konnte. Das Fenster verschluckte alle vier und wurde wieder schwarz. Spock huschte von einer Gruppe zur anderen und überprüfte alle Meßergebnisse. Aber wie zuvor hatten die Scanner nichts aufgezeichnet. Es war keinerlei Änderung im Energieniveau des Fensters festzustellen. Niemand wußte, was Kirk und den anderen zugestoßen war.

7

Es war harte Arbeit gewesen, die acht Beine wieder an Ort und Stelle zu bringen. Die alten Ersatzteile aus der Instandhaltung taugten immer weniger dazu, die Technik in Schuß zu halten. Bald würden die Durchgangsrahmen ebenso nutzlos sein wie die uralten Matriarchen, die die Zeremonien abhielten. Sie wurden ohnehin nur noch von den letzten Fetzen des Ansehens geschützt, das sie aus ihren verblaßten Panzern zogen. Angesichts der altmodischen, aufgequollenen Überreste, die die Kh!lict-Welten beherrschten, war es kaum ein Wunder, daß alles um sie herum zusammenbrach. Man mußte etwas dagegen tun. Jemand mußte etwas dagegen unternehmen. Vielleicht konnte *er* etwas dagegen tun. Später vielleicht. Zuerst mußte er etwas Wichtigeres erledigen. Hätte er sich doch nur daran erinnern können, was es war.

Seine Sinne drehten sich im Kreis. Das Licht stimmte nicht. Es war zu rot und zu schwach und trug zu seiner Desorientierung bei. Wo war er? Wie weit hatte man ihn von zu Hause fortgeschickt? Zu welch kaltem, verblassenden Stern hatten ihn die Matriarchen verbannt? Was war dies für eine öde Welt unter der sterbenden Sonne?

Er schaute auf den Durchgangsrahmen zurück, der weit über ihm auf dem Hügel stand. Die *Pyar*-Runen verblaßten, als die Energie abnahm. Sie beschrieben den Ruhm der Heimatwelt, den Mittelpunkt der Kh!lict-Kultur. Ruhm dieser Art konnte man normalerweise nur auf den Durchgangsrahmen der Heimatwelt lesen. Es bedeutete wohl, daß er an einem Ort herausgekommen war, den normalerweise niemand besuchte. War es die Strafzone am Südpol? Aber selbst das konnte die unerklärliche Kälte und die schwache Sonne nicht erklären. Beides waren Geheimnisse, die er im Moment nicht lösen konnte. Die Matriarchen hatten in der Strafzone neue Schutzschirme installiert. Wenn er dort war, wo er glaubte, mußte er so schnell wie möglich großen Abstand zwischen sich und den Durchgangsrahmen bringen.

Er torkelte vorwärts, überrascht vom Zittern, das durch seine Beine lief. Der Körper eines Kh!lict war perfekt ausgestattet, seine acht Beine sorgten für eine ideale Mischung aus Stärke, Beweglichkeit und Gleichgewicht. Jede Zelle seines ersten Weichpanzers hatte gewußt, wie man die Beine bewegt, um maximale Geschwindigkeit oder die Kraft und Hebelwirkung zu erzielen, um einen Rivalen zu vernichten. Ein torkelnder Kh!lict war etwas ebenso Fremdes wie ... die öde Landschaft, die ihn umgab. Sie war vom ockernen Geflüster des Grases und dem trockenen beigefarbenen Rascheln der Bitterblätter erfüllt, die in den dunklen, geheimen Höhlen des Landes wuchsen.

Er strengte sich an, um ein Bein zu bewegen. Dann das zweite. Er brauchte seine gesamte Konzentration, um sie zu zwingen, das zu tun, was sein Instinkt sie hätte tun lassen müssen, ohne sich bewußt auf sie zu konzentrieren. Wenn die Matriarchen ihn nicht nur hierher verbannt hatten, um ihm etwas Schreckliches anzutun, mußte er so schnell wie möglich verschwinden, bevor sie die nächste Phase ihres ihm unverständlichen Plans ausführten. Ein breiter Trampelpfad führte vom Durchgangsrahmen aus durch das Gras bergab. In seiner gegenwärtigen anomalen Situation kam ihm die Vorstellung, den von einem anderen ausgetretenen Weg zu nehmen, verlockend vor. Sobald er einigen Abstand zwischen sich und den Rahmen gebracht hatte, konnte er Maßnahmen gegen das einleiten, was ihn eventuell erwartete. Er setzte mühsam seine Beine in Bewegung und ging den Hügel hinab.

Kirk hatte sich seit dem dreitägigen Landurlaub während seiner ersten Mission auf Argelius nicht mehr so schlecht gefühlt. Er hatte den alten Knaben damals nicht geglaubt, daß man es tunlichst unterlassen sollte, argelianisches Ale mit *irgend etwas* zu mischen. Das Gesicht der Bordärztin der *Farragut*, die ihm mit einer ›Ich hab's dir doch gesagt‹-Miene die Anti-Kater-Injektion verabreicht hatte, hatte ihm klargemacht, daß er einer alten Schiffstradition zum Opfer gefallen war: Man hatte die Warnung bewußt ohne Nachdruck ausgesprochen, damit kein Neuling sie ernstnahm.

Der Boden knirschte unter ihm, als er mühsam versuchte, auf den Beinen zu bleiben. Er gab sich Mühe, sich auf die Umgebung zu konzentrieren. Es war nicht einfach, denn die Desorientierung nahm zu. Alles was er sah, schien zu verschwimmen und an Farbe zu verlieren. Seine visuelle Wahrnehmung verdrehte die Realität und ließ die Bilder in einem unsagbaren Mischmasch ablaufen. Es kam ihm so vor, als säßen seine Augen nicht mehr in ihren Höhlen. Kirk hielt es für unmöglich, bis er seine Füße sah.

Statt der vertrauten Stiefel erblickte er eine Art Zangenbein. Der Schreck packte ihn, erzeugte Chaos in seinem Kopf und verkrampfte seine Muskeln. Das Bein streikte mitten in der Bewegung, die Schwungkraft warf ihn nach vorn, und er strauchelte. Er fiel auf den Bauch und rutschte über das trockene Gras den Hang hinab. Je mehr die Neigung des Hügels zunahm, desto schneller wurde sein Körper. Schwindel und ein steigendes Gefühl der Desorientierung überwältigten ihn, so daß er nicht mehr fähig war, das zu interpretieren, was er sah. Schließlich verlor er das Bewußtsein und kapitulierte.

Als er sich drehte, kratzte sein Panzer über das Gestein. Er war wütend über sich und seine Unbeweglichkeit. Kein Kh!lict war je nach der ersten Schalung über die *eigenen* Zangen gestolpert. Mit acht Beinen mußte man normalerweise dastehen wie ein Fels. Doch statt dessen stolperte er wie ein Tier durch die Gegend. Was hatten die Matriarchen ihm angetan, bevor sie ihn durch den Durchgangsrahmen gezwungen hatten? Er konnte nicht einmal mehr die einfachsten Dinge tun, die man zum Leben brauchte. Vielleicht war dies seine Strafe – daß er sich nicht mehr koordiniert bewegen konnte. Vielleicht brauchte er sich jetzt über weitere Strafen keine Gedanken mehr zu machen.

Er wurde langsamer und kam schließlich am Fuß eines kleinen Hügels zum Stillstand. Ein breiter Pfad im zertretenen Gras zeigte ihm, woher er gekommen war. Eine deutliche Spur für jeden, der ihn verfolgte. Wenn die Matriarchen eine Einheit vorbeischickten, um nachzusehen, ob die Strafbedingungen erfüllt waren – worin sie auch bestanden –, hatten die Weibchen keine Probleme, ihn aufzuspüren. Solange er hier im Gras blieb, konnte er sich nicht verstecken. Er mußte irgendwo einen sicheren Ort aufstöbern, bis er eine Möglichkeit fand, sich der Matriarchen zu erwehren.

Er rieb die Beine vorsichtig an seinem Panzer, streckte die Gelenke aus und prüfte sie auf eventuelle Verletzungen. Ein gerissenes Ligament hätte seinen Sturz erklären können, aber nichts wies auf eine Verletzung oder Behinderung hin. Trotz all ihrer Boshaftigkeit hatten die Matriarchen ihn nicht völlig hilflos gemacht. Aber die Desorientierung und die Gedächtnislücken machten ihm zu schaffen. Normalerweise hätte er wissen müssen, was er hier tat. Aber er hatte keine Ahnung. Er hätte wissen müssen, wer er war, welchen Farbrang er in seiner Kohorte einnahm und in welcher Kohorte er diente. Doch er wußte nur noch die grundlegendsten Dinge, die jeder Kh!lict wußte, der über das

Larvenstadium hinausgewachsen war. Die Einzelheiten, Farben und Beschaffenheiten seines individuellen Daseins, die seine Passage während der Endtransition hätten formen müssen, waren fort, wie unter einer dicken Schlammschicht begraben.

Als er erkannte, daß er nicht verletzt war, erhob er sich vom Boden. Einen Moment lang schwankte alles um ihn herum und wurde schwarz. Dann nahm er wieder das wahr, was er schon zuvor gesehen hatte. Er machte einen Schritt, dann einen zweiten. Er reckte die Beine, um doch noch irgendeine versteckte Verletzung zu finden. Obwohl er noch immer keinen erklärbaren Grund für seine Schwerfälligkeit fand, bewegte er sich schneller. Er wollte einen Abstand zwischen sich und die eventuellen Verfolger bringen, die die Matriarchen ihm bestimmt hinterher schickten. Die beste und offensichtlichste Erklärung für seine Desorientierung war die, ihn verletzlich zu machen.

Erneut wogte ein Anflug von Unsicherheit durch seine Neuroprozessoren. Wenn seine Bestrafung einen Sinn haben sollte, hätte er eigentlich wissen müssen, was er getan, nach welchen Gesetzen man ihn bestraft hatte und wofür er wahrscheinlich sterben würde. Und wenn die gesamte Kh!lict-Führung seine Bestrafung am Monitor verfolgte: Sie war sinnlos, wenn er nicht wußte, wofür er büßte und warum er von allen anderen seiner Art isoliert worden war. Er würde ahnungslos in einem unbekannten Land sterben.

Er machte sich auf den Weg nach unten und entfernte sich vom Durchgangsrahmen, obwohl er wußte, das man diesen Weg am leichtesten erahnen konnte. Trotzdem, die dunklen, steinigen Bächlein, die verstreut zwischen den beigefarbenen und staubgrünen Falten des Landes verliefen, boten ihm geringe Hoffnung, seine Spur verwischen zu können. Das Gras wuchs dort in unregelmäßigen Flecken, so daß er hoffte, seinen Weg tarnen zu können – und daß seine

Zangen nicht allzu viele Spuren auf dem steinigen Boden hinterließen. Vielleicht konnte er eventuelle Verfolger narren, indem er den Weg zurückging und hinter ihnen eine andere Richtung einschlug.

Die beiden ersten Stellen, die er sich anschaute, waren unbrauchbar. Das Gras stand zu niedrig und machte ihn auf große Entfernung sichtbar. Der nächste Hang erschien ihm passender, doch er mußte darauf achten, keinen neuen Erdrutsch auszulösen. Ein frisch erzeugter Erdrutsch würde die Verfolger auf ihn aufmerksam machen. Irgendwie empfand er Erleichterung darüber, daß der Weg so instabil war. Wenn es ihm gelang, ihn schnell genug hinter sich zu bringen, hatte er eine gute Chance zu entkommen. Die schwierige Kletterpartie würde sie davon überzeugen, daß er durch den Bach gelaufen sei, um seine Spuren im Wasser unkenntlich zu machen. Wenn es ihm gelang, die Verfolger einen halben Tag in die Irre zu führen, konnte er sich so verstecken, daß ihn niemand mehr fand. Es sei denn, man hatte eine Kamera auf seinem Panzer befestigt. Aber dies, das wußte er, konnte nicht der Fall sein, denn er spürte keinerlei Gewicht, wenn er sich bewegte.

Die Kletterei war schwer und anstrengend. Außerdem mußte er ständig aufpassen, daß er keinen Lärm machte. Als er den Steinhügel hinaufgeklettert war, sah er jedoch keinerlei Anzeichen einer Verfolgung. Oben legte er eine Pause ein und suchte den Weg, den er genommen hatte, nach hellen Farbblitzen ab, die auf Verfolger hinwiesen. Aber in dem öden Land war nur das Gras zu sehen, das er festgetreten hatte. Er wußte nicht genau, ob er nun glauben sollte, daß sein Plan erfolgreich gewesen war oder ob die Matriarchen ihm eine bessere Falle gestellt hatten, als er sich vorstellen konnte.

Nun ja. Er konnte nicht hier herumstehen und sich in seinem Triumph sonnen. Seine strahlenden Farben würden ihn sofort für jeden Kh!lict sichtbar machen, der sich in der Nähe aufhielt. Er veränderte sie so, daß sie sich dem Beige des Geländes anpaßten. Als er weiterging, achtete er darauf, daß er nicht allzu viele Spuren hinterließ. Irgendwo mußte ein Tunnel, eine Höhle oder eine Mulde zu finden sein, in der er sich vor der Luftüberwachung verstecken konnte. Wenn er etwas in dieser Art gefunden hatte, konnte er Pläne schmieden, um die Verfolger, die ihm mit Sicherheit folgten, zu besiegen. Er konnte es nicht riskieren, daß man ihn fand. Wenn man ihn aufstöberte, würde man ihm jedes Glied einzeln ausreißen und alles tun, um seine Leiden so auszudehnen, daß er für jeden Kh!lict, der das gleiche Verbrechen begangen hatte, ein abschreckendes Beispiel war. Er mußte den Verfolgern so lange entkommen, bis die Matriarchen entschieden, daß seine Isolation eine größere Tortur war als die für ihn vorgesehene Strafe.

Kirk wurde sich schrittweise des wogenden Grases und der überall herumliegenden Steine bewußt. Was genau passiert war, wußte er nicht. Aber diesmal wollte er die Sache nüchtern angehen. Es durfte nicht noch einmal passieren, daß er in Panik verfiel. Er mußte zunächst alles genau analysieren, durfte nicht reagieren, bevor er nicht wußte, was überhaupt geschehen war.

Sein Körper kletterte einen steinigen Hang hinauf und suchte sich vorsichtig einen Weg über die instabile Oberfläche. Er wußte, daß er nicht in der Lage war, sich so zu bewegen, wie er es tat. Also ging er davon aus, daß er nicht allein war; daß eine andere Intelligenz den Körper steuerte. Er konnte jedoch nichts Fremdes finden, das seine Gedanken kontrollierte. Also mußte der Fremde sich hinter einer mentalen Barriere verbergen. Dies beruhigte Kirk, denn so konnte er Beobachter spielen und lief nicht Gefahr, seinen Wirt so zu verwirren, daß er abstürzte. Es würde allerdings ein Problem geben, wenn er Kontakt mit ihm aufnehmen wollte.

Zuerst konzentrierte sich Kirk auf die visuellen Informationen, die in das Gehirn des Fremden einflossen. Seine Sicht war irgendwie farbverfälscht und wirkte zu rotstichig. Die meisten Lebensformen hatten ihre Augen im Laufe der Evolution den Eigenheiten ihrer Sonne angepaßt. Demnach bedeutete dies, daß der Fremde entweder aus einem weit entfernten Sonnensystem mit sehr heller Sonne kam oder daß seine Rasse ausgestorben war, bevor die Sonne schwächer geworden war. Die zweite Möglichkeit war eher abwegig, doch paßte sie zu Careta IV und seinen Artefakten. Kirk zog den Schluß, daß die sterbende Sonne den Untergang des Volkes seines Wirts bewirkt haben mußte. Massive Klimaveränderungen hatten im Zusammenhang mit Störungen der Nahrungskette schon viele Kulturen dahingerafft. Allerdings sah dieser unwirtliche Planet nicht danach aus, als passe er zu der Zivilisation, die die Artefakte und Ruinen hinterlassen hatte, auf die sie gestoßen waren.

Als nächstes mußte er herausbekommen, was für ein Geschöpf sein Wirt war. Seine beste Idee – Kontrolle über die Funktionen des Körpers zu erlangen und ihn so lange zu testen, bis er Antworten auf alle Fragen bekam – war nicht durchführbar, solange sein Wirt den gegenwärtigen Kurs verfolgte. Außerdem sah es so aus, als sei die Kreatur auf der Flucht. Kirk fragte sich, ob er einen Grund hatte, sich deswegen Sorgen zu machen. Dem Anschein nach hielten sich keine anderen Wesen seiner Art auf Careta IV auf. Doch hatten die Sensoren der *Enterprise* zwei große Lebensformen in der Nähe des Fensters entdeckt, aus dem Chekov und Talika gekommen waren. Selbst wenn die beiden in Wirtskörpern wie diesem steckten … Kirk erkannte, daß er keine Möglichkeit hatte herauszufinden, welche Anweisungen ins Bewußtsein der Wesen eingegeben waren, die diese Körper steuerten. Es war nicht auszuschließen, daß die Artefakte für irgendwelche Kriegsspiele gebaut worden waren. Und daß jeder, der aus einem solchen Fenster heraustrat, über die einprogrammierten Regeln und Gesetzmäßigkeiten Bescheid wußte.

Da Kirk den Körper nicht testen konnte und der Situation ziemlich hilflos ausgeliefert war, verhielt er sich ruhig und beobachtete das Geschehen. Nach einiger Zeit stellte er fest, daß die Augen des Wesens an rotierenden Stielen befestigt waren, die es ihm erlaubten, unabhängig voneinander zu sehen. Meist sah er in einem stereoskopischen Blickwinkel, wie man es als Mensch gewohnt war. Aber nachdem er sich erstmals in einem Winkel von zweihundertsiebzig Grad umgeschaut hatte, stellte er fest, daß dies ziemlich viele Vorteile hatte. Man konnte ein weites Areal überblicken, was es Angreifern sehr schwer machte, unbemerkt anzugreifen.

Nach einiger Zeit konnte Kirk auch die restlichen Sinne des Wesens interpretieren. Es hatte acht Beine, die sämtlich in einer Art Zange endeten, die man zum Laufen, zum Bewegen von Gegenständen oder zum Kampf verwenden konnte. Alle Beine konnten unabhängig voneinander tätig werden. Kirk stellte aber auch fest, daß die Kreatur bestimmte Dinge nur mit bestimmten Beinen tat. Ungefähr so, wie er seiner rechten Hand den Vorzug gab.

Während er seinen Wirtskörper analysiert hatte, waren sie einen steinigen Hang hinaufgeklettert und bewegten sich nun über einen Grat. Sie schlugen eine Richtung ein, die sie dorthin zurückführte, wo sie hergekommen waren. Das Wesen bewegte sich von einem Steinhaufen zum nächsten. Die Hügel wurden größer und steiniger als der, den sie zuvor erklommen hatten. Kirk wußte nicht genau, ob der Weg sicherer war, den sie nun einschlugen. Das Gestein wirkte nicht gerade sehr stabil, und er fragte sich, warum sie nicht wieder zum Artefakt zurückkehrten. Seiner Meinung nach – aber offenbar nicht nach Meinung seines Wirts – bestand die beste Lösung ihrer prekären Lage darin, zum Fenster zurückzukehren, damit Spock die ungewollte Vermischung von Mensch und Fremdling wieder rückgängig machen konnte.

Der Gedanke an Spock ließ ein erneutes Problem entstehen. Wie sollte er mit dem Vulkanier Kontakt aufnehmen? Wenn Spock nicht erkannte, daß er mit dem Wesen verschmolzen war, nahm er bestimmt an, er sei beim Passieren des Fensters entweder verschwunden oder getötet worden. Kirk wußte nicht, wie diese Kreaturen kommunizierten. Er hatte keinerlei Sinne wahrgenommen, die es dem Wesen erlaubten, sich zu verständigen oder Laute zu erzeugen. Wenn er nicht irgendwie die Kontrolle über den Körper seines Wirts bekam, konnte er niemandem mitteilen, was passiert war. Das Problem erforderte eine Lösung, und da er, während das Geschöpf den Steilhang überquerte, ohnehin nichts unternehmen konnte, dachte er über die Situation und ihre Gegebenheiten nach. Er mußte einen Weg finden, um sich mit der Mannschaft zu verständigen.

Am Fuß der Geröllhalde lag ein breiter, steiniger Bach, der zwischen welligen Hügeln dahinströmte. Er erreichte das seichte Gewässer, hockte sich hin, um in das schlammige Naß zu greifen, und blockte die sandigen Sedimente mit seinem Trinkfilter ab. Als sein Durst gestillt war, ging er in der Hoffnung stromaufwärts weiter, daß die Verfolger ihn in der Gegenrichtung vermuteten. Er nahm an, daß die ihm folgende Einheit nicht groß genug war, um sich in zwei Gruppen zu teilen. Er mußte dieses Risiko einfach eingehen.

Die Sonne stand im Zenit, als er das fand, was er gesucht hatte. Das Tal hatte sich zu einer Schlucht mit graubraunen Felswänden verengt, die von vielen Spalten durchzogen waren. Zu seiner Rechten lag eine ziemlich gut versteckte Öffnung im Fels. Er machte sich auf den Weg dorthin und achtete sorgfältig darauf, daß er keine Spuren hinterließ. Das Loch in der Wand war gerade groß genug, um sich hindurchzuzwängen. Bestimmt würde man auch hier nach ihm suchen, aber das Loch war zu klein. Selbst die jüngsten Weibchen waren größer als er. Sie würden nicht durch die Öffnung passen.

Er zog sich mit seinen Zangen in den Spalt hinein und achtete darauf, daß sich keine losen Steine oder andere Dinge lösten. Es war ein hartes Stück Arbeit, und schwerer, als er angenommen hatte. Er fragte sich erneut, was die anomale Verhaltensweise seines Körpers verursachte. Vor dem Ausstieg aus dem Durchgangsrahmen hatte er derlei noch nie erlebt. Die Ortsveränderung hatte seine Kraft, Koordinationsfähigkeit und alles, was sein Wesen ausmachte, entweder ausradiert oder beschädigt. Nichts von dem, was einen Kh!lict ausmachte, stimmte noch. Seine Identität war so zerklüftet wie die ihn umgebenden Felsen.

Ihm wurde klar, daß der Gedanke einen in den Wahnsinn treiben konnte. Mit einem Anflug von Furcht schob er ihn beiseite. Er wollte erst wieder darüber nachdenken, wenn die unausweichliche Verfolgung vorbei war. Im Moment hatte er genug damit zu tun, Haltung zu bewahren. Plötzlich löste sich unter ihm ein Steinhaufen und rutschte den Abhang hinab. Nun brauchte er all seine Kraft, um die Balance auf dem steinigen Terrain zu halten. Nur die außergewöhnliche Ausstattung seines Körpers ermöglichte ihm, auf einem Boden wie diesem Halt zu finden. Den größeren Weibchen würde es nicht gelingen, festen Halt zu bekommen, ohne daß die Steine unter ihnen wegbrachen. Die Verfolger würden arge Probleme haben, ihm hierher zu folgen.

Das Versteck war so gut verborgen, daß er es beinahe übersehen hatte. Irgendwann in der Vergangenheit mußte sich ein riesiges Stück der Felswand abgelöst haben. Nun lag es in der Schlucht verteilt. Das Geröll hatte den Großteil der Höhle verschlossen. Nur ein winzig kleiner Eingang war noch vorhanden.

Er stocherte mehrere Minuten lang in dem Spalt herum und versicherte sich, das niemand im Hinterhalt lag, der ihn angreifen konnte, wenn er in die Höhle stieg. Dann wurde ihm klar, daß es ihm nichts einbrachte, wenn er noch länger wartete. Er kletterte höher und räumte das lose Gestein fort. In überraschend kurzer Zeit hatte er genug beiseite geschafft, um sich hineinzuzwängen.

Als er drin war, stellte er fest, daß es zu eng für ihn war. Er mußte noch mehr Geröll beiseite schaffen, um alle Beine einziehen zu können. Als die Arbeit beendet und seine Gliedmaßen verborgen waren, entspannte er sich. Die schmale Öffnung zur Flußseite hin erlaubte ihm genug Sicht, um eventuelle Verfolger schnell auszumachen. Mit etwas Glück und dem Überraschungsmoment auf seiner Seite konnte er die ersten Verfolger ausschalten und ihre Waffen an sich nehmen, bevor sie begriffen, was geschehen war. Ohne die weiter oben gelegene Seite des Felsens zu inspizieren, wußte er, daß sein Rücken geschützt war. Die Matriarchen würden nicht genug Truppen schicken, um sich den Luxus eines Mehrflankenangriffs zu leisten. In der Sicherheit des Verstecks paßte er die Farben seines Panzers denen der Höhle an. Solange er vorsichtig war, hatte er im Fall eines Angriffs gute Chancen auf einen Sieg.

Als Kirk bemerkte, daß sein Wirt sich niedergelassen und die Absicht hatte, eine Weile hier zu bleiben, nahm er Phase zwei seines Plans in Angriff. Er mußte den Körper, in dem er steckte, erkunden. Bei der Überwindung der Unebenheiten des Geländes hatte er die Schlußfolgerung gezogen, daß das Wesen einem irdischen Krebs ähnlich war. Nur war es so groß wie ein Mensch. Soweit er in Erfahrung gebracht hatte, verfügte es über vier Beinpaare, die aufgrund eines komplexen Bewegungsablaufs agierten. Sein Wirt hatte anscheinend keine Probleme, sie unabhängig von anderen Körperfunktionen zu bewegen. Kirk indessen mußte diese Regeln erst einmal lernen, wenn er den Körper des Fremden übernehmen wollte.

Nur keine Hektik, dachte er, obwohl in seinem Kopf alles danach schrie, er solle etwas unternehmen. So schwer es ihm auch fiel, er mußte wie Spock vorgehen: Zuerst die Lage und alles andere analysieren – und dann handeln. Das Wesen war ihm so fremd, daß es sehr schwer sein würde, mit ihm Kontakt aufzunehmen. Außerdem war es bestimmt nicht gewillt, seine Position ihm gegenüber einzuschränken. Er mußte vorsichtig sein, wenn er den Versuch machte, sich mit ihm zu verständigen.

Mit diesem Gedanken konzentrierte er sich auf den Körper, in dem er gefangen war. Anfangs hatte er nur wenig Erfolg. Ihm war so, als säße er in einem außerirdischen Androiden fest, dessen Sinne nicht angeschlossen waren. Der Gedanke war frustrierend, doch wenn er stimmte, hatte er keine Möglichkeit, seine Umgebung zu erfassen oder den Verlauf der Ereignisse zu steuern. Trotzdem konnte er nicht völlig von allem ausgeschlossen sein, denn schließlich sah er das gleiche wie der Fremde. Es konnte bedeuten, daß das Fenster ihn nur mit einer visuellen Verbindung ausgestattet hatte. Aber er verwarf diese Idee schnell. Seine Chancen standen besser, wenn er davon ausging, daß der fremde Körper so andersartig war, daß er auf Impulse eines menschlichen Hirns nicht reagierte. Es konnte auch bedeuten, daß der Fremde seine Anwesenheit gar nicht wahrnahm.

Kirk konzentrierte sich auf die Bilder, die der Fremde sah. Er beobachtete die Schlucht. Kirk wunderte sich erneut über die Rotstichigkeit. Der Fremde konzentrierte sich auf das umliegende Gelände. Die Höhle und das sie umgebende Gestein wirkten beengend. Aber der

Fremde richtete ständig ein Auge auf den Zugang zur Schlucht. Das brachte Kirk auf eine Idee.

Er konzentrierte sich auf eine Stelle, die etwa dreißig Meter entfernt und ebenso hoch über dem Boden der Schlucht lag. Er stellte sich vor, dort stiege etwas an der groben Felswand herab und werde zu einem sichtbaren Punkt. Der Blick seines Wirts zuckte hoch, dann schaute er nach unten und beobachtete prüfend den Boden der Schlucht. Kirk konzentrierte sich noch stärker auf die imaginäre Gestalt, die langsam die Felswand herunterkam. Zuerst gab es keine Reaktion, doch dann nahm der Fremde die Wand langsam und genau von unten nach oben in Augenschein und suchte jeden Spalt und jeden Findling nach versteckten Feinden ab.

Während der Suche empfand Kirk wachsende Unsicherheit, als glaube der Fremde, ihn könne niemand aus dieser Richtung angreifen. Daraufhin konzentrierte er sich auf eine Stelle, die flußabwärts lag, woraufhin der Fremde dort sofort nach Verfolgern Ausschau hielt. Da er niemanden sah, konzentrierte Kirk sich wieder auf die Felswand. Diesmal bewegten sich die Augen des Fremden schneller und präziser. Als Kirk es bemerkte, konzentrierte er sich auf verschiedene Punkte an der Felswand.

Die Vorsprünge schimmerten in verschiedensten Farben und warfen Schatten, in denen sich ein Mann mit dunkler Kleidung leicht verstecken konnte. Während der Fremde die Gegend absuchte, spürte Kirk zunehmendes Unbehagen in seinem Wirt, als könnten sich seine Verfolger farblich jedem Hintergrund anpassen. Während er sich auf diesen Gedanken konzentrieren wollte, entglitt er ihm wieder, und nun war er derjenige, der Unbehagen empfand. Die vielfarbige Oberfläche der Felswand beunruhigte seinen Wirt sehr, und Kirk wurde klar, daß er eine Menge über ihn lernen konnte, wenn er dieses Rätsel löste. Da er jedoch nicht wußte, wie er an die nötige Information herankommen sollte, schob er den Gedanken beiseite.

Nach dem Erfolg, bedingte Kontrolle über die Augen des Wirts ausüben zu können, versuchte Kirk, dessen andere Körperteile zu beeinflussen. In der engen Höhle konnte er jedoch keine umfassenden Bewegungen machen. Ein Mensch hätte in dieser eingeengten Position bestimmt Muskelkrämpfe bekommen. War das Wesen dagegen immun? Oder war sein Körper mit einem Filter versehen, der Schmerzimpulse unterdrückte und es ihm somit ermöglichte, längere Zeit in dieser Position zu verweilen? Wie konnte er herausfinden, wie das ganze Lebewesen funktionierte?

Kirk konzentrierte sich auf das mentale Abbild einer Hand. Er fügte Daumen und Zeigefinger aneinander und hob sie im Geiste an die Stirn. Nichts passierte. Zumindest konnte er nichts feststellen. *Fühlt man sich so, wenn man gelähmt ist?* fragte er sich. Es war irritierend, seinem Körper Befehle zu erteilen und keinerlei Reaktion der Gliedmaßen zu spüren. Und es war noch beunruhigender festzustellen, daß er der Gnade seines Wirts ausgeliefert war. Zumindest so lange, bis er in der Lage war, sich mit dessen Nervensystem zu verbinden, seine Reaktionen zu interpretieren und den krebsähnlichen Körper zu steuern.

Wenn er gewußt hätte, wie man es anstellte, wäre es kein Problem gewesen. Doch zu seinem Pech hatte er noch nie von einem Vorfall wie diesem gehört. Er gab weder eine Anleitung noch eine erprobte Methode, wie man den ersten Kontakt mit einer bislang unbekannten Spezies aus deren eigenem Körper heraus bewerkstelligte.

8

Spock an *Enterprise.*« Der Vulkanier hatte große Mühe, seine Stimme ruhig klingen zu lassen. Er hörte, daß eine Woge der Bestürzung durch die ihn umgebende Landeeinheit ging. Er konnte beinahe hören, was die Menschen dachten, als hätten sie es laut ausgesprochen. Der Captain war in dem Fenster verschwunden, ohne daß ihre Tricorder etwas gemessen hatten, doch Spock verhielt sich, als sei Kirk zu einem Morgenspaziergang aufgebrochen. Er hätte ihnen gern gesagt, daß es unnötige Kraftverschwendung war, sich derartigen Gefühlen hinzugeben, und daß dies auch keine Lösung brachte, doch es war wichtiger, Kirk und die anderen wiederzufinden, statt den Leuten eine Predigt zu halten. »*Enterprise* – ist der Captain schon aus dem anderen Fenster herausgekommen?«

Außer einem Rauschen bekam er nichts zu hören. Als die Sekunden sich zu einer Ewigkeit dehnten, überdachte Spock die Möglichkeiten, was schiefgegangen sein könnte. Ein Versagen der Ausrüstung, ein unidentifiziertes Schiff, das hinter der Kreisbahn der *Enterprise* aus dem Warp gekommen war, oder ein Funkoffizier, der gerade mal seine Station verlassen hatte. Als er den Kommunikator als Fehlerquelle in Betracht zog, kam die ersehnte Antwort.

»Hier *Enterprise.* Hier ist Sulu, Sir.«

»Meldung, Mr. Sulu. Sind der Captain und die anderen auf der anderen Seite herausgekommen?«

»Wir wissen es nicht, Sir.« Dann kam eine lange, unbehagliche Pause. »Im gleichen Moment, in dem der Captain und die anderen ins Fenster traten, hat irgend etwas unsere Sonden am dortigen Fenster ausgeschaltet. Auch die Bordsensoren wurden von diesem Energiestrahl – falls es einer war – blockiert. Deshalb haben wir keinerlei Informationen, was sich in der Umgebung des zweiten Artefakts abspielt.«

»Tasten Sie das betreffende Gebiet momentan ab, Mr. Sulu?«

»Negativ, Mr. Spock.« Sulu stieß die Luft aus. »Oder, um genauer zu sein: Unsere Versuche, den Sensorkontakt wieder aufzunehmen, sind fehlgeschlagen. Alle Daten, die wir bekommen, sind zerhackt und wertlos. Wir nehmen an, daß wir das Problem in den nächsten zehn Minuten in den Griff kriegen. Außerdem bereiten wir den Einsatz neuer Sonden vor.«

»Sehr gut, Mr. Sulu.« Daß die Sonden ausgeschaltet werden konnten, hatte niemand in Erwägung gezogen. Da man im Artefakt keine Strahlung entdeckt hatte, hatte auch niemand damit gerechnet, irgend etwas in dessen Inneren könne sie als Sonden erkennen. Da sich diese Annahme als falsch erwiesen hatte, ging Spock davon aus, daß wahrscheinlich das meiste falsch war, was sie über das Artefakt und seine Hersteller zu wissen glaubten. Sie mußten allerwenigstens sämtliche Daten neu berechnen, um einen Weg zu finden, den Schutzschirm des Fensters zu durchdringen. Er signalisierte den ihn umgebenden Männern, daß sie ihre Tricorder bei ihm abgaben. »Beamen Sie mich sofort hoch, Mr. Sulu. Dann sorgen Sie dafür, daß die gesamte Landeeinheit – bis auf zwei Wachen, die das Fenster aus einem sicheren Abstand beobachten – an Bord geholt wird.«

»Aye, Sir.«

Spock hatte kaum genug Zeit, den Kommunikator zu schließen und die Tricorder über seine Schultern zu hängen. Dann erfaßte ihn der Transporterstrahl.

Sechs Stunden später fragte er sich, wieso er angenommen hatte, er werde das Problem schnell – und vor allem allein – in den Griff kriegen. Er hatte alle Meßdaten in den Computer eingegeben, sämtliche Eventualitäten berechnet und war dabei so weit gegangen, daß er selbst kaum noch wußte, wo er war. Das Ergebnis war enttäuschend. Sobald zwei Messungen das gleiche Ergebnis aufwiesen, kam sofort anschließend eine solche, die dem widersprach. Was würde der Captain jetzt wohl tun? Die Logik bot keinerlei Lösungswege mehr. Es war an der Zeit, einen von Kirks intuitiven Sprüngen zu machen. Das Fenster funktionierte nach völlig unlogischen Prinzipien.

Als hätten sich Spocks Mißerfolge schon herumgesprochen, ging die Brückentür auf. McCoy trat ein. »Wie lange wollen Sie eigentlich noch Däumchen drehen, Spock, bevor Sie sich aufraffen, Jim zu lokalisieren?« fragte er.

Spock las weiterhin die Daten von der vor ihm befindlichen Konsole ab. »Ich drehe keine Däumchen, wie Sie es in Ihrer bildhaften Art ausdrücken, Doktor. Aber das Gerät wurde offenbar von Wesen erschaffen, die mindestens so irrational sind wie Sie.«

»Wie bitte?« McCoy richtete sich auf. Seine Miene wirkte beleidigt. »Seit wann ist man irrational, wenn man *nicht* so denkt wie eine vulkanische Maschine? Glauben Sie etwa, weil Sie momentan das Kommando haben, könnten Sie all jene beleidigen, die anders denken als Sie? Die armen schwachen Wesen, die das Artefakt gebaut haben, haben Ihnen doch nichts angetan.«

»Erstaunlich, wie Sie das Wort *angetan* definieren, Doktor.« Spock hob den Kopf vom Monitor und schenkte McCoy einen sehr ernsten Blick. »Ich gehe davon aus, daß ein Gerät, das in der Lage ist, ein Besatzungsmitglied einfach so verschwinden zu lassen, einem sehr wohl etwas *antut.* Außerdem haben unsere Analysen ergeben, daß dieses Gerät nach keinem logischen Muster funktioniert. Wenn ich seine Operationsprinzipien also als irrational bezeichne, ist dies wohl kaum beleidigend gemeint.«

»Ich gebe auf, Spock«, sagte McCoy und ließ seinen Blick über die Decke schweifen, als erwarte er, daß sich irgendwelche himmlischen Mächte mit dem Vulkanier befaßten. »Ich gehe aber mal davon aus, daß die Fremden das Gerät so gebaut haben, daß es ihrer Vorstellung von Vernunft entspricht. Bloß weil Sie und Ihre universelle vulkanische Logik nicht mit ihm klarkommen, muß es nicht bedeuten, daß es irrational ist. Sie können doch nicht erwarten, daß die Logik der Vulkanier auch für ein Volk gültig ist, das schon vor Jahrtausenden ausgestorben ist. Noch bevor euer geliebter Oberlogiker Surak geboren wurde.«

»Ich habe dies in Betracht gezogen, Doktor.« Spock gab am Computer neue Befehle ein. Die Anzeigen leuchteten rot und gelb auf, als er fertig war. »Ein Volk, das uns so fremd ist wie dieses, hat vielleicht nach Prinzipien gehandelt, die wir nicht verstehen, doch hat die anthropologische Erforschung aller uns bekannten Spezies in Erfahrung gebracht, daß die Norm der vulkanischen Logik dem Denken und den Prinzipien aller kultivierten Völker zugrunde liegt.«

»Entschuldigen Sie, daß ich damit angefangen habe.« McCoy ging zur Tür. Unterwegs hielt er bei Uhura an, um mit ihr zu reden.

Nachdem Spock ihn lange genug beobachtet hatte, um zu wissen, daß er nicht zurückkommen würde, um eine weitere Salve abzufeuern, wandte er sich wieder dem Computer zu. So sehr ihn McCoys irrationales Denken auch bestürzte, manchmal kam er mit seinen Worten dem Kern einer Sache ziemlich nahe. Seine Fragen hatten Spock darauf gebracht, daß das Artefakt seine Schirmfrequenzen eventuell ständig änderte. Wenn das System ausgefeilt war, mußten die unausweichlichen Lücken im Schirm im Laufe der Zeit variieren, und so war es praktisch unmöglich, das Innere der Fenster abzutasten und hinter ihre Funktionen und Geheimnisse zu kommen. Wenn ein solcher Schutzmechanismus auch völlig logisch war – eine Zivilisation, die sie für ihr Transportsystem verwendete, war es nicht. Obwohl Spock schon lange mit den Menschen zusammenarbeitete, fand er die Vorstellung einer solch paranoiden Gesellschaft unglaublich. Er fragte sich, ob sich die Fremden vor Invasoren geschützt oder ob ihre Sicherheitsmaßnahmen sich gegen das eigene Volk gerichtet hatten.

Die ersten zehn Formeln, die er ausprobierte, sahen keinen Zusammenhang zwischen den Daten, die er auf dem Planeten aufgezeichnet hatte. Als er die Ergebnisse studierte, spielte er mit dem Konzept und versuchte zu entscheiden, wie er ein absolut unverletzliches Sicherheitssystem konstruieren würde. Er brauchte eindeutig eine aus ein, zwei Standardformeln montierte Willkürfunktion, damit eine Analyse der Stufe eins keine Übereinstimmung der Feldstärkenvariante aufdeckte.

Als er darüber nachdachte, wie viele Variationen es für das Verfassen dieser Funktionen gab, wurde ihm klar, daß er zunächst herausfinden mußte, *wer* der erwartete Feind sein konnte. Ein internes Sicherheitssystem konnte ziemlich einfach aufgebaut sein: die Herrscherklasse konnte das Volk steuern, indem sie es von der Bildung abschnitt. Wenn die Sicherheitsmaßnahmen jedoch darauf abzielten, eine Bedrohung von außen abzuwehren, mußte es äußerst komplex sein, um die schlauesten Köpfe des Feindes auszutricksen.

Aber welche dieser Theorien war die wahrscheinlichste? Spock schaute auf den Bildschirm und suchte nach dem Muster, das der Computer nicht erkannte. Das Problem bestand im Kern darin, daß sie nicht genügend Informationen über das Volk hatten, das die Fenster konstruiert hatte. Die unbekannte Rasse war schon vor so langer Zeit ausgestorben, daß sie nicht einmal in den Legenden der ältesten Völker dieses Sektors auftauchte. Hatten sie mit anderen Völkern Kontakt gehabt? Oder hatte dieses Volk isoliert von allen anderen zwischen den Meztorianern und den noch älteren sogenannten Verwaisten existiert, von denen man annahm, daß sie einst in diesem Sektor der Galaxis gelebt hatten?

Der Computer schätzte, daß es sieben Stunden dauerte, die archäologischen Datenbanken nach Hinweisen auf dermaßen alte Kulturen abzusuchen. Spock befahl ihm, mit der Suche zu beginnen, obwohl er wußte, daß es zu lange dauern würde, um etwas Brauchbares zu finden. Doch da er eine schnelle Antwort brauchte, wählte er die einfachste Methode. Waren die Sicherheitsmaßnahmen gegen das eigene Volk der Fremden gerichtet gewesen, mußte der Computer in der Lage sein, schneller die Schirmfrequenzgleichungen zu berechnen als Informationen über diese Kultur heranzuschaffen.

Spock programmierte den Computer so, daß er zuerst die einfachsten Willkürfunktionen abfragte, dann wandte er sich dem Hauptschirm zu. Dort war ein Luftbild zu sehen, das aus den gesammelten Aufnahmen von einem Dutzend Sonden bestand. Es zeigte die Hügel und Berge des Planquadrats N4. Manche Teile der Aufnahmen waren scharf und gut zu erkennen. Andere waren verschwommen und unklar. Man war nicht in der Lage gewesen, alle Störungen auszumerzen.

»Lagebericht, Mr. Sulu.«

Sulu wirbelte auf seinem Sessel herum, um Spock anzuschauen. »In der letzten Stunde keine Veränderungen. Wir *glauben,* daß sich sechs Lebewesen in der Nähe des Artefakts aufhalten, aber die Hälfte davon befinden sich innerhalb der maximalen Sensorstörungen. Es könnten auch acht oder mehr sein. Wir erhalten nicht genügend Informationen. Ein weiteres Wesen hat sich in ziemlich felsigem Gelände niedergelassen. Wir haben Probleme, seine genaue Position zu bestimmen.«

Spock nahm die Daten des Bildschirms in sich auf. Die vermeintlichen Lebensformen hatten sich in einem Radius von knapp dreißig Kilometern um das zweite Fenster verstreut. Es waren also sechs. Daß sie beim Verschwinden Kirks und der anderen aufgetaucht waren, ließ den Schluß zu, daß beide Geräte miteinander verbunden waren. Doch die fortwährenden Störungen der Sensoren lieferten ihm nur wenig handfeste Informationen. Vielleicht waren die Fremden aus einer inneren Stasis befreit worden, als die Menschen das erste Portal betreten hatten; aber vielleicht stellten sie auch eine bizarre Transformation der Vermißten dar. Aus den spärlichen Daten, die bei ihnen eingingen, konnte Spock keinen Schluß ziehen, was genau passiert war. »Welche Fortschritte machen die Sensoren, Mr. Sulu?«

Der Steuermann schüttelte den Kopf. »Wir können die Quelle nicht isolieren. Es ist fast so, als ob da unten irgend etwas wüßte, daß wir es suchen. Daß es sich vor uns versteckt.«

»Machen Sie weiter. Suchen Sie nach der Quelle der Störungen und arbeiten Sie auf dieser Basis weiter. Die Logik diktiert, daß wir erst dann eine komplexere Methode einsetzen, wenn sich unsere vorherigen Annahmen als inadäquat erwiesen haben.« Spock untersuchte erneut den Bildschirm und verglich die Störungszentren mit denen, die ihm zuvor aufgefallen waren. Die Gebiete mit den meisten Störungen hatten sich bewegt – aber lag etwa ein System darin? »Überprüfen Sie bitte, wie die Sensorstörungen in der letzten Zeit gewandert sind, Mr. Sulu.«

Sulu riß überrascht die Augen auf, dann kniff er sie zusammen. »Sofort, Sir.« Er befahl dem Computer, die Aufnahmen der letzten Stunden im Schnellvorlauf und mit geringer Auflösung abzuspielen.

Drei Störungen hatten sich seit ihrem Auftauchen bewegt. Allem Anschein nach wollte irgend etwas auf dem Planeten die Sensoren daran hindern, die fremden Lebensformen zu studieren. Wenn Spock die sich bewegenden Störungsfelder analysieren konnte, hatte er einen guten Anhaltspunkt, die uralte Technik der Fremden zu verstehen, die weiter fortgeschritten war als alles, was die Föderation zu bieten hatte.

Der Computer brauchte zwei Stunden, um die Schirmmodulation der Fenster zu berechnen. Als Spock die Resultate prüfte, um sicherzugehen, daß sie *diesmal* eine echte Antwort hatten, konnte er sich einen Anflug von Zufriedenheit nicht verkneifen. Die Funktion war so einfach, daß sie nur eine Bedeutung haben konnte: Sie stellte ein internes Sicherheitssystem dar. Welche Rasse auch hier gelebt hatte, sie war allein gewesen. Er wandte sich erneut den Sensorstörungen zu, die Sulu so viele Probleme bereitet hatten. Die beiden ersten Fremden waren ohne irgendwelche Störungen in der Nähe des zweiten Fensters aufgetaucht. Allerdings hatte die *Enterprise* während Chekovs und Talikas Verschwinden dort keine Sonden postiert. Als Kirk und seine Leute durch das Fenster getreten waren, hatte man bereits rund um das Gebiet von Planquadrat N4 Sensoren, Sonden und anderes Gerät der *Enterprise* stationiert. Nachdem das zweite Fenster die Sonden ausgeschaltet hatte, waren die Störfelder zeitgleich mit den anderen Wesen aufgetreten. Doch waren die Störungen nicht absolut gewesen und hatten nicht den Eindruck erweckt, irgend etwas verschleiern zu wollen, das sie ohnehin schon wußten. Allerdings hatten sie sie daran gehindert, etwas über die fremden Wesen in Erfahrung zu bringen.

Spock lehnte sich auf seinem Stuhl zurück und verschränkte die Arme vor der Brust. Es konnte kaum Zufall sein, daß auf der *Enterprise* sechs Personen vermißt wurden und am zweiten Fenster gleichzeitig sechs Fremde auftauchten. Die Frage lautete also: Waren Kirk und die anderen von den Artefakten in diese Geschöpfe transformiert worden oder hatte das Artefakt sie gegen sechs Gefangene ausgetauscht, die es schon seit Jahrtausenden festhielt? Spock wußte zwar nicht genau, wie er sich mit den Wesen verständigen sollte, wenn er ihnen begegnete, aber dies war der nächste logische Schritt, den er gehen mußte. Es war unmöglich, weitere Informationen vom Schiff aus zu bekommen, solange die Störfelder auf dem Planeten noch aktiv waren. Er wandte sich zu Uhura um. »Lieutenant Uhura, unterrichten Sie Dr. Kaul, daß wir beim ersten Tageslicht nach N4 beamen. Er und seine Leute sollen sich bereithalten. Ich werde einen Linguisten brauchen.«

»Aye, Sir.«

Spock betrachtete noch einmal das Bild der Landschaft. Welches Wesen sollte er zuerst ansprechen? Es gab natürlich keine Garantie, daß seine Bemühungen Erfolg hatten. Aber dies war auf seiner momentan sehr kurzen Ideenliste das beste. Zuerst mußte er die gesamten Sensordaten sorgfältig auswerten. Dann wollte er entscheiden, zu welchem Wesen er ging.

9

Als die Sonne unterging, schlief Kirks Wirt erschöpft ein. Kirk war erstaunt. Obwohl er in der ganzen Zeit nur Beobachter gewesen war, spürte auch er die ihn übermannende Erschöpfung. Sein letzter Gedanke war, daß es eine physiologische Verbindung zwischen ihm und dem Fremden geben mußte.

Später, obwohl er nicht wußte, wieviel Zeit vergangen war, fing er an zu träumen. Bilder und Visionen huschten durch seinen Geist. Eigenartig aussehende krebsähnliche Wesen mit durchscheinenden Panzern schwebten an der Felswand herab, an der er saß und eine Reihe winziger Monde aufgehen sah. Die Wesen leuchteten in verschiedenen Tönen. Zuerst wollte er sie beobachten, dann wußte er plötzlich, daß sie sich Kh!lict nannten. Sie führten nun eine Art Tanz für ihn auf, bewegten sich choreographisch korrekt nach einem Plan in Spiralen und anderen Figuren, denen er keinen Namen geben konnte. Er wußte nicht zu sagen, was es war, aber er schien sich in ihrem Tanz bis ans Ende der Unendlichkeit zu verlieren.

Nach mehreren Minuten Traumzeit bemerkte er schwarze Flecke auf den Panzern der tanzenden Krebse. Es waren Antigrav-Einheiten. Erst als er sie bemerkt hatte, hoben sie sich richtig von den ansonsten leuchtenden Farben ihrer Panzer ab. Er fragte sich, wieso sie ihm nicht schon früher aufgefallen waren. Selbst in Träumen war es sehr unwahrscheinlich, daß man auf krebsähnliche Wesen stieß, die die

Abmessungen von Menschen aufwiesen und fliegen konnten. Und das auf einem Planeten, der fast Erdgravitation hatte.

Als er die Farben über ihre Leiber flackern sah, erkannte er allmählich sich ständig wiederholende Muster. Zuerst glaubte er, die Farbsequenzen seien eine Zugabe ihrer Vorstellung – daß die wechselnden Töne die Schönheit ihres Tanzes begleiteten und verstärkten. Doch je länger er ihnen zuschaute, desto mehr gelangte er zu der Überzeugung, daß die Kh!lict sangen. Die Farbmuster und sich verändernden Rhythmen bildeten die Grundlage ihrer Sprache.

Kirk spürte plötzlich, daß er sich vom Boden löste. Sein Körper schwebte in trägen Kreisen auf die anderen Kh!lict zu. Ohne bewußt etwas dazu beigetragen zu haben, wurde er zu einem Teil des Tanzes. Ihm war, als sei es schon immer so gewesen. Die gesamte Kultur der Kh!lict entblätterte sich in ihm. Er erfuhr alles – angefangen beim ersten Prä-Kh!lict, der sich angeschickt hatte, das Land zu erobern, bis zu der hochentwikkelten Zivilisation, die das bekannte Universum beherrscht hatte.

Die vorzeitlichen Kh!lict waren weniger weit entwickelt gewesen und hatten geringere Ansprüche gestellt. Anhand der einfachen spiralförmigen Bewegungen und neutralen Farbtöne der Tänzer spürte Kirk den Abscheu, den sie für ihre Anfänge empfanden. Die rassischen Erinnerungen hatten nur deswegen in ihnen überlebt, weil ein junger Kh!lict in der Reifephase ein ähnliches Stadium durchlief. Als sich ihre Geschichte vor Kirk entfaltete, wurden der Tanz komplizierter und die Farben der Tänzer heller. Ihre Bewegungen wurden schneller und reflektierten die Entwicklung einer sehr komplexen Klassengesellschaft. Um die kulturelle Einheit zu erhalten, mußten die Kastenregeln, die Sprache und die Motorik jungen Kh!lict, wenn sie eine gewisse Größe erreichten, dauerhaft eingeprägt werden. Einen kurzen Moment lang war Kirk wie hypnotisiert. Er empfand das gleiche Entsetzen und die gleiche Ehrfurcht wie die Jungen, wenn sie plötzlich mit dem gesamten Wissen konfrontiert wurden, das sie an ihr Volk band. Danach entwickelten sich alle Jungen zu eigenständigen Wesen, deren Persönlichkeit vom Oberhirn gesteuert wurde.

Die verwickelten Farbmuster und der Tanz trugen Kirk in ein Universum, in dem sich alles um die Kh!lict-Gesamtheit drehte. Der Einstieg ins Artefakt hatte seinen Körper in den eines Kh!lict umgewandelt. Auf dem Höhepunkt ihrer Kultur hatten die Kh!lict mehrere hundert Welten bewohnt. Manche ihrer Planeten hatten wie ihre Heimatwelt ausgesehen: warm und üppig, voller Tiere, die ihnen als Nahrung dienten. Andere Planeten hatten viel Arbeit erfordert – das Ausrotten einheimischer Lebensformen, den Umbau der ökologischen Gegebenheiten und Klimaanpassung. Der Tanz wurde zu einem aufblitzenden, wirbelnden Mahlstrom, der ihm die großen Eroberungszüge der Kh!lict zeigte.

Als Kirk die erhaltenen Informationen sichtete, erkannte er, daß er sein Überleben dem einzigartigen Doppelhirn der Kh!lict verdankte. Seine menschlichen Erinnerungen und sein Wissen waren getrennt und isoliert im Oberhirn gespeichert, während das Unterhirn das Wissen um die Funktionsweisen des Kh!lict-Körpers und die Technik enthielt. Wenn er eine Möglichkeit fand, mit dem Unterhirn zu kommunizieren, hatte er eine Chance, mit Hilfe des Transitfensters wieder menschliche Gestalt anzunehmen. Zumindest war es eine Hoffnung. Kirk klammerte sich daran, wie ein Ertrinkender an einem Strohhalm.

Unter der Anspannung seiner Erregung zerbrach der Traum zu einem Kaleidoskop aus ihn umwirbelnden Farben und Bildern. Er bemühte sich, alle an den richtigen Platz zu schaffen, um klar zu sehen, doch bevor er die Bruchstücke wieder zusammensetzen konnte, wurde er von einer ansteigenden Nebelflut erfaßt und fortgetragen. Ihm war, als versänke er in weicher grauer Wolle.

Am nächsten Morgen sah er alles viel klarer und schärfer umrissen. Kirk ließ seine Gedanken durch die Überbleibsel des Traums gleiten. Er bemühte sich, die chaotischen Bilder zu ordnen und Illusion von Wahrheit zu trennen. Wenn es ihm gelang, eine Verbindung zum Unterhirn herzustellen, konnte er den Körper kontrollieren, wie in seinem Traum. Und noch mehr. Wenn seine Vermutung stimmte, war die Kh!lict-Persönlichkeit lediglich eine Art im Unterhirn lagerndes Betriebsprogramm, das sich nur um den Körper kümmerte. Die nächtliche Traumreise hatte ihm bestätigt, daß Persönlichkeit und freier Wille im Unterhirn lagerten. Doch die meisten Kh!lict glaubten, diese Funktionen gehörten ausschließlich ins Oberhirn. Die Trennung von Instinkt und Intellekt deutete an, daß der nächtliche Flug über die Wiesenlandschaft von Careta IV nur eine Reaktion auf das im Unterhirn des Wirtskörpers abgelegte Programm gewesen war.

Dieser Gedanke holte Bilder des Kh!lict-Rechtssystems in sein Bewußtsein. Die meisten Schwerverbrechen gegen die Kh!lict-Gesamtheit wurden dadurch geahndet, daß man den Täter auf einen fremden Planeten deportierte und anschließend von speziell ausgebildeten Gruppen wie ein Tier zu Tode hetzen ließ. Angesichts des Wissens um diese Strafe, die jedem jungen Kh!lict eingeprägt war, zog Kirk den Schluß, daß es fast unausweichlich gewesen war, daß sein Wirt in dieser unvertrauten Umgebung in Panik verfallen mußte. Von der Führung durch das Oberhirn getrennt, war das Kh!lict-Bewußtsein Instruktionen gefolgt, die zweihunderttausend Jahre zuvor in die rassische Erinnerung seines Volkes eingepägt worden waren.

Kirk bemerkte urplötzlich, wie sehr sich seine eigene

Persönlichkeit von der Kh!lict-Norm unterschied. Sämtliche Kh!lict-Männchen waren Jugendliche, und das Matriarchat duldete nicht, daß ein Männchen sich gegen die Autorität auflehnte. Da das Artefakt bestimmt keine passende Matrize für ein dominantes Männchen enthielt, hatte es sich auf das naheliegendste Modell eingestellt – einen überführten Halunken. Es war ein beunruhigender Gedanke, doch er erklärte zumindest die momentane Situation.

Sein nächster Schritt, schloß Kirk, mußte darin bestehen, die neuen Erkenntnisse zu prüfen, indem er seinen Wirt dazu brachte, zum Transitfenster zurückzugehen. Obwohl er keinerlei Unbehagen in dem neuen Körper verspürte, bezweifelte er, daß diese Spezies es viel länger reglos aushalten konnte als der Mensch. Dies bedeutete, daß der krebsartige Körper, der nun schon seit fast achtzehn Stunden in dem engen Spalt ruhte, wieder etwas Bewegung brauchte. Er erinnerte sich an eine Wasserpfütze, die er am Eingang der Schlucht gesehen hatte. Sie würde fürs erste reichen, aber er hatte keine Ahnung, wie er an Nahrung kommen sollte. Vielleicht wußte das Unterhirn, was er zu sich nehmen konnte. Aber dies hieß noch lange nicht, daß er etwas Passendes zu essen fand. Die Reaktionen seines Wirts ließen Kirk schlußfolgern: Careta IV hatte sich so verändert, daß der Computer, sein Erzeuger, über keinerlei Informationen verfügte, die die derzeitigen Lebensumstände dieses Planeten betrafen. Und von nun an stand für Kirk fest, daß die Kh!lict-Kultur schon vor langer Zeit ausgestorben war.

Die Wasseraufnahme war die erste Prüfung, um in Erfahrung zu bringen, wie er den Kh!lict Körper nach seinem Willen steuern konnte. Wenn das Unterhirn einen Überlebenstrieb enthielt, hätte sich sein Wirt in der Nacht in Bewegung setzen müssen, um im Schutz der Dunkelheit etwas zu trinken, nach Nahrung zu suchen und das Versteck besser zu tarnen. Er hatte nichts dergleichen getan. Dies sagte Kirk zweierlei. Erstens: Sein Wirt war zu jung, um über das erforderliche Überlebenswissen zu verfügen. Zweitens: die ins Kh!lict-Hirn einprogrammierten Informationen schlossen keine taktischen Grundlagen ein, wie man der Überwachung entging und sich einer Gefangennahme durch Feinde entzog.

Als Kirk an die Bedürfnisse seines Körpers dachte, spürte er einen trockenen, kalkigen Geschmack auf der Zunge. Ein Gefühl der Befriedigung durchlief ihn. Er hatte also recht mit der Annahme gehabt, daß das Unterhirn des Kh!lict solche Aktivitäten ohne Intervention des Oberhirns vermittelte. Seine nächste Aufgabe bestand darin, die Kontrolle über die Instinkte seines Wirts an sich zu reißen.

Er dachte an erfrischendes Wasser und seinen Geschmack und versuchte, den Körper aus dem Versteck zu bewegen. Anfangs geschah nichts, und Kirk fragte sich, ob es ihm gelingen würde, die programmierten Instinkte des Unterhirns zu besiegen. Ein Mensch, der so lange eingesperrt war, würde als erstes etwas trinken wollen. Er glaubte nicht, daß diese Spezies grundlegend anders empfand, daß sie einen guten Schluck Wasser verschmähte. Es sei denn, der Überlebensinstinkt warnte davor, es zu trinken.

Andererseits konnte es sein, daß sich sein Wirt nicht mehr bewegte, weil er schon so lange hier lag. Kirk stellte sich die Wärme der Heimatwelt der Kh!lict vor. Vielleicht konnte sein Wirt auf dieser Welt gar nicht überleben. Wenn seine Extremitäten bei dieser Temperatur und einer so langen Pause nicht mehr funktionierten, hatte er ein Problem. Es würde schwierig sein, den Körper aus diesem steinigen Gefängnis zu befreien.

Als ihm einfiel, wie sich ein eingeschlafener Arm anfühlte, graute ihm vor dem Gedanken, in allen acht Beinen das Gefühl kleiner stechender Nadeln zu spüren. Doch er konnte nicht zulassen, daß er noch länger hierblieb und sein Wirtskörper verhungerte oder verdurstete. Er versuchte erneut das Experiment, mit dem er am Morgen zuvor gescheitert war. Er hob in Gedanken die Finger so hoch, daß sie an sein Gesicht reichten. Er konzentrierte sich darauf, ein Bein in sein Blickfeld zu heben.

Diesmal gab es eine Reaktion, wenn auch nur eine sehr schwache. Es gelang ihm, ein Bein leicht zucken zu lassen, so daß es am Gestein vorbeikratzte. Es war aber *nicht* das, was sich Kirk vorgestellt hatte. Wenn es in diesem Tempo weiterging, brauchte er den ganzen Tag, um die Beine zu steuern und sich zu erheben. Er hatte sich einen schnellen Spurt zum Fenster vorgestellt, dann fünf Minuten, um es neu zu konfigurieren, und einen Sprung auf die andere Seite. Doch so bedurfte sein Zeitplan einiger Korrekturen.

Kirk konzentrierte sich mit all seiner Willenskraft auf die Muskeln des Wirts und bemühte sich, die tauben Beine wieder in Bewegung zu setzen. Aber die Wirtsphysiologie war nicht auf die zahlreichen Veränderungen des Planeten vorbereitet, und der Kampf mit dem Unwissen, den fremden Leib zu steuern, ließ ihn nur sehr langsam Fortschritte machen. Es schien fast unmöglich, die Barriere zwischen seinem Geist und dem Kh!lict-Bewußtsein niederzureißen, mit dem er sich den Körper teilte. Nach fünfzehn Minuten konnte er gerade mal zwei Beine zugleich bewegen. In ihm verdichtete sich die Angst, daß er wirklich gefangen war. Er machte weiter. Es war die einzige Chance, hier wegzukommen. Und schließlich wurde seine Hartnäckigkeit belohnt. Er konnte zuerst eins, dann alle Gelenke vollständig bewegen.

Von nun an liefen seine Bewegungen viel flüssiger ab. Anscheinend benötigten Körper und Muskeln eine angemessene Temperatur, bevor sie arbeiten konnten. Auch dies bewies, daß der Kh!lict ein viel wärmeres Klima gewohnt war. Nachdem Kirk das erste Bein bewegt hatte, war es mehr oder weniger einfach, sich in eine aufrechte Position zu bringen. Mit etwas Anstrengung gelang es ihm, den Körper auf die Beine zu stellen. Sie waren zittrig und unsicher, und Kirk fühlte sich an das neugeborene Fohlen erinnert, das er einst auf dem Bauernhof seiner Großmutter gesehen hatte. Damals war er noch ein Kind gewesen.

Ob es sich auch so gefühlt hat? fragte er sich, als er den ersten Schritt machte. Wieso war er so wackelig auf den Beinen? Hatte er Durst? Oder war es der Hunger? Waren es Folgeerscheinungen der langen Ruhezeit? Was auch der Grund war, er konnte nicht hier warten und hoffen, daß man ihn rettete. Natürlich würde Spock alles tun, um ihn und die Bordwachen zu suchen, die mit ihm durch das Fenster getreten waren. Aber er würde bestimmt nicht damit rechnen, ihn in dieser Gestalt anzutreffen. Zwar würden die Fremden mit Sicherheit die Beachtung der *Enterprise* auf sich ziehen, aber niemand konnte ahnen, wer oder was sie waren. Man hielt sie mit Sicherheit für eine einheimische Lebensform, die bei den ersten Untersuchungen des Planeten übersehen worden war. Es lag nun an ihm, den Suchtrupp zu finden und ihm klarzumachen, was passiert war.

Kirk unternahm einen neuen Versuch zu gehen. Er bewegte sich langsam und bemühte sich bei jedem Schritt, das Gleichgewicht zu halten, nicht hinzufallen. Auch dabei gab es offenbar einen kritischen Punkt, den er erreichen mußte. In diesem Fall, erkannte er, bestand die Schwierigkeit darin, die Kontrolle über den Kh!lict-Körper zu behalten. Die gestrige Flucht war ganz von der niederen Intelligenz des Unterhirns gesteuert worden, ohne daß sein Bewußtsein irgendwie eingegriffen hatte. Doch nun war er im Begriff, den fremden Körper gegen dessen Instinkte anzuleiten. Dies erforderte das Durchstoßen einer mentalen Barriere, um Verbindungen zwischen Ober- und Unterhirn herzustellen, die zuvor nicht bestanden hatten. Er war im Grunde dabei, dem Kh!lict-Körper Dinge abzuverlangen, von denen dieser zuvor nicht zu träumen gewagt hatte.

Nach einiger Zeit erreichte er den Eingang der engen Schlucht. Kirk fühlt sich etwas ermutigt, weil es ihm gelungen war, den Kh!lict-Körper zu steuern. Allerdings hatte er keine Lust, sich mit einem Rudel Careta-Raubtiere zu raufen, falls es welche gab. Er wußte auch nicht genau, ob er das Hügelgelände durchqueren konnte, durch das sein Wirt gestern geklettert war. Aber irgendwie mußte er zum Artefakt zurück, selbst wenn es einen Umweg bedeutete.

Der Fluß wirkte schmutzig und verschlammt, aber er hatte keine Wahl. Noch bevor er darüber nachdachte, aktivierte sich das Unterhirn, und ehe er sich versah, kniete sich der Kh!lict hin. Sein Unterkiefer fuhr ins Wasser. Es schmeckte lauwarm und nach bitteren Mineralien, die sich in ihm abgelagert hatten. Aber die Körperfilter filterten den gröbsten Dreck heraus. Kirk gestattete es seinem Körper, so viel Wasser zu trinken, wie er aufnehmen konnte.

Nun mußte er zum Fenster zurück. Kirk schaute sich um und schätzte ein, welcher Weg durch die Schlucht ihn in das höher gelegene Gelände führen konnte. Nicht einmal in menschlicher Gestalt wäre es ihm gelungen, diese Steilwände zu erklettern. Kein erfahrener Kletterer hätte sich allein dort hinaufgewagt. Es jetzt zu versuchen, in einem fremden Körper, den er kaum steuern konnte, kam einem Selbstmord nahe.

Er ging zögernd flußabwärts und entfernte sich von seinem eigentlichen Ziel. Irgendwo dort hinten mußten die Felswände aufhören, so daß er einen Hügel ersteigen konnte. Als er nach einem Ausgang aus der Schlucht suchte, spürte er die zunehmende Anspannung des Unterhirns. Die Kh!lict-Programmierung funktionierte noch immer; das Unterhirn rechnete damit, daß die Verfolger jeden Augenblick hinter einem Findling hervorsprangen.

Während er einen Ausgang suchte, dachte Kirk über das nach, was er über die Kh!lict und ihre Technik erfahren hatte. Er konnte das Risiko nicht eingehen, weitere Angehörige seiner Mannschaft auf diesem Planeten in Gefahr zu bringen. Niemand wußte, wie gefährlich das Artefakt war. Man würde es erst erkennen, wenn jemand der fremden Technik zum Opfer fiel. Sobald er wieder seine menschliche Gestalt angenommen hatte und an Bord der *Enterprise* war, wollte er Careta IV sofort verlassen, auch wenn dies gegen sein übliches Verlangen gerichtet war, Neues zu erfahren. Kirk fühlte sich zunehmend unwohler auf diesem Planeten. Er konnte seine Vorbehalte zwar nicht in Worte kleiden, aber er wußte, daß diese Erkenntnisse auf dem Wissen seines Kh!lict-Wirtes basierten.

Als er jedes Für und Wider abwägte, Careta IV zu verlassen, entdeckte er einen Spalt in der Schluchtwand. Ein Teil der Wand war dort eingebrochen, und am Boden hatte sich ein riesiger Geröllhaufen angesammelt. Drei weitere Erdrutsche liefen seitlich an dem großen Haufen vorbei. Einer führte bis an den oberen Rand der Schlucht. Kirk machte sich auf den Weg, ihn zu besteigen. Er dachte nur noch daran, nach oben und in die Freiheit zu gelangen. Die Kletterpartie verlief recht einfach, bis er den Schluchtrand erreichte.

Kh!lict sind nicht dazu geschaffen, Felswände zu ersteigen, dachte Kirk, als er die letzten zehn Meter begutachtete, die ihn von seinem Ziel trennten. Die Felswand wies ein paar gute Spalten und Risse auf. In menschlicher Gestalt hätte er die verbleibende Strecke ohne Probleme bewältigt. Aber in seiner gegenwärtigen Form wußte er nicht, wie es ihm gelingen sollte, Beine oder Zangen in die Spalten zu schieben. Es mußte einen Weg geben, um das letzte Stück zu überwinden.

Kirk suchte nach einer Lösung. Nach über einer

Stunde des Umherirrens war dies die erste Stelle, an der er der Freiheit ganz nahe war. Aber nun sah es so aus, als müsse er weitersuchen, wenn er aus der Schlucht entkommen wollte. Er hatte zwar keine Ahnung, wie weit sein Wirt gestern gelaufen war, um die Schlucht zu erreichen, aber ihm schwante, daß noch ein weiter Weg vor ihm lag, bis er den Ausgangspunkt erreichte. Es konnte leicht passieren, daß er wertvolle Zeit damit verschwendete, Sackgassen zu inspizieren. Von diesem Gedanken angespornt, suchte er sich die vielversprechendste Stelle aus und schob eine Zange in einen Spalt.

10

Ein scharfer Wind wehte, als Spock und die Forschungsgruppe auf dem Hügel des Quadranten N4 materialisierten. Spock verließ sofort den Ankunftsort und fing an, die Umgebung zu scannen. Die Bordwachen schwärmten aus, um nach Spuren zu suchen, die den Scannern eventuell entgingen. Das Summen des Transporterstrahls signalisierte die Ankunft der *Enterprise*-Wissenschaftler und des Archäologenteams. Die Forscher untersuchten sofort das Artefakt und das umliegende Gebiet.

Spock winkte eine Wache zu sich und machte sich mit ihr auf den Weg bergab. Sie wählten einen Pfad im flachgetretenen Gras aus und folgten ihm. Seine nächtliche Tätigkeit – die Analyse der sechs Krebswesen und ihrer Umgebung – hatte nicht schlüssig erbracht, woher sie kamen und was sie waren. Selbst wenn die Artefakte die Vermißten transformiert hatten – Spock hatte nicht erkennen können, welches der Wesen Kirk war. Deshalb hatte er beschlossen, mit dem Wesen Kontakt aufzunehmen, das dem Artefakt am nächsten war. Er war gespannt, ob es ihm gelingen würde, sich mit den Fremden zu verständigen. Danach wollte er versuchen, mit jenem Wesen in Verbindung zu treten, das sich in der Schlucht nordwestlich des Fensters verbarg. Er hoffte, daß es Kirk war, auch wenn seine Begründung für diesen Schluß – daß Kirk anders reagierte als der Rest der Vermißten – schwach war. Er hatte keinen besseren Grund dafür gefunden, welchen der Fremden er kontaktieren sollte.

Er ging los, richtete seinen Tricorder über ein weites Gebiet und zeichnete die Messungen auf. Der erste Fremde befand sich hinter dem nächsten Hügel und bewegte sich in einem langsamen Zickzackkurs, so daß er noch nicht weit vom Artefakt entfernt war. Spock und die Bordwache näherten sich dem Wesen langsam und vorsichtig, damit es genug Zeit hatte, sich auf sie einzustellen. Zuerst schien es sie nicht zu bemerken. Es bewegte sich weiter auf seinem Kurs, als sei es allein auf diesem Planeten.

»Faszinierend«, sagte Spock, als er sah, daß die Augen des Wesens sich auf ihren Stielen drehten. »Es scheint uns nicht wahrzunehmen, obwohl es in unsere Richtung blickt.«

»Aber es schaut uns doch genau an«, sagte die Bordwache. »Jedes Auge macht einen Hundertachtzig-Grad-Schwenk. Die Winkel überschneiden sich im Zentrum seines Blickes. Also kann es uns stereoskopisch sehen.«

»Stimmt«, sagte Spock. Wenn seine Annahme richtig war, müßte der Mensch in dem Wesen nun alles versuchen, ihre Aufmerksamkeit zu erregen. Aber es reagierte nicht auf sie. »Geben Sie mir Deckung, Fähnrich. Ich gehe näher heran.«

»Jawohl, Sir.«

Die Bordwache zielte mit einem Phaser auf das fremde Wesen, und Spock trat neben es. Doch auch dies erbrachte keinerlei Reaktion. Erst als er sich ihm genau in den Weg stellte, erreichte er, was er wollte. Es blieb abrupt stehen. Seine Beine wirkten wie angewurzelt. Spock tastete es mit dem Tricorder ab. Das Wesen regte sich nicht. Schließlich klappte Spock seinen Kommunikator auf. »Spock an *Enterprise.* Erfassen Sie das Wesen neben mir und beamen Sie es an Bord.«

Spock trat zur Seite. Kurz darauf hüllte der Transporterstrahl das Wesen in einen goldenen Strahlenregen, und es entmaterialisierte. Spock rechnete damit, daß die *Enterprise* nun um weitere Anweisungen nachsuchen würde, doch sein Kommunikator blieb still. Normalerweise hatte die Besatzung einige Fragen, wenn ein solches Wesen an Bord kam. Dann, nach einiger Zeit, meldete sich das Schiff. »Mr. Spock, wir haben ein klitzekleines Problem mit dem Vieh, das wir gerade an Bord geholt haben. Als es aus dem Transporterstrahl kam, ist es durchgedreht. Bevor wir es mit unseren Phasern erwischten, hat es Mr. Kyle übel zugerichtet.«

»Ich nehme an, Dr. McCoy ist in der Lage, sich um Mr. Kyles Verletzungen zu kümmern. Wie ist der aktuelle Status des Fremden?«

»Aye, der Doktor hat bestimmt keine Probleme mit ein paar Kratzern und Schnitten. Aber das Vieh hat unsere Phaser nicht so gut vertragen. Es ist tot, Sir.«

»Die Phaser hätten auf Betäubung stehen sollen, Mr. Scott«, sagte Spock. Der Tod des fremden Wesens und dessen Reaktion auf den Transport bedeutete, daß sie vorsichtiger als geplant vorgehen mußten. »Ich hatte gehofft, wir könnten es lebend studieren, um in Erfahrung zu bringen, wie man mit ihm kommuniziert.«

Ein verärgertes Schnaufen kam aus dem Kommunikator. »Sir, die Phaser *standen* auf Betäubung. Leider ist es uns nicht gelungen, mit unserem *Gast* auf andere Art zu *kommunizieren.*«

»Ach so.« Normalerweise hätte der Betäubungsstrahl einem Wesen von dieser Größe nichts anhaben können. Warum war der Fremde tot? Spock hoffte nun noch mehr, er würde mit seiner Vermutung recht haben, daß dies nicht der Captain gewesen war. »Dr. McCoy soll das Wesen so schnell wie möglich sezieren. Vielleicht findet er einen Hinweis, der uns sagt, was geschehen ist.«

»Aye, Sir. *Enterprise,* Ende.«

Spock hängte den Kommunikator wieder an seinen Gürtel und machte sich auf den Weg zu den Hügeln, um nach Hinweisen zu suchen. Das Gras raschelte unter seinen Stiefeln. Abgesehen davon, daß es einen graugrünen Farbton hatte, sah es auch sonst nicht sonderlich gesund aus. Es wirkte so öde wie der Rest des Planeten, als empfände es diese Welt als ebenso lebensfeindlich wie die Mannschaft der *Enterprise.*

Spock schüttelte den Kopf und fragte sich, woher ihm dieser Gedanke wohl kam. Sicher, das Hauptgestirn dieses Sonnensystems kühlte schon seit Jahrtausenden ab. Solche Dinge waren unausweichlich, deswegen war es unlogisch, sentimentale Gedanken an dieses Ereignis zu verschwenden. Außerdem starb die Sonne Careta sehr langsam und gab der Pflanzen- und Tierwelt somit genügend Zeit, sich an die Gegebenheiten anzupassen.

Als er den Hügel halb umrundet hatte, flackerten auf seinem Tricorder plötzlich willkürliche Muster. Er justierte die Kontrollen, um die Störung zu lokalisieren. Doch die Anzeige flackerte noch wilder. Spock verließ den festgetretenen Pfad und tastete erneut die Umgebung ab. Die Störungen nahmen zu und breiteten sich aus. Schließlich schien die Luft rings um ihn zu vibrieren. Zuerst klang es so, als nähere sich ihm ein Bienenschwarm. Aber schließlich wurde das Geräusch so stark, daß es wie ein Wirbelsturm klang. Die Luft fühlte sich so schwer an, daß Spock Mühe hatte, sie einzuatmen. Jeder Atemzug erforderte übermenschliche Kräfte. Seine Füße waren wie in Blei gegossen. Schließlich verabschiedete sich die ihn umgebende Welt, und er fiel mit dem Gesicht ins Gras.

Spock öffnete vorsichtig ein Auge. McCoys Gesicht kam in sein Blickfeld. Langsam wurde sein Blick schärfer. Er sah einen besorgten und verwunderten Blick. McCoys Stirn legte sich in Falten. Mit einem Kraftakt zwang Spock sein Augenlid dazu, sich ganz zu öffnen. Das leise Summen und Piepsen im Hintergrund sagte ihm, daß er sich im Lazarett befand. Er drehte sich auf die Seite und wollte aufstehen, doch McCoy drückte ihn auf die Liege zurück.

»Nicht so schnell, Spock. Sie sind ohnmächtig geworden, und bevor ich den Grund nicht kenne, werden Sie dieses Bett nicht verlassen.«

Nun, da Spock wußte, welche Bewegung McCoy machen würde, um ihm seine Bewegungsfreiheit einzuschränken, wich er seinen Händen gekonnt aus und setzte sich hin. Der Raum war ruhig und normal und nur vom üblichen Summen der medizinischen Geräte erfüllt. Es war kein gefährliches Summen, das sich anschickte, ihn wieder zu Boden zu werfen. Was auch immer ihn unten auf dem Planeten umgeworfen hatte, der Angriff hatte ihn daran hindern wollen, das Artefakt und die geheimnisvollen Fremden näher zu untersuchen. »Ich nehme an, Ihre Instrumente sagen, daß mir nicht das geringste fehlt.«

»Ja, verdammt noch mal! Sie fallen da unten auf die Nase, und die verfluchten Geräte behaupten, alles sei in bester Ordnung.« McCoy warf einen giftigen Blick auf das Diagnoseinstument.

»Ich habe Ihre Bedenken zur Kenntnis genommen, Doktor.« Spock stand auf, musterte seinen Körper und suchte nach irgendwelchen Verletzungen und Nachwirkungen des Angriffs. Er fühlte sich leicht unwohl, als warte ein Eindringling in seinem Kopf nur darauf, ihn erneut zu attackieren, sobald er auf den Planeten zurückkehrte. Er schloß die Augen und konzentrierte sich auf das Gefühl. Als er es lokalisiert hatte, umgab er es mit einer mentalen Mauer und isolierte es. Beim nächsten Mal würde er das Artefakt und seine Abwehrfähigkeiten gegen die Mannschaft der *Enterprise* nicht unterschätzen. »Es gibt jedoch keinen Grund, daß Sie Ihre Zeit weiter damit verschwenden, sich Gedanken über meine Gesundheit zu machen.«

»Was soll das nun wieder heißen?« McCoy setzte eine finstere Miene auf, denn die ewige Besserwisserei des Vulkaniers ärgerte ihn. »Haben Sie nicht mal gesagt, daß Vulkanier nie die Besinnung verlieren?«

Spock schaute den Arzt kurz mit gehobener Augenbraue an. McCoy, der sich stets weigerte, die Gebrauchsanweisungen der neuesten Instrumente zu lesen, mit denen die Flotte ihn versorgte, war merkwürdigerweise immer in der Lage, sich an die obskursten Dinge zu erinnern, wenn sie ihm nützten, jemanden in einer Diskussion zu übertrumpfen. Als Spock auffiel, daß McCoy im Begriff war, eine neue Diskussion über vulkanische Widersprüchlichkeit und Selbsttäuschung in die Wege zu leiten, reagierte er entsprechend. »Sie haben recht, Doktor. Vulkanier werden nicht ohnmächtig. Besinnungslosigkeit ist eine menschliche Reaktion auf starke emotionale Stimuli. Doch können auch Vulkanier ohnmächtig werden – aufgrund von Virusinfektionen oder durch externe Einwirkung.«

»Hören Sie mal, Sie spitzohriger…« McCoy hielt inne und blinzelte nervös. Seine Stirn wies ärgerliche Falten auf. »Wie haben Sie da eben gesagt?«

»Ich wurde von einer fremden Kraft beeinflußt; dadurch wurde eine Ohnmacht ausgelöst.« Spock machte sich auf den Weg zur Tür. Er wußte, daß McCoy ihm folgen würde, und sei es auch nur, um seine Neugierde zu befriedigen. Die Tür öffnete sich, und Spock machte sich auf den Weg zum Turbolift.

McCoy eilte neben ihm her. »Würden Sie mir das bitte näher erläutern?«

Der Turbolift öffnete sich, Spock trat ein. »Brücke.«

»Spock!« McCoys Ton war ärgerlich. »Als Ihr Arzt möchte ich eine Erklärung. Sonst schreibe ich Sie krank, bis Sie sich zu einer umfassenden körperlichen Untersuchung bereit erklären.«

Spock unterdrückte ein Stöhnen. »Na schön, Doktor. Irgend etwas hat mich angegriffen. Es begann mit einem leisen Summen, das immer lauter und schließlich zu einer greifbaren Kraft wurde, die auf mich einschlug.«

»Außer Ihnen hat niemand solche Angriffe gemeldet.« McCoy funkelte den Vulkanier an. Er wollte ihn festnageln. »Warum sollten Sie der einzige sein, der angegriffen wurde?«

»Eine sehr gute Frage, Doktor.« Spock bedachte den Arzt mit dem Blick eines Pokerspielers. Ihm fiel McCoys Erstaunen über das in seiner Antwort enthaltene Kompliment auf. »Ich werde der Sache nachgehen, denn sie ist eine Gefahr bei der Erkundung des Artefakts und seiner Funktionsweise. Vielleicht sind Vulkanier anfälliger gegen die Angriffe des Verteidigungssystems als Menschen oder andere Lebewesen. Es kann aber auch an anderen Faktoren liegen. Wir konnten bis heute keinerlei Informationen von Bedeutung über diese Technik erlangen, ganz zu schweigen von ihren Erbauern.«

McCoy schaute Spock an. Sein Ausdruck war ungläubig. »Und Sie wollen, daß *ich* Ihnen helfe, dieses Geheimnis zu lüften?«

»Im Moment nehme ich jede Hilfe an, die ich bekommen kann, Doktor, und sei sie noch so gering und unbedeutend. Wir müssen erfahren, was mit dem Captain und den anderen passiert ist, und ihre Rettung vorbereiten. Doch solange wir nicht in der Lage sind, die Artefakte zu bedienen, kommen wir nicht weiter. Ich glaube, daß die Autopsie uns eine Menge aufschlußreicher Ergebnisse bringen wird.«

»Zweifellos, Spock.« McCoy wippte auf den Zehen und schob aggressiv sein Kinn vor. »Allerdings wissen Sie so gut wie ich, daß solche Untersuchungen Zeit erfordern. Egal wer die Ergebnisse braucht.«

»Ich weiß es nur zu gut, Doktor.« Die Turbolifttür öffnete sich und ersparte Spock jede weitere Diskussion. Auf der Brücke eilte er sofort zur wissenschaftlichen Station. Hinter ihm schloß sich die Tür, da McCoy dem Lift befohlen hatte, zum Lazarett zurückzufahren. Sulu wollte sich aus dem Kommandosessel erheben, doch Spock signalisierte ihm, sitzen zu bleiben. »Weitermachen, Mr. Sulu. Lagebericht.«

»Keine Veränderungen, seit Sie an Bord gebeamt wurden, Sir. Das Sicherheitspersonal hat die ganze Umgebung abgesucht, um Hinweise zu finden, was Sie angegriffen hat. Drei Mann haben vorübergehende Tricorderstörungen gemeldet, aber diese hielten nicht lange genug an, um sie zu isolieren. Von den auf dem Planeten verbliebenen Wesen sind vier ungefähr dort, wo sie schon in den letzten vierzehn Stunden waren. Das eine, das sich in der Schlucht versteckt hat, ist in Bewegung. Warum, wissen wir nicht.«

»Alle Wesen weiter beobachten. Ich werde die Tricorder- und Sensordaten auswerten, um in Erfahrung zu bringen, was mich angegriffen hat.« Spock ließ sich auf seinem Stuhl nieder. Alles wirkte so normal, daß er fast vergaß, wie wichtig die letzten Tage gewesen waren. Die Erforschung der Technik der Fremden war wie ein Puzzlespiel. Eine Herausforderung für den Geist eines intelligenten Wesens, wie er sie mochte.

Als er sich die Daten ansah, verlor das Problem seine abstrakte Schönheit und wurde wieder zu einer Angelegenheit von privater Dringlichkeit. Vor welcher Entdeckung hatte er gestanden, als er angegriffen worden war? Wieso war nur er angegriffen worden – und nicht auch die Bordwache, die ihn begleitet hatte? Und schließlich: Was war mit dem Captain geschehen? Er wußte, daß die Antwort irgendwo in den Tonnen der gesammelten Daten versteckt war. Doch war die Störung der Sensorstrahlen zu groß, um wirklich brauchbare Daten zu erbringen. Welche neuen Verfahren konnte man einsetzen, um die Verzerrungen zu eliminieren?

Drei Stunden und endlose Sackgassen später fragte Spock sich, was sie eventuell übersehen hatten. Die Sensoraufzeichnungen enthielten mehr Daten, als er benötigte, aber wenn er versuchte, sie aufs Wesentliche zu reduzieren, kam kein brauchbares Ergebnis dabei heraus. Wenn er die Willkürfunktion des Transportfensterschirms hätte erklären können, wären ihm eine Menge brauchbarer Daten zur Verfügung gestanden. Doch es war fast so, als sei da etwas, das genau wußte, was er vorhatte, und die Daten vernichtete, bevor er sie analysieren konnte. Noch vor zwei Tagen hätte er diese Vorstellung als irrational abgetan, aber nach mehreren Tagen fruchtloser Analyse fragte er sich allmählich, ob der Verteidigungsmechanismus auf die Schritte reagierte, die er einleitete. Eine solche Verteidigung mußte einen hochkomplizierten Mechanismus voraussetzen, der die Daten stets neu verschlüsselte. Spock wies den Computer an, zu errechnen, wie ein solcher Schutz aufgebaut sein müsse.

»Sehen Sie sich das an, Sir!« rief Sulu aufgeregt und holte ein Bild auf den Monitor. Es zeigte ein Krebswesen, das versuchte, einen zehn Meter hohen Steilhang zu erklimmen. Stille breitete sich auf der Brücke aus. Die Ruhe wurde nur vom Summen und Piepsen der verschiedenen Monitore gestört.

Der Krebskörper war nicht zum Klettern geschaffen, und doch bemühte sich das Wesen, sich in Spalten und Ritzen festzuklammern. So etwas erforderte eine Menge Fachwissen. *Ob es der Captain ist?* dachte Spock, dem einfiel, daß Kirk ihn mehrmals zu Klettertouren eingeladen hatte. Er hatte sie stets dankend abgelehnt und wichtige Gründe wie seine Arbeit vorgeschoben. In Wirklichkeit hatte er den Sinn dieses Sports nie begriffen. Die Menschen waren schon ein seltsames Völkchen. Sie stellten sich jeder Gefahr, die das Universum zu bieten hatte. Irgendwie schienen sie eine Art Befriedigung aus der Gefahr zu ziehen. Spock hatte nie den Drang verspürt, so etwas zu tun. Nicht einmal dann, wenn er aus sicherer Entfernung zugeschaut hatte. Doch der Anblick eines Wesens, das nicht dazu geschaffen war, eine solche Wand zu erklimmen, ließ Spock schlußfolgern, daß der Captain im Körper dieses Fremden gefangen war.

»Ich brauche in fünfzehn Minuten einen Trupp Bordwachen, Mr. Sulu. Wir werden versuchen, Kontakt zu dem Wesen aufzunehmen, sobald wir unten sind.« Spock drehte sich um. Er wollte gerade gehen, als ihm einfiel, daß er etwas Bedeutendes vergessen hatte. Der wichtigste Mann, den er brauchte, war Dr. Kauls Sprachenexperte. »Sagen Sie Dr. Kaul, daß wir die Hilfe von Nadia Hernandez brauchen. Wenn es uns gelingt, mit dem Wesen zu sprechen, brauchen wir jemanden, der uns übersetzen kann, was es sagt.«

»Jawohl, Sir.«

McCoy kam auf die Brücke und knallte ein Datenband auf den Tisch. »Der erste Autopsiebericht. Nur für den Fall, daß Sie planen, schnell wieder auf den Planeten zu gehen.«

»Danke, Doktor.« Spock nahm es an sich und steckte ihn in ein Lesegerät. Er hoffte, daß die Daten ihm einigen Aufschluß über die fremden Wesen gaben. Es wäre zwar schneller gegangen, wenn er sie selbst studiert hätte, aber McCoy schien es für witzig zu halten, sie mit einem verbalen Kommentar zu versehen.

»Äußerlich wirken sie wie riesige Königskrebse. Auch wenn ihnen dazu ein Beinpaar fehlt. Doch ist ihr Äußeres anders als alles, was die Erde je bevölkert hat. Die Zangen sind eine Mischung aus Bein, Hand und tödlicher Waffe. Abgesehen davon sind die restlichen Merkmale für Wesen dieser Art recht typisch.«

»Ich habe festgestellt, daß der Aufbau ihres Skeletts und die Verbindung zwischen Panzer und Beinen ihnen ungeheure Kraft verleihen muß.« Spock studierte die Daten nun etwas langsamer. Ihm fiel auf, daß die Beine mit dreikantigen Stacheln versehen waren. Dies machte sie zu einer äußerst gefährlichen Angriffswaffe.

»Ist Ihnen auch die Futterluke aufgefallen, Spock? Ich nehme an, diese Typen haben nicht gerade tolle Tischmanieren.«

»Da mögen Sie recht haben, Doktor.« Die Fremden verfügten über drei dreieckige Zähne, die mit Sicherheit die Knochen kleinerer Tieren brechen oder den Panzer eines Erdkrebses knacken konnten. Doch das Krebswesen verfügte weder über Schneide noch über Mahlzähne, um seine Opfer zu zerkauen. Da war eine Art ausfahrbarer Rüssel mit einem gezackten Rand, mit dem es seine Beute durchbohren konnte.

»Mit dem Ding kann das Vieh einem einen mordsmäßigen Mückenstich verpassen.« McCoy schüttelte den Kopf und wandte sich ab, damit Spock die Daten in Ruhe studieren konnte.

Als die Landeeinheit sich versammelt hatte, war es dem Krebswesen fast schon gelungen, über den Rand der Schlucht zu klettern. Spock warf noch einen Blick auf den Bildschirm, dann befahl er der Gruppe, so weit von dem Wesen entfernt herunterzubeamen, daß es sie nicht bemerkte. Die Erfahrungen, die sie mit dem an Bord gebeamten Krebs gemacht hatten, mahnte ihn zur Vorsicht. Auch falls Kirk in ihm steckte: Wenn er die letzten Zentimeter über den Schluchtrand kroch, würde er kaum damit rechnen, von einem *Enterprise*-Trupp begrüßt zu werden. Es war weitaus besser, wenn man sich verborgen hielt, bis er den letzten Meter hinter sich gebracht hatte.

Spock und fünf Bordwachen materialisierten etwa dreißig Meter von dem Abhang entfernt, an dem der Fremde ankommen würde. Die Vegetation war spärlich und trocken. Nur ein paar Grasbüschel wurden vom Wind durch die Landschaft geweht. Auch wenn es fast Mittag war, es wurde nicht wärmer. Spock wußte, daß er die Leute nicht für längere Zeit hier behalten konnte. Der kalte Wind machte die Sache noch gefährlicher. Die Menschen mußten trotz ihrer Schutzkleidung dicht zusammenstehen, um sich nicht zu unterkühlen.

Das Summen des Transporters sagte ihm, daß Hernandez und fünf weitere Sicherheitsleute materialisierten. Er signalisierte ihnen, ein Stück oberhalb der Grasbüschel in Deckung zu gehen. Die Logik sagte ihm, daß Kirk, wenn er den Körper wirklich steuerte, versuchen würde, den Hügel hinaufzusteigen. Doch er wollte nicht, daß die Mannschaft in Gefahr geriet, schließlich konnte er sich auch geirrt haben.

Selbst nach dem Studium von McCoys Autopsiedaten und den Sondenmessungen paßte diese Spezies in keinen Rahmen. Von der Größe abgesehen, ähnelten sie zwar irdischen Königskrebsen, doch fehlte ihnen dazu ein Beinpaar; und ihr Panzer war im großen und ganzen blau und lila. Er schien jedoch in der Lage zu sein, die Farbe zu wechseln. Die Augen waren denen eines Menschen sehr ähnlich: Sie hatten runde Pupillen und waren von einer lilafarbenen Iris umgeben. Doch beide Augen saßen auf Stielen, die es dem Wesen erlaubten, sie unabhängig voneinander zu bewegen. Die Klauen an den Beinenden waren im geschlossenen Zustand wie Füße geformt, doch wenn sie ausgeklappt waren, konnten sie – wie Hände – mit Werkzeugen arbeiten. Einen Moment lang empfand Spock fast Bewunderung für die Perfektion, die der Körper bot.

Das Geschöpf zog sich über den Rand der Schlucht und stand auf. Es schaute sich kurz um, und sein Panzer nahm eine neutralere Blaufärbung an. Es studierte offenbar das Gelände, schien aber die Besatzung der *Enterprise* nicht wahrzunehmen. Als es seine Beobachtungen einstellte, wandte es sich von den Menschen ab und machte sich auf den Weg zum Hügel. Es bewegte sich ziemlich schnell und gekonnt.

Spock schätzte sein Ziel ein. Wenn er die Absichten des Fremden nicht völlig falsch interpretierte, wollte er zum Artefakt. Er stand auf und folgte ihm, wobei er seine Geschwindigkeit der des Wesens anpaßte. Der Rest der Landeeinheit stand auf und lief in sicherem Abstand hinter ihm her. Spock ging davon aus, daß das

Wesen mit seinen acht Beinen ein weitaus höheres Tempo vorlegen konnte als er. Zumindest dann, wenn es wollte. Doch wenn seine Annahme richtig war, rechnete er damit, daß es anhielt, wenn es bemerkte, daß ihm jemand folgte.

Fünf Minuten später wurde ihm klar, daß seine Analyse einen Faktor außer acht gelassen hatte. Obwohl er den Abstand deutlich verringert hatte, hatte der Fremde an Tempo zugelegt und ließ nicht erkennen, daß er von der Verfolgung wußte. Hinter sich hörte Spock einige Sicherheitsleute in der sauerstoffarmen Luft japsen. Er selbst hätte dem Wesen noch Stunden folgen können, obwohl die auf der *Enterprise* herrschenden Erdbedingungen auch seine Belastungsfähigkeit leicht eingeschränkt hatten. Er wollte dem Fremden jedoch nicht allein gegenübertreten ohne die Unterstützung durch das Sicherheitspersonal. Er hoffte, ihre Tricorder zeichneten lebenswichtige Informationen über die Begegnung auf. Aber nach dem, wie sich das erste Geschöpf auf der *Enterprise* verhalten hatte, waren ihm auch ihre Phaser als Schutz wichtig. Immerhin bestand die Möglichkeit, daß das Wesen eine leckere Mahlzeit in ihm sah.

Spock blieb stehen und wartete auf die anderen. Während er wartete, zückte er seinen Kommunikator. »Spock an *Enterprise.* Zwölf Mann zum Hochbeamen, dann unmittelbare Rückkehr zum Planeten. Wir wollen hundert Meter weiter bergauf, an eine Stelle, an der uns das Wesen unmöglich übersehen kann.«

»Aye, Sir«, kam die Antwort. Spock wählte vier Mann und Hernandez aus und befahl ihnen, ihn zu begleiten. *Wehe, es klappt nicht,* dachte er, als der Transporterstrahl um ihn herum Formen annahm. Denn wenn es nicht klappte, wußte er auch nicht mehr weiter.

11

Kirk wuchtete den Kh!lict-Körper über den Rand der Schlucht. Auf den letzten eineinhalb Metern hatte er nicht mehr genau gewußt, ob die Zange sein Gewicht noch länger halten würde. Eigentlich hatte er erwartet, daß sich das Gestein als instabil erweisen würde. Aber er hatte Glück gehabt, denn es gab erst nach, als sein letztes Bein den Rand der Schlucht überwunden hatte. Er hörte nur noch, wie die Steine in die Tiefe fielen.

Er gewährte seinen Beinen eine Pause, um sich nach der Klettertour wieder zu entspannen. Beim Klettern hatte er bemerkt, daß das Unterhirn wie paralysiert von dem gewesen war, was er ihm antat, doch die gefährliche momentane Lage und der Überlebenswille hatten es gezwungen, Kirk gewähren zu lassen.

Kirk schleppte sich vom gefährlichen Schluchtrand fort und kam wieder auf die Beine. Er bemerkte, daß er einen wackligen Stand hatte. Dies war zum Teil auf die für diesen Körper völlig ungewohnte anstrengende Kletterei zurückzuführen, aber auch darauf, daß die andere Hirnhälfte in einem Konflikt mit der persönlichen Programmierung stand. Wenn er diesen Effekt mildern wollte, war es wohl am besten, wenn er wie ein Kh!lict ging, vertraute Bewegungsmuster einsetzte und die Umgebung absuchte, um den inneren Konflikt zwischen seinen menschlichen Erinnerungen und dem Bewußtsein der fremden Physiologie und dessen Instinkten abzuschwächen.

Er hielt Ausschau nach Anzeichen, daß Verfolger hier

gewesen waren. *Verfolger?* Nach kurzer Verwirrung wurde ihm klar, daß der Gedanke nicht von ihm stammte. Sein Wirt war noch immer davon überzeugt, daß die Gestapo seines Volkes hinter ihm her war. Der Hang unter ihm war von zerzausten Grasbüscheln bewachsen, und da und dort lagen Steine in der Gegend herum, aber es gab nichts, das groß genug war, um einen Kh!lict zu verletzen. Mit einem Gefühl großer Erleichterung wandte sich Kirk dem Hügel zu und beschleunigte sein Tempo.

Als der Kh!lict-Körper nach einiger Zeit zu der Ansicht gelangte, daß keine Verfolger oder andere Kh!lict in der Nähe waren, entspannte er sich und bewegte die Beine etwas koordinierter. Zu Kirks Erleichterung verdoppelte er die Geschwindigkeit, obwohl es bergauf ging. Je schneller er vorwärts kam, desto eher würde er das Fenster erreichen und wieder seine alte Gestalt annehmen.

Als plötzlich zweibeinige Lebewesen vor ihm auftauchten, geriet der Kh!lict in Panik. Seine Beine erstarrten mitten in der Bewegung und warfen den Körper aus dem Gleichgewicht. Er stolperte genau vor Spocks Füße. Über diesen Verrat gekränkt, versuchte Kirk erneut, die Herrschaft über den Körper zu bekommen. Es war in etwa so einfach, als hätte er eine Ladung triefnasser Spaghetti entwirren wollen. Seine Beine hatten sich ineinander verkeilt. Alle Versuche, sie zu entwirren, ließen ihn dermaßen zittern, daß dies nicht zur Verbesserung seiner Lage beitrug.

»Faszinierend«, sagte Spock. Er hob die altvertraute Augenbraue und studierte die Tricorderdaten. »Die Physiologie dieser Spezies zeigt, daß sie zu keiner uns bekannten in dieser Galaxis paßt.«

»Wie bitte, Mr. Spock?« Hernandez trat mit einem zweiten Tricorder vor. »Dr. McCoys Autopsie besagt aber, daß ihre Bioparameter Ähnlichkeiten mit denen der vorherrschenden Lebensformen im Selvai-System aufweisen.«

»Eine interessante Hypothese, Dr. Hernandez.« Spock änderte die Einstellung seines Tricorders. »Wir könnten die Möglichkeit zwar in Betracht ziehen, daß sich diese Geschöpfe in dem besagten Sektor entwickelt haben, aber die Sensordaten, die ich nun erhalte, zeigen deutlich, daß sie sich vor mehreren hunderttausend Jahren von allen anderen unabhängig entwickelt hat. Wenn unsere Schätzungen hinsichtlich des Alters der hiesigen Ruinen stimmen, ist es unvorstellbar, daß sie seit dieser Zeit so weit abgewichen sind, um die starken genetischen Diskrepanzen zu erklären.«

Hernandez nickte. »Es wäre auch mit unseren sonstigen Funden vereinbar. Wenn diese Spezies von ihrer Heimatwelt hierher emigriert ist, muß sie eine genetische Umwandlung durchgemacht haben, um den natürlichen Gefahren ihrer neuen Heimat begegnen zu können.«

»Ich werde diese Hypothese analysieren, wenn wir wieder an Bord sind. Das Problem, dem wir uns nun widmen müssen, ist die Frage, was diese Geschöpfe hier tun, obwohl unsere ersten Untersuchungen keinerlei Lebensformen dieser Art angezeigt haben.« Spock umkreiste Kirk, sein Tricorder summte und piepste.

Kirk bemühte sich erneut, auf die Beine zu kommen, aber er mußte feststellen, daß das Kh!lict-Hirn sich weigerte, die Realität anzuerkennen. Es war ohnmächtig. Seine Motorik und seine Instinkte – eigentlich alles, was den Körper steuerte – waren völlig abgeschaltet. Kirk gab sich alle Mühe, einen Panikanfall zu unterdrücken und versuchte in Erfahrung zu bringen, was dieses katatonische Verhalten ausgelöst hatte.

Zuerst erinnerten ihn die bunten Farbwirbel, die durch seinen Geist strömten, an die Kelvás, die abstrakte Kunst von Denaya 4. Die starren und stilisierten Muster dieser Kunst erforderten detailliertes Wissen über die Kultur und die Bewohner des Planeten Denaya, sonst konnte man die verschiedenen Farbornamente und integrierten Bilder nicht deuten. Aber das war noch nicht alles: Alle Farben, Symbole und Ornamente ergaben am Ende ein Gesamtbild. Bei seiner ersten Reise zu diesem Planeten hatte Kirk zwar eine Menge gelernt, um vor seinen Gastgebern nicht als Banause dazustehen, aber leider waren nur einige Bruchstücke dieses Wissens in seinem Gedächtnis geblieben.

Nun zeigte sich zu seinem Schreck, daß die hellen Farben und Bilder, die seinen Geist erfüllten, die Sprache der Kh!lict war. Wenn er den Wissensspeicher im Hirn des Wirts verstehen wollte, mußte er die Farben und Eindrücke deuten lernen. Menschen waren in ihrem täglichen Leben zwar auch einer Flut von Bildinformationen ausgesetzt, aber Kirk hielt es nicht für Zufall, daß der Großteil der Verständigung noch immer verbal stattfand, nicht über das Bild. Das Auge konnte man auf vielerlei Weise täuschen, wenn man die Intensität des Lichts oder dessen Wellenlänge änderte. Deswegen war eine Verständigung dieser Art wenig erfolgversprechend. Aber wenn die Eindrücke ihn nicht trogen, erlebte der Kh!lict gerade genau das.

Er entspannte sich, saugte Bilder und Farben einfach in sich auf, ließ sie auf sich einwirken und versuchte die in ihn eindringenden Emotionen zu verstehen. Anfangs überschatteten die Angst und Desorientierung des Fremden alles andere. Das plötzliche Auftauchen der Landeeinheit der *Enterprise* hatte ihn zutiefst verstört. Als sich seine Gedanken wiederholten, begriff Kirk allmählich, wie die Krebswesen die Welt wahrnahmen. Als die Kh!lict sich auf dem Höhepunkt ihrer Kultur befunden hatten, war Careta IV ein völlig anderer, fruchtbarer Planet gewesen. Sie hatten sich selbst als Mittelpunkt und Ursprung allen Lebens gesehen. Sie hatten geglaubt, sie seien der Grund für die Existenz des Universums. Als sie die Raumfahrt entdeckt und sich angeschickt hatten, ihre Heimat zu verlassen und andere Welten zu erforschen, waren sie in der Vermutung bestätigt worden, daß sie die herrschende Rasse waren. Sie hatten zwar auf den Planeten, die sie besuchten, eine Unzahl anderer Lebensformen gefunden, aber keine, die auch nur annähernd ihren Intelligenzgrad aufwies. Alle Lebewesen, die sich von ihnen unterschieden hatten oder ihre Weltanschauung nicht teilten, waren eliminiert worden. Kirk wollte sich etwas stärker auf diesen Gedanken konzentrieren, aber die Informationsflut des Unterhirns schwemmte diese Bemühung einfach beiseite. Je weiter die Kh!lict in den Weltraum vorgestoßen waren, desto mehr hatten sie sich darin bestätigt gesehen, die einzige Lebensform zu sein, die dazu bestimmt war, alles zu beherrschen, was ihr begegnete. Daß sie die einzig intelligente Rasse seien, die das Universum hervorgebracht hatte und je hervorbringen würde, war ihnen am Ende so klar geworden, daß sie es tief in ihre Ideologie eingeflochten hatten.

Kirk hielt kurz inne und versuchte sich schmunzelnd vorzustellen, was Spocks Intellekt einer solchen Kreatur und ihrem Weltbild wohl angetan hätte. Nun ja. Sein Wirt war deswegen in Panik verfallen, weil er auf eine niedere Lebensform gestoßen war, die technische Geräte bedienen konnte. Noch viel schlimmer war jedoch, daß das technische Gerät, das Spock benutzte, nicht von den Kh!lict konstruiert worden war. Dies brachte seinen Wirt in eine schwierige Lage, aus der es nur zwei Auswege gab: Entweder mußte er alles, was er sah, einfach ignorieren, oder die radikale Ideologie seines Volkes neu überdenken.

Kirk empfand Mitleid mit dem Wesen, auch wenn es sich nur um ein künstliches, von einem Transportersystem erschaffenes Konstrukt handelte. Das Artefakt hatte die Instinkte und die rassische Erinnerung eines echten Kh!lict so gut reproduziert, daß es ihm schwerfiel, seinen Wirt nicht für einen Angehörigen der längst ausgestorbenen Rasse zu halten. Mit einem Schaudern wurde ihm klar, was dies bedeutete.

Das Kh!lict-Hirn war dermaßen xenophob aufgebaut, daß Kirk die Intensität seines Glaubens kaum begreifen konnte. Nicht mal die größten Betonköpfe, denen die Schiffe der Föderation begegnet waren, hatten ausgeschlossen, daß im All andere Intelligenzen existierten. Manche Völker glaubten freilich nicht, daß diese Intelligenzen mehr wußten als ein Hund. Daß man die *Existenz* anderer intelligenter Lebewesen sogar dann bestritt, wenn man ihnen gegenüberstand, war sogar für diese Betonköpfe undenkbar. Hätte es noch eines Beweises bedurft: Nun wußte Kirk, daß die Kh!lict völlig isoliert vom Rest des Universums gelebt hatten – und wie stur sie gewesen waren.

Allerdings half ihm dieses Wissen nicht bei seinem gegenwärtigen Problem. Er hatte zum Fenster zurückgehen und Spock finden wollen. Doch nun hatte Spock auf wundersame Weise *ihn* gefunden. Allerdings war der Kh!lict-Körper mit seiner wirren Ideologie über das Funktionieren des Universums nicht bereit, mit ihm in Kontakt zu treten. Wie konnte er den Vulkanier auf sich aufmerksam machen, bevor er genügend Daten über das vor ihm stehende Geschöpf gesammelt hatte? Und wie konnte er dem Kh!lict-Körper klarmachen, daß die anderen zu seiner Spezies gehörten und er dringend mit ihnen reden mußte?

Kirk fühlte sich hochmotiviert. Mit einem zunehmenden Gefühl von Torschlußpanik konzentrierte er sich darauf, dem Kh!lict vorzumachen, Spock sei einer der ihren. Heiße, wütende Zickzacksignale der Verweigerung und Ablehnung strömten durch sein Gehirn. Der Kh!lict würde seine Vorurteile nicht so schnell aufgeben.

»Faszinierend!« sagte Spock. Seine Braue rutschte noch höher. »Der Panzer dieser Lebensform wechselt die Farben so schnell, daß man annehmen muß, es handele sich um eine normale Funktion. Allerdings haben Farbveränderungen wie diese in der Natur nur beschränkten Nutzen.« Er führte den Tricorder ganz dicht über Kirks Panzer.

Kommunikation! dachte Kirk und konzentrierte sich so stark, wie er nur konnte. Bei einer Bewußtseinsverschmelzung konnte Spock seine Gedanken lesen. Allerdings konnte er sich kaum vorstellen, daß Spock im Körper eines Riesenkrebses nach seinem Captain suchen würde. Außerdem wußte Kirk nicht genau, ob die Kh!lict überhaupt in der Lage waren, telepathisch zu kommunizieren. Es war nur eine geringe Chance. Selbst wenn Spock herausgefunden hatte, was geschehen war, er würde bestimmt bald mit der Untersuchung aufhören, wenn es Kirk nicht schnell gelang, sich mit ihm zu verständigen.

Kirk konzentrierte sich darauf, mit Spock zu sprechen und ihm zu erklären, was die Kh!lict waren. Grüne und blaue Farben strömten durch seine Gedanken. War dies das Kh!lict-Wort für ›Verständigung‹? Er wußte es nicht. Aber selbst wenn es so war, wenn sein Panzer Farben widerspiegelte, er wußte nicht, wie er sie in eine für Spock verständliche Sprache umsetzen sollte. Schließlich wußte er selbst nicht, was die Farben bedeuteten. Er interpretierte sie nur, wenn sein Wirt auf etwas reagierte. Mit einem anderen Kh!lict oder einem Menschen in einem Kh!lict-Körper hätte er vielleicht sprechen können, aber ohne einen Partner, der die gleichen Gefühle und die gleiche Situation mit ihm teilte, konnte er nicht genügend Informationen transportieren, um auf sich aufmerksam zu machen. Sich der Kh!lict-Sprache zu bedienen, um mit Spock zu reden, war unmöglich. Das Kh!lict-System, Formen und Farben auf einen durchscheinenden Panzer zu projizieren, war dafür ungeeignet. Er mußte eine andere Vorgehensweise versuchen.

Kirk untersuchte nochmals die körperlichen Grenzen

seines Körpers. Verblüfft stellte er fest, daß er weder ein Sprachzentrum noch sonstige Organe hatte, um Laute zu bilden. Die Kh!lict vervollständigten ihre Sprache, indem sie mit ihren Zangen diverse Rhythmen klapperten. Es war zwar nicht viel, aber einen Versuch wert.

Er versuchte erfolglos, ein Vorderbein zu bewegen. Das Bild eines blendenden Lichts huschte durch seinen Kopf, als er wütend feststellte, wie aussichtslos die Lage offenbar war. Der programmierte Instinkt des Kh!lict-Körpers ließ nicht zu, daß er gegen alle Regeln seines Volkes verstieß. Sein Wirt war aufgrund des plötzlichen Auftauchens der Landeeinheit wie gelähmt und schwer damit beschäftigt, Spock und die anderen für eine Halluzination zu halten. Wie konnte er den fremden Körper so steuern, daß er seine Instinkte für sich nutzen konnte, um mit der Mannschaft in Kontakt zu treten?

»Manche Wesen dieser Art setzen die Fähigkeit des Farbwechsels dazu ein, andere ihrer Art auf sich aufmerksam zu machen«, sagte Hernandez. »Normalerweise geht man bei der Partnersuche so vor. Allerdings weiß ich nicht, wie es sich bei unserem Exemplar verhält.«

»Eine interessante Hypothese, Dr. Hernandez. Allerdings würde ich Ihnen raten, erst dann zu spekulieren, wenn wir mehr über die Physiologie dieses Wesens erfahren haben.« Spock fuhr weiterhin mit dem Tricorder über Kirks Kopf und Körper. Er konzentrierte sich hauptsächlich auf die Stelle, an der man bei den meisten Lebensformen Sprechorgane vermuten konnte.

»Wie bitte, Mr. Spock?« Hernandez war eine schlanke Frau, die normalerweise immer eine leicht aggressive Haltung zur Schau trug. Aber diesmal legte sich ihre Stirn in nachdenkliche Falten.

Spock schaute vom Bildschirm seines Tricorders auf. Ein starker Wind wehte pfeifend über den Hügel. »Ich nehme an, der Tricorder zeigt keinerlei Anzeichen für einen Sprechapparat.«

»Ja, aber Dr. McCoys Autopsie hat ergeben, daß es eine individuelle Anomalie im Aufbau des Wesens gibt.« Irgendwann schien es ihr dann doch zu dämmern. »Meinen Sie, diese Wesen sind nicht in der Lage, einen Ton hervorzubringen?«

»Das bestätigen zumindest die Beobachtungen, die wir bis jetzt gemacht haben, Doktor. Haben Sie irgendwelche brauchbaren Ergebnisse aus unserer Untersuchung ziehen können?« Spock umrundete Kirk abermals, um die Anatomie des Kh!lict zu analysieren.

In Kirk machte sich mit einem warmen aprikosenfarbenen Farbton ein Gefühl der Erleichterung breit. Spock hatte es kapiert. Er hatte deduziert, wie das Kommunikationssystem der Kh!lict funktionierte. Dies bedeutete, daß er die Physiologie des Wirts nur so lange unter Kontrolle halten mußte, bis er Spock mitteilen konnte, was passiert war. Es mußte ihm nur gelingen, die vom Unterhirn diktierten Vorgehensweisen zur Farbgebung zu umgehen.

Plötzlich wußte er, was er tun mußte. Wenn das Unterhirn als Reaktion auf Gedanken Farben anzeigte, konnte er sich auf ein bestimmtes Gefühl konzentrieren und den Versuch machen, mit einer Art Morsealphabet zu reagieren. Die Frage war nur, ob er sich so gut an die Zeichen erinnerte, daß Spock beim ersten Versuch auf sie aufmerksam wurde. Wenn es ihm nicht gelang … Er wußte nicht, ob er eine zweite Chance erhalten würde. Wenn er die Begrenzungen der Kh!lict-Physiologie nicht schnellstens überwand, würde Spock wieder zum Fenster zurückkehren, um zu versuchen, das Rätsel von dort aus zu lösen.

Kirk strengte sich an, um sich daran zu erinnern, wie er als Kind mit seinem Bruder gespielt hatte. Während eines Besuchs bei den Großeltern in Vermont hatten Sam, er und die drei McLaughlin-Brüder Indianer gespielt, die weiße Siedler bekämpften. Ihr Kommunikationssystem hatte aus ein paar Trommeln bestanden, deren Bauart Tommy McLaughlin einem Computernetz entnommen hatte. Damals hatte keins der Kinder gewußt, daß ihre Eltern, denen die Rolle der bösen Briten zugedacht war, ihre Signale ebenfalls hatten übersetzen können. Trotzdem war am Ende des Urlaubs aus dem kleinen Jim Kirk ein Morsespezialist geworden. Er glaubte, daß er die Zeichen noch beherrschte, auch wenn er sie in den letzten dreißig Jahren relativ selten eingesetzt hatte.

Die Frage war nun, was Spocks Beachtung wohl am schnellsten auf ihn zog. Das alte SOS war ein einfaches, sich wiederholendes Signal, das ihm die Chance gab, mit der Steuerung der Kh!lict-Physiologie zu experimentieren. Wenn er seinen Namen morste, würde Spock sofort erkennen, was mit ihm passiert war. Es würde freilich länger dauern, den Namen Kirk zu morsen; dies konnte die Chance, daß er verstanden wurde, herabsetzen. Außerdem konnte er, falls er Spocks Beachtung erst einmal auf sich gezogen hatte, später zu komplexeren Botschaften übergehen, bis er verstanden wurde.

Die Entscheidung war gefallen. Kirk konzentrierte sich auf das Wort Kommunikation, bis grüne und blaue Farben durch seinen Geist wehten. Er hoffte, daß er die Farben auch auf seinem Panzer reflektierte. Dann konzentrierte er sich auf das Gefühl des Gefangenseins in seinem Körper. Er tat es so lange, bis sich erneut grellweißes Licht in ihm ausbreitete. Er fing den Gedanken ein und konzentrierte sich wieder auf Kommunikation. Die weichen Grün- und Blautöne kehrten zurück. Dann konzentrierte er sich auf seinen Zorn, auf Gespräche mit Angehörigen seiner Mannschaft und beendete das *S* mit einem abschließenden Aufflammen der Verärgerung.

Das *O* fiel ihm etwas schwerer. Er mußte seinen Zorn länger anhalten und darauf achten, daß genügend Abstand zwischen den Zeichen entstand, damit man sie voneinander unterscheiden konnte. Danach mußte es eine Kleinigkeit sein, ein zweites *S* zu morsen. Spock hielt mitten im *O* bei der Umrundung des Kh!lict inne. Er starrte den Rückenpanzer an, als versuche er, sich eine längst vergessene Tatsache in Erinnerung zurückzurufen, aber sein Gesichtsausdruck änderte sich nicht, als Kirk das zweite *S* beendete. Er empfand Bestürzung, als ihm klar wurde, daß Spock die Botschaft nicht entziffert hatte. Da er jedoch wußte, daß der Vulkanier das Morsealphabet besser beherrschte als er, konnte es nur einen Grund für seine mangelnde Reaktion geben: Die Punkte und Striche waren offenbar auf seinem Panzer nicht deutlich genug zu lesen.

Kirk machte einen erneuten Versuch. Diesmal wollte er die Zeichen greller und vor allem schärfer darstellen. Ihm war, als verstünde er langsam die Funktionsweise des Kh!lict-Hirns. Er bemerkte, daß es ihm nun leichter fiel, die unterschiedlichen Zeichen darzustellen und ihren Kontrast zu steuern. Doch Spocks Gesichtsausdruck schien sich auch nicht zu verändern, als Kirk den zweiten SOS-Ruf absandte. Er hoffte, daß er sich irgendwann zusammenreimte, was er meinte, und die sich verändernden Zeichen nicht für das Äquivalent einer Kh!lict-Muskelzuckung hielt.

»Punkt, Punkt, Punkt«, murmelte Spock vor sich hin, als Kirk das dritte SOS in Angriff nahm. »Strich, Strich, Strich. Punkt, Punkt, Punkt. – SOS.« Er trat vor den Kh!lict hin. »Sind Sie ein Mensch? Sind Sie Captain Kirk?«

Erneut breitete sich der warme Aprikosenfarbton in Kirk aus. Spock hatte es begriffen! *Strich, Punkt, Strich, Strich, Punkt, Punkt, Punkt, Punkt,* signalisierte er. JA! JA! Nun, da Spock wußte, was geschehen war, würde alles wieder in Ordnung kommen.

12

Spock zückte seinen Kommunikator. »Spock an *Enterprise.* Wir haben den Captain lokalisiert.«

»Sulu hier«, kam die Antwort. Im Hintergrund konnte man das unterdrückte Jubeln der Brückenmannschaft hören. »Wie geht es ihm? Unsere Sensoren können ihn nicht erfassen.«

»Der Captain ist im Inneren eines fremden Wesens gefangen, Mr. Sulu. Unsere momentane Theorie geht davon aus, daß unsere Leute bei der Durchquerung des Artefakts von diesem in Körper ihrer Erbauer transformiert wurden. Wir versuchen jetzt, mehr über die Verständigungsweise der Fremden in Erfahrung zu bringen.«

»Wissen Sie schon, wann Sie in der Lage sein werden, den Prozeß umzukehren, Sir?« fragte Sulu. Seine Stimme war aufgrund der Aufregung auf der Brücke um eine halbe Oktave höher und deutete an, daß die gesamte Mannschaft auf eine Antwort wartete.

»Negativ, Mr.Sulu. Ich möchte jedoch mit den anderen Fremden kommunizieren, um ihre Erfahrungen mit denen des Captains zu vergleichen. Bitte, sorgen Sie dafür, daß die Wachen zu den anderen gebracht werden. Sie sollen sie zum Artefakt zurückbegleiten. Aber zu Fuß, da die Fremden nicht eben positiv auf unsere Transporter reagieren. Wenn die vier anderen unsere Vermißten sind, werden sie verstehen, was man ihnen sagt. Auch wenn sie nicht antworten können.«

»Wenn sie nicht sprechen können, Sir, woher wissen

Sie dann, daß es sich um den Captain handelt? Kann das Sicherheitspersonal Ihr Verfahren ebenfalls anwenden?«

Spock durchforstete im Geiste die Personalakten, aber er stieß nur auf wenige, die das Morsealphabet beherrschten. Er und Kirk hatten sich nur deswegen miteinander verständigen können, weil sie einst einen entsprechenden Kursus belegt hatten. Er konnte nicht mit Bestimmtheit sagen, ob sich die anderen noch an das Morsealphabet erinnerten. »Die Fremden verständigen sich, indem sie die Farbe ihres Panzers verändern, Mr. Sulu. Der Captain konnte sich verständigen, indem er eine alte Methode namens Morsealphabet anwandte. Wenn auch die anderen sich an diesen Kode erinnern und in der Lage sind, ihren Körper zu steuern, ist eine Verständigung eventuell möglich. Wir sollten unsere Konversation jedoch auf Fragen beschränken, die man mit Ja und Nein beantworten kann. Im Moment sehe ich keine andere Möglichkeit für eine Lösung.«

»Verstanden, Sir. Ich weise das Sicherheitspersonal ein und schicke es los, um die Wesen zum Artefakt zu führen.«

»Sehr gut, Mr. Sulu. Spock, Ende.« Spock richtete seine Aufmerksamkeit wieder auf den Captain. Kirks krebsartiger Körper lag auf dem Boden ausgestreckt. Seine acht Beine waren in merkwürdigen Winkeln ausgebreitet. Er hatte beim ersten Anblick der Landeeinheit die Kontrolle über den Körper verloren und sich seitdem nicht mehr bewegt. Dies ließ vermuten, daß der Körper nach einer Art Programm funktionierte, zu dem der Captain nur begrenzten Zugang hatte. Sicher konnte er auch nicht viel dagegen ausrichten. Das Programm deckte sich offenbar nicht mit seinen Wünschen. Welche Informationen waren im Gehirn dieser Wesen gespeichert, und worauf konnte Kirk zugreifen? Konnte man die Informationen dazu verwenden, den

Transporter zu modifizieren, um den Vermißten ihre ursprüngliche Gestalt zurückzugeben?

Bei so vielen offenen Fragen war es schwer zu entscheiden, welche man zuerst stellen sollte. Das Warten auf Kirks Antworten würde die Sache ebenfalls um einiges verzögern. Aber der Captain war nun einmal an die fremde Physiologie und ihre Begrenzungen gebunden. Bis sie einen Weg gefunden hatten, dieses Problem zu umgehen, mußten sie sich mit dem zufrieden geben, was sie hatten. Spock nahm auf dem Boden Platz, verschränkte die Beine, richtete seinen Tricorder auf Kirk und stellte die erste Frage.

Die untergehende Sonne hatte die Landschaft mit den Farben der vulkanischen Flammenwüste versehen. Ein sanfter Wind wehte von den Bergen heran, als Spock die Befragung unterbrach. In der letzten halben Stunde waren Kirks Antworten immer schwächer ausgefallen. Der Unterschied zwischen den Punkten und Strichen wurde immer schwerer lesbar. Der fremde Körper war ermüdet. Er brauchte Nahrung, etwas zu trinken und ein Obdach für die Nacht. All dies hatte Spock gegen das Verlangen abgewägt, so viel wie möglich zu erfahren. Je eher er die fremde Technik beherrschte, desto schneller konnte er Kirk und den anderen ihre alte Gestalt zurückgeben.

Als Spock schließlich bemerkte, daß Kirk seinen Körper bis zum Äußersten belastet hatte, stand er auf. »Ich werde die Daten analysieren und mit unseren Fachleuten besprechen. Ich hoffe, daß wir einen Ausweg aus diesem Dilemma finden.«

GUT, signalisierte Kirk in einer Mischung aus Blau-, Grün- und Aprikosentönen, die allerdings in der zunehmenden Finsternis um einiges dunkler wirkten. Eine seiner Vorderzangen zuckte kurz, was Spock an ein Abschiedswinken erinnerte. Es war das erste Mal, daß Kirk sich seit der Ankunft der Landeeinheit bewegt hatte. Spock hielt es für ein gutes Zeichen. Er hoffte, es bedeutete, daß die Programmierung des Kh!lict-Körpers langsam aber sicher aufhörte, sich gegen ihn zu wehren. Er zückte seinen Kommunikator. »Spock an *Enterprise.* Beamen Sie alle noch anwesenden Landeeinheiten über Nacht an Bord. Informieren Sie alle wissenschaftlichen Teams, daß wir um 21.00 Uhr eine Besprechung abhalten, um die Daten zu analysieren und einen Ausweg zu suchen. Spock, Ende.«

Spock trat von Kirk zurück. Die Bordwache baute sich neben ihm auf. Nach dem Transfer auf die *Enterprise* machte Spock sich sofort auf den Weg zur Brücke. Er las die Fragen in den Augen der ihm begegnenden Besatzungsmitglieder. Was dem Captain und den anderen Vermißten zugestoßen war, hatte sich schnell an Bord herumgesprochen. Alle fragten sich, ob Spock eine Lösung für das Problem kannte. Seine Hand wanderte reflexartig zu dem Tragriemen seines Tricorders. Die Antwort, wenn es überhaupt eine gab, lag in den Daten, die er während des Gesprächs mit Kirk aufgezeichnet hatte.

Die Tür des Turbolifts zischte auf. Spock trat ein. »Brücke.« Das Sicherheitspersonal hatte noch keinen Bericht über die Rückführung der restlichen Wesen zum Artefakt geliefert. Wenn er ihn bekam, konnte dies die Analyse erleichtern. Er würde mehr über die Fremden, ihre Psychologie und ihre Technik erfahren.

Als Spock auf die Brücke trat, stellte er fest, daß ein Großteil der Tagschicht noch anwesend war. Entweder waren die Leute dabei, ihre Sachen einzupacken, oder sie plauderten über den Schichtwechsel. Normalerweise hätte er schon vor fünfzehn Minuten stattfinden sollen. »Lagebericht, Mr. Sulu«, sagte er, als er sich einen Weg zur wissenschaftlichen Station bahnte.

»Alle Funktionen normal, Sir.« Sulus Tonfall besagte aber auch noch etwas anderes. Spock erkannte die Anspannung in seiner Stimme. Sie drückte aus, welch allgemeine Verwirrung über das Schicksal des Captains herrschte. Dies zeigte ihm, daß die Leute Kirk gegenüber loyal eingestellt waren. Verwirrung war eine typisch menschliche Emotion. Aber sie würde die Effizienz der Mannschaft nicht beeinträchtigen. Zumindest nicht so weit, daß sie ihre Gedanken und Entscheidungen vernebelte. Er mußte dafür sorgen, daß die Mannschaft normal arbeitete. Wenn es ernst wurde, brauchte er jeden Mann in Bestform. »Hat die Sicherheit die Wesen zum Artefakt zurückgebracht, Mr. Sulu?« Spock glitt auf seinen Stuhl und schob die Datenbänder aus dem Tricorder in die Konsole der wissenschaftlichen Station. Er drehte sich um, um die Meldung des Steuermanns entgegenzunehmen.

»Alle Gruppen melden, daß der Versuch, sie zurückzubringen, fehlgeschlagen ist, Sir.« Sulu langte über das Kontrollpult und überspielte die Scannerdaten auf den Bildschirm. »Zwei Geschöpfe haben unsere Leute angegriffen. Das größte Wesen hat unsere Landeeinheit einfach ignoriert, als wäre sie gar nicht anwesend. Das dritte verfiel in eine Art Starre. Es weigert sich zu kommunizieren. Ihnen ist es als einzigem gelungen, mit... nun, mit dem zu reden, was Sie auf dem Planeten gefunden haben.«

»Ach.« Spock holte die visuellen Daten auf seinen Schirm und spielte sie ab. Doch auch als er die Aufnahmen in extremer Zeitlupe begutachtete, konnte er keinerlei Anzeichen dafür erkennen, daß sich die Landeeinheiten falsch verhalten hätten. Offenbar hatte lediglich der Captain über die Möglichkeit und den Willen verfügt, mit ihm zu kommunizieren.

Allerdings konnte er, wenn er Kirks Aussagen richtig deutete, die katatonische Reaktion der Aliens verstehen. Die Kh!lict, wie sie sich nannten, hatten sich isoliert entwickelt und waren absolut davon überzeugt, daß kein anderes intelligentes Leben existierte. Schon der Gedanke, es könne andere Intelligenzen geben, versetzte sie in Panik.

Die Reaktion der beiden, die die Landeeinheiten angegriffen hatten, waren zwar schwerer zu erklären, doch paßten sie in das typische Kämpfen-oder-fliehen-Schema. Der erste Kh!lict hatte einfach aufgegeben und das, was er gesehen hatte, ignoriert. Die beiden anderen hatten den Versuch gemacht, die Leute von der *Enterprise* zu vernichten. Damit hätten sie auch die störende und für sie nicht akzeptable Tatsache aus der Welt geschafft, daß anderes intelligentes Leben existierte. Spock fragte sich, ob dies eine typische Verhaltensweise ihrer Art war – und was wohl passiert wäre, wenn die echten Kh!lict auf intelligente Wesen gestoßen wären. Waren eventuelle Zusammenstöße mit anderen Intelligenzen vielleicht auch der Grund für die *verwaisten* Kulturen, deren Fragmente man in diesem ganzen Sektor verstreut fand? Kurz darauf wies er den Computer an, alle in diesem Quadranten bekannten Rassen auf eventuelle Begegnungen mit den Kh!lict abzusuchen und beauftragte ihn mit der Erstellung einer Liste jener Planeten, die sie eventuell besucht hatten. Dann wandte er sich seinem eigentlichen Problem zu.

Der Kh!lict, der die Landeeinheit gänzlich ignoriert hatte, war der interessanteste. Die Fähigkeit, gewisse ›unpassende‹ Elemente der eigenen Umgebung zu ignorieren, war eine Gabe, die wohl bei jedem intelligenten Volk vorkam. Aber daß man etwas ignorierte, das das eigene Leben – zumindest theoretisch – bedrohen konnte, war ihm bis heute noch nicht begegnet. Selbst nach Kirks Erklärungen über die Xenophobie der Kh!lict fiel es Spock schwer, die meisten ihrer Aktionen zu interpretieren. Es war so, als würden sie die Leute von der *Enterprise* zwar erkennen, aber als unwichtig abtun.

Spock spielte die Aufnahmen, die man von dem Kh!lict gemacht hatte, nochmals ab und beobachtete, wie er die Menschen und ihre Versuche ignorierte, seine Beachtung zu erringen. Obwohl er nicht den geringsten Anhaltspunkt hatte, *wußte* er plötzlich, daß es sich bei diesem Wesen um Talika Nyar handelte. Ihr Körper wurde von einer Mischung aus typischer Kh!lict-Xenophobie und Talikas djelifanischer Sturheit regiert. Ihre Eigenschaft, Menschen als wertlos einzustufen, hatte im Verein mit der Kh!lict-Programmierung dazu geführt, daß sie sie nicht angriff, sondern einfach für wertlos und unwichtig hielt. Ihre Hirnhälften arbeiteten perfekt zusammen, wenn es darum ging, Menschen als Dummköpfe einzustufen. Das Artefakt hatte offenbar ihre herausragendsten Charaktereigenschaften mit denen eines Kh!lict verschmolzen. Was dies für ihre Mission bedeutete, war Spock zwar nicht klar, aber er stellte diese Frage zurück, bis er genug Fakten zur Hand hatte, um seine Hypothese eingehend zu bewerten.

Als seine Analyse fertig war, wandte er sich wieder der Brückenmannschaft zu. »Sie und der Rest der Tagschicht können jetzt Feierabend machen, Mr. Sulu.«

Sulu öffnete den Mund, um etwas zu sagen, doch er hielt sich zurück. Obwohl es natürlich nicht strikt verboten war, daß die Tagschicht auf der Brücke blieb, um die weitere Entwicklung abzuwarten, war der einzige Nutzen, den die Crew aus ihrem Bleiben ziehen konnte, ein psychologischer. »Jawohl, Sir.« Sulu und Uhura geleiteten den Rest der Anwesenden von der Brücke.

Spock wandte sich wieder seiner Konsole zu. Der Computer hatte die erste Analyse der Befragung Kirks beendet und fing nun an, die Ergebnisse zu untersuchen. Die bizarren biologischen Daten erforderten eine genaue und vorsichtige Prüfung.

Wegen der späten Stunde waren nur fünf Leute im Konferenzraum anwesend. Spock hatte jedoch allen, die einen höheren Rang als den eines Technikers Erster Klasse hatten, gestattet, über Monitor an der Besprechung teilzunehmen, damit sie, falls sie sich dazu in der Lage fühlten, Kommentare oder Anregungen abgeben konnten. Spock folgte dabei einem alten vulkanischen Grundsatz: Die Zeit, die man zur Lösung eines Problems benötigte, hing vom dem Wissen ab, das zu seiner Lösung beitrug. Je mehr Leute sich mit dem Problem befaßten, desto größer wurde die Chance, daß einer den Schlüssel zu diesem Rätsel fand.

Spock saß am Ende des Raums hinter der Computerkonsole. Kaul, der von der Attacke des suldanischen Gases noch immer mitgenommen wirkte, war damit beschäftigt, die Daten auf seinem Datenblock zu sichten. Lassiter saß neben ihm. Ihr Gesicht wirkte fahl und erschöpft. Ihre Haut war fast so hell wie ihr blondes Haar. McCoy saß zwischen den beiden Archäologen am Mittelteil des Tisches. Sein Mund war leicht verkrampft. Seine Augen glänzten mehr als sonst. Die Chefbiologin, Lieutenant Dara Niles, vervollständigte die Gruppe. Sie war eine durchaus kompetente Frau von mittlerer Statur, mit kurzem, lockigem Haar.

»Ich gehe davon aus, daß Sie unsere ersten Funde alle studiert haben«, sagte Spock, um die Besprechung zu eröffnen. »Aus diesem Grund werde ich den größten Teil überspringen und direkt mit der Konversation beginnen, die ich mit Captain Kirk hatte.«

»Sind Sie sicher, daß es der Captain war?« McCoys Einwand klang noch skeptischer als sonst. »Es kostet mich ziemlich große Überwindung zu akzeptieren, daß Jim sich in dieses überdimensionale Krebsvieh verwandelt haben soll. Selbst nachdem ich einen seiner Kameraden seziert habe.«

»Ich verstehe Ihre Bedenken, Doktor. Doch ich habe einige Zeit mit dem Wesen gesprochen und bin davon überzeugt, daß der Captain in seinem Körper steckt.« Spock drückte den Wiedergabeknopf. Die Aufzeichnung seines Gesprächs mit Kirk lief über den Bildschirm. Für alle, die nicht mit dem Morsealphabet vertraut waren, blendete der Computer am unteren Bildrand die Übersetzung ein.

»Wie ist das nur möglich?« Lassiters Stimme war so leise, daß sie einem Flüstern glich. »Versteht Captain Kirk alles über die Technik, die die Transformation eingeleitet hat?«

»Der Captain geht davon aus, daß die fensterähnlichen Artefakte Materie/Energie-Transmitter sind, die in etwa wie unsere Transporter arbeiten. Er glaubt, daß ein Fehlerkorrekturprotokoll in ihrem Inneren dafür gesorgt hat, daß er in der Gestalt eines Kh!lict materialisierte – weil das Systemprogramm davon ausgeht, daß nur ein Kh!lict ein intelligentes Wesen sein kann.«

»Wissen Sie das genau?« fragte Niles. »Woher wollen wir wissen, daß das Gerät nicht nur seinen Geist in einen fremden Körper versetzt hat?«

»Eine gute Frage, Lieutenant.« Spock ließ die Aufzeichnung bis an die Stelle vorlaufen, an der sie genau dies besprochen hatten. Er spielte Kirks Aussage ab und fuhr fort: »Wir haben als erstes die Annahme der Kh!lict, daß jede Intelligenz ein Kh!lict sein muß. Auf dieser Grundlage geht das Sicherheitssystem des Transporters davon aus, daß nur Kh!lict ihn benutzen können. Zudem erfordern alle Materie/Energie-Transportsysteme Materiequellen, um die Materie auf der anderen Seite neu aufzubauen. Die einfachste Lösung und Grundlage jedes Materie/Energie-Transports besteht darin, den Körper zuerst in Energie umzuwandeln und ihn mit einem Nullverlust-Protokoll ans Ziel zu versetzen. Dort angekommen, wird die Energie wieder in Materie umgewandelt. Das Wissen, das der Captain aus dem Kh!lict-Teil seines Gehirns bezieht, besagt, daß er beim Austritt aus dem Transitrahmen in einen Kh!lict-Körper konvertiert wurde. Dies wird auch dadurch bestätigt, daß der Kh!lict das gleiche Gewicht hat wie der Captain, wenn man von kleinen Abweichungen absieht. Morgen früh werden wir die Massenverhältnisse der anderen Kh!lict überprüfen, um in Erfahrung zu bringen, ob sie ebenfalls mit denen der verschwundenen Humanoiden übereinstimmen.«

»Glauben Sie nicht, daß diese Geschichte etwas weit hergeholt ist?« murmelte McCoy, der mit einem Stift herumspielte. »Ich meine, sind wir durch die halbe Galaxis geflogen, um eine schon seit Jahrtausenden ausgestorbene Rasse zu entdecken und festzustellen, daß ihre Transporter nicht anders funktionieren als unsere? Wie soll uns dies helfen, den Captain wieder umzuwandeln?«

Spock versteifte sich auf seinem Stuhl. Sein Rücken wurde gerade wie ein Laserstrahl. »Wir können erst etwas tun, wenn wir die Verzwicktheiten der fremden Technik verstehen. Das müßten doch selbst Sie verstehen, Doktor.«

McCoys Gesichtsausdruck fror ein. »Ich verstehe nur eins, Mr. Spock: daß der Captain noch immer fort ist und Sie offenbar mehr Drang verspüren, die fremde Technik zu studieren, statt ihn zurückzuholen. Hat Scotty denn nichts zu diesem Thema zu sagen?«

»Wir haben tatsächlich endlich genügend Daten gesammelt, Doktor, um Modelle der internen Funktionen des Artefakts zu fertigen. Mr. Scott ist gerade im Begriff, eine Testreihe anlaufen zu lassen, um die Anzahl der möglichen Entwürfe zu reduzieren. Wenn wir soweit sind, daß wir das plausibelste Gerät nachgebildet haben, werden wir uns damit beschäftigen, die Artefakte neu zu programmieren, um unsere Leute umzuwandeln.«

McCoy brummte ungläubig, verzichtete jedoch auf einen weiteren Kommentar. Nun tippte Niles mit einem Stift auf den Tisch, um die Beachtung auf sich zu lenken. Sie deutete auf den Bildschirm, auf dem manche Textstellen farbig unterlegt waren. »Meine Leute haben das caretanische Ökosystem untersucht. Dabei haben wir speziell nach dem Ausschau gehalten, was die

Kh!lict brauchen, um hier zu leben. Wir sind zu dem Ergebnis gekommen, daß die meisten Tiere und Pflanzen, die ihnen als Nahrung dienten, entweder ausgestorben sind oder sich aufgrund der gesunkenen Temperaturen in etwas verwandelt haben, das die Kh!lict nicht mehr als Nahrung erkennen können. Da diese sich stark auf alte Programminformationen verlassen, werden der Captain und die anderen bald ein ernstes Verpflegungsproblem haben, da wir nicht wissen, was diese Wesen früher verzehrt haben.«

Erschreckte Stille, dann eine Welle von Fragen und Ausrufen, die sich auf Lieutenant Niles Ausführungen bezogen. Spock wunderte sich, daß so wenige Menschen so viel Lärm erzeugen konnten. Er hob seine Stimme leicht an, damit die anderen ihn hörten. »Haben Sie Daten, die dies untermauern?« fragte er.

»Jawohl, Sir. Die Informationen liegen in der Hauptdatei Alpha-drei-zwei-neun-Chi-Omega. Sie sind jedem innerhalb von zehn Minuten zugänglich.« Niles griff in ihr volles Haar. »Nachdem wir nun wissen, wie die Kh!lict auf Außenstehende reagieren, wird es schwierig sein, etwas zu fabrizieren, das sie essen werden. Und selbst wenn wir in Erfahrung bringen sollten, wovon sie sich ernährt haben... Wir müssen auch noch eine Methode austüfteln, sie dazu zu bewegen, die Nahrung auch anzurühren.«

»Verstanden.« Spock markierte ihre Dateien, um sie später zu studieren. »Lieutenant Niles, bitte arbeiten Sie mit Dr. McCoy eine Methode aus, mit der wir unsere Leute mit Nahrung versorgen können. Wenn niemand weitere Informationen hat, ist die Besprechung hiermit beendet.«

Zum ersten Mal schwieg sogar McCoy. Spock stand auf und signalisierte das Ende der Konferenz, dann machte er sich auf den Weg zum Turbolift. Das Durchsehen der von den Biologen zusammengetragenen Dateien würde wieder einmal für eine Nacht voller Arbeit sorgen. Spock wußte jedoch, daß irgendwo in den Datenmassen, die die Wissenschaftler der *Enterprise* zusammengetragen hatten, die Lösung steckte, um die Leute zurückzuholen. Wie bei jedem Problem der Wissenschaft hing alles davon ab, wie lange und wie gründlich man sich mit dem Stoff beschäftigte, um die Informationen in eine logische Reihenfolge zu bringen.

13

Kirk schaute zu, als Spock und die Wache in einem gesprenkelten Energiestrahl verschwanden. Eine kalte Brise wehte von den Berggipfeln herab und ließ das Gras rascheln, auf dem Spock während der letzten Stunden gesessen hatte. Die letzten Strahlen der untergehenden Sonne lugten über die Berggipfel und machten Kirk bewußt, wie groß das Land – und wie einsam er war. Ein Land, das einst von Millionen Kh!lict bevölkert gewesen war, die so ausgesehen hatten wie er. Sie hatten das gleiche gedacht und geglaubt wie sein momentaner Wirt. Es war eine bedrückende und beängstigende Vorstellung, wie vollständig sie von der Bildfläche verschwunden waren. Sie waren nicht einmal mehr Erinnerungen oder Geschichten in den Legenden der Völker dieses Teils der Galaxis.

Nachdem Spock verschwunden war, brauchte sein Wirt fast eine halbe Stunde, um die katatonische Starre abzuschütteln. Die letzten rosafarbenen Lichtstrahlen verschwanden am westlichen Himmel, als Kirk spürte, daß das Kh!lict-Unterhirn beschloß, die Landeeinheit als Halluzination einzustufen. Schuld daran konnte nur der fehlerhafte Transport gewesen sein. Nun, da die körperliche Blockade nachließ, mußte er sich daran machen, Nahrung und Wasser zu suchen. Er spürte, daß die Kh!lict bei Dunkelheit nicht sehr aktiv waren. Aber er konnte feststellen, daß seine visuelle Wahrnehmung sich nun im Schwarzweißbereich bewegte. Er schien über eine Art Nachtsichtblick zu verfügen.

Vorsichtig sandte er ein Signal an seine Beine. Er hoffte, daß sie sich noch bewegen ließen, denn schließlich waren sie auf dem Hügel lange Zeit inaktiv gewesen. Zuerst geschah nichts. Kirk befürchtete schon, er werde hier festsitzen, bis die ersten Sonnenstrahlen den Körper erwärmten. Er war schon kurz davor aufzugeben, als er endlich spürte, wie sich eine Vorderzange leicht bewegte.

Es war nicht viel, aber es motivierte Kirk zu einem Versuch. Er strengte sich so lange an, bis das Blut wieder in dem Bein pulsierte. Danach konzentrierte er sich auf die anderen Teile des Gehwerkzeugs. Er bewegte sie so lange, bis sie spürbar waren. Danach tat er das gleiche mit dem Rest seiner acht Beine. Schließlich bekam er alle wieder unter Kontrolle.

Kirk stellte sich hin und fragte sich, wieso die Aufwärmphase so mühsam war, wenn er den Körper ein paar Minuten bewegungslos hatte ruhen lassen. Wie hatten die Kh!lict dies nur durchgestanden? Sie mußten von einem viel wärmeren Planeten stammen. In der Zeit, in der sie Careta IV beherrscht hatten, war es hier um einiges wärmer gewesen. Vielleicht hatte es so gut wie keine Jahreszeiten gegeben. Wesen, die von der Kälte so leicht behindert wurden, konnten von Raubtieren schnell ausgeschaltet werden.

Als erstes, entschied Kirk, brauchte er Nahrung. Er ging bergauf. Er wußte jedoch nicht, was Kh!lict aßen, geschweige denn, welche Nahrung er in dieser öden Landschaft finden konnte. Als er ans Essen dachte, spürte er eine Leere in der Magengegend. Sein Wirt schien hungrig zu sein. Ihm fiel ein, daß er nun seit eineinhalb Tagen nichts mehr gegessen hatte. Er wußte zwar nicht, was dies für einen Kh!lict bedeutete, aber er hatte bemerkenswerte psychische und physische Anstrengungen unternommen, seit er aus dem Fenster getreten war. Falls sein Wirt keinen Brennstoff brauchte, um sich fortzubewegen, waren diese Wesen mit keiner der Föderationswissenschaft bekannten Lebensform zu vergleichen.

Er dachte an ein feudales Mahl und ließ den Gedanken freien Lauf. Ihm fiel das japanische Zehn-Gänge-Bankett ein, an dem er bei seinem letzten Besuch im Hauptquartier der Flotte teilgenommen hatte. Zu seiner Verwunderung machte sich das Kh!lict-Hirn offenbar nichts aus dieser Vorstellung, was Kirk leicht durcheinanderbrachte. Alle ihm bekannten Völker vollzogen vergleichbare festliche Akte, wenn es um Nahrungsaufnahme ging. Er nahm an, daß es den Kh!lict egal war, wie oder was sie aßen – oder daß das Unterhirn an seiner Phantasie nichts appetitlich fand. Als er sich das Menü nochmals in Erinnerung rief, konnte er nicht glauben, daß es nichts enthielt, das einen Kh!lict auch nur annähernd interessierte. Klare Suppe, Sashimi, ein Dutzend verschiedene Sishusorten, diverses Obst, Hähnchenfleisch, Teriyaki, gedünsteter Reis, Sukiyaki mit so vielen Früchten, daß er nicht mal in der Lage gewesen war, sie voneinander zu unterscheiden, Krabbenkrem, ein toller Zitronen-Soy-Tofu-Salat. Er nahm sich die Zeit, sich an jedes Gericht zu erinnern und sich seinen Duft und sein Aroma in Erinnerung zu rufen.

Dann, bei der Vorstellung an einen leckeren Salat, wurde er von einem Ekelgefühl geschüttelt. Die Kh!lict waren also weder Vegetarier noch Allesfresser. Sie verspeisten nur Tiere und niedere Lebensformen, die sich ausschließlich von Pflanzen ernährten. Nach diesem Standard waren die Menschen ungeeignet, ihnen als Futter zu dienen.

Nun konzentrierte sich Kirk auf Sashimi und Fleischgerichte. Doch die Vorstellung, Fleisch zu kochen und anschließend zu verspeisen, schien dem Wirtskörper fremd. Die dünnen Sashimischeiben schienen das Kh!lict-Unterhirn eher zu interessieren, aber Kirk merkte schnell, daß die Zubereitung von Fisch dem Wesen ebenso fremd war wie direkt aus dem Meer stammende Nahrung. Die Ahnen der Kh!lict mußten zwar aus dem Wasser gekommen sein, doch ihre kollektive Erinnerung enthielt nichts darüber, daß sie im Wasser je nach Nahrung gesucht hatten.

Als Kirk die Reaktionen seines Wirts in sich aufnahm, kam ihm der Gedanke, daß die Kh!lict Fleisch anscheinend roh und ohne Zubereitung zu sich nahmen. Er fand diese Art der Nahrungsaufnahme zwar widerlich, aber er spürte, daß sich das Kh!lict-Unterhirn ihm nicht beugen würde, falls etwas Passendes seinen Weg kreuzte. Die Frage war nur: Würde man etwas Passendes finden?

Während Kirk dieses Problem überdachte, machte er sich auf den Weg vom Hügel zum Artefakt hinunter. Als er die Kontrolle über die acht Beine vollständig wiedererlangt hatte, fiel ihm auf, daß der Körper sehr schnell laufen konnte, sogar auf unebenem Terrain. Er wandte sich erneut der Frage zu, was es auf diesem Planeten an passender Nahrung für einen menschengroßen Krebs gab. Angesichts der Möglichkeit, sich schnell auf jedem Terrain fortzubewegen, waren die Kh!lict sicher sehr gute Jäger gewesen. In den Jahrtausenden ihrer Entwicklung hatten sie, wie früher die Menschen, bestimmt auch Viehzucht betrieben, damit ihre Nahrungsquellen leicht erreichbar waren.

Eine Vision machte sich in seinem Kopf breit. Er sah einen von langen Zäunen umschlossenen Landstrich. Es war eine Art Gehege, in dem Gras und andere Pflanzen wuchsen. Jedes Gehege beherbergte kaninchenähnliche Lebewesen, die sich von Pflanzen ernährten, bis sie fett waren. Ihr Fleisch war zart und saftig. Ein hungriger Kh!lict ging in ein Gehege und suchte sich seine Mahlzeit aus. Als ein *Nanthken* in seine Reichweite kam, stieß er mit einer Zange zu und warf das Tier in die Luft. Der Kh!lict biß mit spitzen, dreieckigen, haiähnlichen Zähnen in das Rückgrat des Tiers und riß ein Stück aus ihm heraus. Seine Zähne waren jedoch nicht für das zarte Fleisch geschaffen. Im Oberkiefer befanden sich Kanäle, die dem noch lebenden Tier eine Mischung aus schnell wirkendem Nervengift und zersetzenden Enzymen injizierten. Innerhalb kurzer Zeit schmolz das Fleisch, und der Kh!lict saugte es flüssig durch seinen Rüssel auf. In dieser Hinsicht ähnelten die Kh!lict sehr den irdischen Spinnen, die mit ihren Opfern ähnlich verfuhren.

Gefühle großer Freude begleiteten die Erinnerungen des Kh!lict-Instinkts, ein *Nanthken* zu fangen, das schreiende und sich windende Tier zu verzehren. Kirk war froh, daß er momentan keine Kontrolle über den Körper hatte. Er fühlte sich elend bei dem Gedanken an die Eßgewohnheiten und die Grausamkeit der Kh!lict. Ein Tier zu fangen und zu verzehren, war eine Sache für sich – aber es lebend zu zerreißen und zu quälen, war etwas anderes. Sein Gefühl für Anstand und den Schutz des Lebens ließ ihm die katatonische Starre als gute Option erscheinen.

Da er zum Überleben jedoch Nahrung brauchte, hoffte er, daß seine Kh!licht-Instinkte auch ohne bewußte Regie weiter operierten, wenn er auf die passende Beute stieß. Bisher hatte er in dem öden Land noch nichts gesehen, das den Erinnerungen des Kh!lict entsprach. Und solange es noch nicht soweit war, brauchte er sich keine großen Sorgen zu machen, denn er würde wahrscheinlich eher verhungern als eine Mahlzeit aus Empfindlichkeitsgründen ablehnen müssen. Im Moment konnte er nicht mehr tun, als weiterzulaufen und zu hoffen, das er etwas Eßbares fand. Die Landschaft um ihn herum wurde dunkler, die Kontraste schwächer. Die Bodenwärme entwich ins All.

Gegen Mitternacht fing Kirks Wirt vor Erschöpfung an zu stolpern, und es wurde zur Tortur, auch nur ein Bein zu bewegen. Der größte Teil der Wärme war verflogen, was es noch schwieriger machte, zu sehen und den

Steinen und Löchern auszuweichen, die in seinem Weg lagen. Kirk schaute sich um und suchte nach einem Platz, an dem er den Rest der Nacht verbringen konnte. Als er mit dem Kh!lict-Unterhirn über die Vorherrschaft kämpfte, gewann er die interessante Erkenntnis, daß er diesmal aktiv eine Anweisung ändern mußte, die er dem zögerlichen Kh!lict-Instinkt selbst aufgepfropft hatte.

Nach einer halben Stunde des Suchens entdeckte Kirk auf halbem Weg bergab eine in einer kleinen Grotte verborgene Quelle. Unterhalb der Quelle befand sich ein Teich, in dem Algen und andere Pflanzen wuchsen. Der Kh!lict und er waren zwar beide der Meinung, daß der Teich abstoßend war, aber Kirk setzte sich durch, damit der Körper so viel organische Stoffe aufnehmen konnte, wie nur möglich. Der größte Teil der Nahrung der *Enterprise* wurde aus Algen hergestellt. Er wußte, daß Algen alle Nährwerte enthielten, die er zum Überleben brauchte.

Bettler können keine Ansprüche stellen, sagte er sich, als er die Algen durch seinen Rüssel aufsaugte. Es war keine Feinschmeckermahlzeit, aber das beste, was ihm in den letzten Tagen begegnet war. Das größte, was er in den letzten Tagen gesehen hatte, war ein kleines Insekt gewesen. Als er über die Energie nachdachte, die der Körper verbraucht hatte, wußte er, daß er dringend Nahrung brauchte, um weiterhin zu funktionieren. Egal wie die Nahrungsquelle aussah oder wonach sie schmeckte.

Als er keine Alge und kein Wasser mehr zu sich nehmen konnte, zog er sich in die Grotte zurück und hockte sich in eine kleine Nische. Die Bordsensoren hatten zwar keinerlei feindliche Jäger gemeldet, aber Kirk spürte, daß der Kh!lict erst dann einschlafen würde, wenn sein Rücken und seine Beine geschützt waren. Gegen diese Sicherheitsvorkehrungen hatte er nichts. Der Raum würde seine Körperwärme speichern und es so einfacher machen, am nächsten Morgen wieder in Bewegung zu kommen. Er erkannte, wie wichtig diese Fakten waren und wie sehr sich die Bedingungen auf Careta IV verändert haben mußten, seit die Kh!lict-Kultur hier existiert hatte.

Wenn der Morgen auch keine Antworten brachte, so doch wenigstens die Umrisse eines Plans, sich einer Lösung anzunähern. Irgendwann in dem Halbschlaf, in dem Kirks Bewußtsein weitere Informationen über die Kh!lict und ihre Lebensweise aufgenommen hatte, hatte er begriffen, wie stark die Xenophobie in diesem Volk verankert gewesen war. Spock würde nie in der Lage sein, sich mit den anderen zu verständigen, es sei denn, er träte selbst durch das Fenster und wurde einer von ihren. Nur Kirk und sein starker Drang, seine Leute zu suchen und dafür zu sorgen, daß nicht noch mehr der Technik der Kh!lict zum Opfer fielen, hatten es ihm ermöglicht, die Sturheit des fremden Gehirns zu überwinden, das fest bei dem Glauben verharrte, daß kein anderes intelligentes Leben existierte. Er bezweifelte, daß Chekov in der Lage war, die Kh!lict-Psychologie zu verstehen und zu überwinden. Auch die Männer vom Sicherheitspersonal waren nicht dazu ausgebildet, mit einem schizophrenen Gehirn und einem ihnen fremden Körper umzugehen. Keiner der anderen hatte erfolgreich Kontakt mit dem Unterhirn aufgenommen und konnte es steuern. Wenn es so war, waren sie alle der Programmierung ausgeliefert, die das Artefakt dem Unterhirn eingeprägt hatte.

Das beste, was er tun konnte, war seiner Ansicht nach die Lokalisation der anderen. Er mußte ihnen erklären, was geschehen war, und sie zum Artefakt zurückbringen. Er wußte zwar auch nicht, wie es anschließend weitergehen sollte, aber er hoffte, daß Spock bis dahin einen Weg fand, ihnen ihre menschliche Form zurückzugeben.

Die Entscheidung war getroffen. Kirk machte sich auf den Weg, die anderen Kh!lict zu suchen. Sie zu finden, war einfacher, als er angenommen hatte. Als er das Artefakt erreichte, erblickte er das festgetretene Gras, über das sie gelaufen waren. Es war hoch und trocken und gab nach, wenn man darauf trat, und wenn es einmal lag, richtete es sich nicht mehr auf. Die Menschen hatten die nähere Umgebung des Artefakts jedoch durchkämmt und dabei mehr Pfade ausgetreten, als der beste Bluthund durchschnüffeln konnte. Als er sich jedoch ein Stück entfernte, erkannte er sechs Spuren, die sich vom Artefakt entfernten. Nachdem er seine eigene identifiziert hatte, suchte er sich willkürlich eine andere und folgte ihr.

Der Weg verlief im Zickzackkurs am Hügel entlang und führte in ein Tal. Kirk wanderte mehrere Kilometer an einem fast ausgetrockneten Flußbett entlang. Er bemerkte, daß das Kh!lict-Hirn keinen besonderen Drang verspürte, eine bestimmte Richtung einzuschlagen. Dies bestätigte seine Vermutung, daß es den anderen nicht gelungen war, eine Verbindung zu ihrem eigenen Kh!lict-Bewußtsein herzustellen. Sie hatten sich entweder einfach dem Instinkt des Wesens untergeordnet oder sich aus der Realität zurückgezogen, weil sie nicht glauben konnten, was sie sahen. Kirk benötigte jedoch nur zwei Stunden für den Weg, für den der andere zwei Tage gebraucht hatte.

Er näherte sich ihm vorsichtig. Noch bevor der andere in Sichtweite kam, strahlte Kirks Panzer ein kontrastreiches Muster aus, um seine Aufmerksamkeit zu erregen. Als Mensch hätte er versucht, ihn dadurch auf sich aufmerksam zu machen, indem er durch den Kies geschlurft wäre. Aber als er den Versuch machte, konnte er sich selbst kaum hören. Als ihm einfiel, wie gut er Spock am gestrigen Tag gehört hatte, nahm er an, daß die Kh!lict über Filtersysteme verfügten, die nur wirklich wichtige Geräusche an das Gehirn weiterleiteten und die unwichtigen abprallen ließen. Er fragte sich, ob selektive Taubheit für solche Wesen von Vorteil sein konnte.

Dann bemerkte ihn der andere Kh!lict und hielt an. Sein Panzer blinkte eine dunkelbraune Frage.

<Älteste>?

Kirk suchte im Kh!lict-Vokabular nach einer passenden Antwort, doch außer einer Art militärischem Rang konnte er nichts finden. Was aber nicht viel zu bedeuten hatte. Er hatte, was die Kh!lict anging, noch immer immense Wissenslücken. Übung würde ihn mit immer mehr Informationen aus dem Unterhirn versorgen, aber solange er nicht wußte, welche Bedeutung ›Captain‹ hatte, kam ›Älteste‹ seinem wahren Rang wahrscheinlich ziemlich nahe. Er entspannte sich und ließ das Kh!lict-Unterhirn seine Gedanken übersetzen.

<Ja, Sohn, ich bin hier.> Die Nachricht wurde von einem aprikosenfarbenen Unterton begleitet, der zur Beruhigung diente. Er war zwar nicht unbedingt nötig, aber er schien den anderen zu erreichen.

<Warum bin ich hungrig, Älteste>? fragte der andere Kh!lict. Seine Artikulation glich irgendwie der eines noch sehr kleinen Kindes.

<Da, wo du hergekommen bist, gibt es Nahrung>, sagte Kirk. Es war zwar nicht gerade eine Lüge, aber er wußte, daß er die Wahrheit doch leicht verbog. Nach einigen Stunden des Nachdenkens über dieses Problem war er zu der Schlußfolgerung gekommen, daß es auf Careta IV nichts gab, das ein Kh!lict mit Selbstachtung essen würde. Alles, was sie zu essen bekommen würden, wenn sie sich nicht weiter von den Algen aus dem Teich ernähren wollten, mußte von der *Enterprise* kommen. <Geh zurück, dann wirst du es finden.>

<Zu Befehl, Älteste.> Der Kh!lict wandte sich um und machte sich auf dem Rückweg. Er war vom Hunger so geschwächt, daß er kaum laufen konnte.

Kirk beobachtete ihn, bis er über die erste Hügelkette

verschwand. Ihm fiel auf, daß alles viel zu einfach gegangen war. Der Kh!lict hatte seine Anweisung einfach befolgt. Sein eigenes Kh!lict-Hirn hatte sich viel länger gewehrt, um die Kontrolle zu behalten. Er fragte sich, was sein Hirn von dem des anderen unterschied. Lag es daran, daß der junge Kh!lict am Verhungern war? Oder gab es einen plausiblen Grund, warum er auf ihn gehört hatte?

Die einzige Möglichkeit, dies herauszufinden, bestand darin, die anderen Umgewandelten zu finden. Zwei Individuen waren keine Grundlage für eine Statistik. Jede Vermutung, die er aus einem Einzelwesen zog, war mehr als vage. Selbst mit den Daten aller transformierten Personen würden sie nur schwer etwas beweisen können. Er machte sich auf den Weg, die anderen zu suchen, um sie zum Artefakt zurückzubringen.

Es dauerte fast eine Stunde, bis er die nächste Spur fand. Als er den Weg einschlug, durchfuhr den Wirtskörper ein Gefühl der Freude. Kirk wußte zwar nicht, was das bedeutete, aber an dem Kh!lict, der diesen Weg genommen hatte, mußte irgend etwas Besonderes sein. Irgend etwas, das seinen Wirt erregte. Er fragte sich, ob er den Pfad und dessen Verursacher lieber links liegen lassen sollte – zumindest so lange, bis er herausgefunden hatte, warum sein Wirt sich so für ihn interessierte.

Er trat in der Absicht, nach dem nächsten Kh!lict Ausschau zu halten, ein paar Schritte aus der Spur, doch sein Körper schwenkte zum festgetretenen Gras zurück. Kirk unternahm einen erneuten Wendeversuch, doch das Unterhirn übernahm, sobald er nachließ, sofort wieder die Steuerung. Schließlich wurde Kirk neugierig und ließ den Körper gewähren. Er folgte dem geheimnisvollen Pfad.

Der Kh!lict, auf dessen Spur er jetzt war, hatte offenbar keine Zeit vergeudet und sofort eine große Entfernung zwischen sich und das Artefakt gebracht. Kirks

Unterhirn zwang den Körper, die Geschwindigkeit zu erhöhen, als wolle es verlorene Zeit aufholen. Je länger er dem Pfad folgte, um so schneller und geschickter wurde sein Wirt. Kirk hatte die Körpersteuerung vollständig dem Unterhirn überlassen und fragte sich, warum sein Wirt so interessiert daran war, den anderen zu finden. Dabei kam ihm der Gedanke, daß er entweder einen persönlichen Grund hatte oder einem biologischen Gesetz folgte. Kirks Problem bestand darin, daß er die Antwort erst erfahren würde, wenn er erkannte, worauf das Gehirn programmiert war.

Nach mehreren Stunden schnellen Rennens tauchte das Ziel am Horizont auf. Ein einem Stromschlag gleichendes Gefühl durchfuhr Kirk, als das Unterhirn den Beinen befahl, sich noch schneller fortzubewegen. Der Kh!lict am Horizont war der stärkste, schönste und mächtigste, den er je gesehen hatte. Er konnte es kaum erwarten, ihn zu erreichen.

Kirk schwante allmählich, was das Ergebnis seiner Jagd war. *Au weia – nicht doch!* heulte sein Verstand, als er sich bemühte, den Körper zur Vernunft zu rufen. Aber nun hatte die biologische Programmierung des Kh!lict die Steuerung vollständig übernommen. Ob es ihm gefiel oder nicht, er mußte mit den Wölfen heulen.

14

Spock empfand die Nacht, in der er die biologischen Daten der Kh!lict analysierte, im Vergleich zu den Strapazen des Tages als recht entspannend. Jedoch trug die geistige Herausforderung, den Lebenszyklus einer ausgestorbenen Rasse neu zusammenzufügen, nur wenig dazu bei, das anstehende Problem zu lösen. Der Captain und fünf Besatzungsmitglieder der *Enterprise* waren in Wesen transformiert worden, die vor Jahrtausenden ausgestorben waren. Eines von ihnen war bereits tot. Noch unheimlicher war, daß die Wesen nur wenige merkwürdige und gefährliche Artefakte hinterlassen hatten. Es gab keine schriftlichen Aufzeichnungen; nichts, das die Archäologen hätten untersuchen können.

Spock lehnte sich in seinem Sessel zurück und musterte die Konturen der vulkanischen Harfe, die an ihrem üblichen Platz an der Wand hing. Sie war ein gutes Hilfsmittel bei der Meditation. Die Präzision ihrer sanften Klänge half ihm, seine Gedanken in logische Bahnen zu lenken. Ohne den Blick von dem Musikinstrument zu nehmen, verschränkte er die Arme und stützte das Kinn auf die hochgerichteten Fingerspitzen. Nach dem, was sie über die Physiologie und Anatomie der Kh!lict wußten, war ein konventionelles System geschriebener Symbole unwahrscheinlich. Viel von dem, was ein Kh!lict wußte, war direkt in sein Hirn eingepflanzt. Ein solches Verfahren erforderte Gerätschaften, die Wissen weitervermittelten. Die prätechnischen Kh!lict mußten ihr Wissen noch mit Methoden weitervermittelt haben, die der Bewußtseinsverschmelzung der Vulkanier ähnelte, aber Spock bezweifelte, daß sie sich dieses Verfahrens noch bedient hatten, als sie in der Lage gewesen waren, Geräte zu bauen, die diese Funktion erfüllten. Die Klarheit und Präzision der Daten, zu denen Kirk Zugriff hatte, um seine Fragen zu beantworten, implizierten einen künstlichen Speicher. Transmissionen per Geistesverbindung waren aufgrund möglicher Datenverluste weniger vielversprechend. Die Kh!lict mußten also über ein verläßlicheres System verfügen, das es ihnen erlaubte, Daten besser zu streuen als im eigenen unzulänglichen Gehirn.

Die Frage war nun, wohin diese Einsicht führte. Sie hatten mehrere Kh!lict-Artefakte auf dem Planeten gefunden. Aber keins zeigte andere Ergebnisse, als das, das sie für ihre Untersuchungen ausgewählt hatten. Wenn es auf diesem Planeten irgendwo größere Städte gab, waren sie gut versteckt. Als Spock darüber nachdachte, was man bis jetzt auf Careta IV entdeckt hatte, kam er zu dem Schluß, daß auf dieser Welt außer ihren kleinen Funden noch etwas Größeres existieren mußte. Die Präzision der Durchgangsrahmen ließ auf eine hochentwickelte Zivilisation schließen. Die Ruinen, auf die sie gestoßen waren, wiesen keinerlei Schäden auf. Trotzdem hatte irgend jemand gewollt, daß das von einem Schutzschirm getarnte Artefakt, das sie entdeckt hatten, nie gefunden wurde. Die Archäologen waren noch immer damit beschäftigt zu beweisen, daß die Meztorianer das Artefakt verborgen hatten. Aber soweit es Spock betraf, war es nicht wichtig, wer es versteckt hatte. Wichtig war, warum es versteckt worden war.

Wie kann man eine ganze Stadt tarnen? fragte sich Spock. Und die Methode muß zudem über Jahrtausende hinweg funktionieren. Auf einem angeblich verlassenen Planeten plötzlich aus dem Nichts auftauchende Ruinen erzeugten mehr Interesse, als wenn man sie ohne Schutzmaßnahmen dem Zerfall aussetzte. Die Kh!lict-Bauwerke, die sie gefunden hatten, befanden sich außerdem in einem erstaunlich guten Zustand, wenn man ihr Alter bedachte, und die Energienutzungskurven der Transportfenster ließen darauf schließen, daß sie nur schwer zerstörbar waren.

»Computer, magnetische Fluxmessungen der größten planetaren Landmassen anzeigen. Kompressionsfaktor hundert.« Falls es noch weitere abgeschirmte Relikte der Kh!lict auf diesem Planeten gab, mußte die Streuung des Magnetfeldes ihre Position anzeigen, wenn man speziell nach ihnen suchte.

»Rechner arbeitet.« Die Antwort des Computers klang schleppend, als zögere die Maschine, seine Anweisungen auszuführen. Spock hob eine Braue. *Was denke ich denn da?* fragte er sich. Wenn er einer Maschine Gefühle zugestand, konnte dies nur bedeuten, daß er schon zu lange in den Gefilden menschlicher Unlogik weilte. Es bestand natürlich auch die Möglichkeit einer minimalen Fehlfunktion. Spock ordnete eine Gesamtdiagnose sämtlicher Systeme an und wandte sich wieder seiner gegenwärtigen Aufgabe zu.

Daten liefen über den Bildschirm. Seiner bisherigen Aufmerksamkeit war eine kleine magnetische Schwankung entgangen. Kaum mehr als eine Art Hintergrundrauschen. Die Frage war nun: Wenn alle Kh!lict-Artefakte von einem so hoch entwickelten Tarnsystem verborgen wurden, konnten die Sensoren der *Enterprise* dann geringfügige Energielecks durch die Schutzschirme messen? Die Datenanalysatoren waren nicht auf solche Situationen programmiert.

Er hatte gerade die ersten acht Stunden der Aufzeichnungen überflogen, als der Türsummer sich meldete. Er schaute auf die Uhr. Nur Kirk oder McCoy konnten ihn zu dieser frühen Stunde für wach halten. Aber sie würden nie um diese Uhrzeit an der Tür auftauchen. Menschen standen nur bei einem Notfall vor dem Kaffee und dem Frühstück auf. Spock schaltete den Computer in den Wartemodus und drückte den Türöffner. »Herein.«

Meredith Lassiter trat in den Raum und wartete, bis die Tür sich hinter ihr schloß. Ihr Gesicht war so bleich wie ihr Haar. Sie sah aus, als hätte sie in den letzten zwei Tagen kein Auge zugemacht. »Ich hoffe, ich störe Sie nicht, Mr. Spock, aber es ist etwas geschehen, das mit dem Unternehmen zu tun hat. Ich versuche, so sachlich wie nur möglich zu bleiben, aber ich glaube, daß mein Wissen die Mission beeinflussen kann.«

Spock signalisierte ihr, Platz zu nehmen. Er kannte Situationen dieser Art. Er hatte Kirk mehrmals in ähnlicher Lage erlebt. Was würde der Captain wohl tun? fragte er sich. Ob er Kirk und die anderen retten konnte, hing davon ab, wie er die Menschen und zu Besuch weilenden Wissenschaftler führte. Ihre Gäste waren nicht an die Flotte und ihre Regeln gebunden; sie brauchten seinen Befehlen nicht zu gehorchen, wenn sie nicht wollten. »Fahren Sie bitte fort, Dr. Lassiter. Ich habe schon des öfteren erlebt, daß Menschen ein bemerkenswertes Talent haben, praktikable Lösungen zu finden, auch wenn nicht jeder Schritt in der Kette ihrer Überlegungen logisch war.«

Lassiter bedachte ihn mit einem schwachen Lächeln. »Ich schätze, so könnte man es ausdrücken. Eine andere Methode wäre die, Ihnen zu sagen, daß ich vom Planeten Bendilon stamme. Kennen Sie diese Kolonie?«

»Aber gewiß.« Der Planet Bendilon, den die Menschen auch ›Raumhafen‹ oder ›Traumland‹ nannten, war in der Anfangsphase der Raumfahrt besiedelt worden. Die Siedler hatten sich in ihrer Lebensweise eng an die australischen Aborigines und den indianischen Peyote-Kult angelehnt, doch kein Außenstehender hatte je erfahren, wie die Gesellschaft wirklich funktionierte. Jene, die zu Studienzwecken nach Bendilon gegangen waren, waren entweder untergetaucht und zu noch überzeugteren Bendiloniern geworden als die Einheimischen, oder sie hatten nie etwas von diesem Volk und seinen Einrichtungen gesehen. Bendilon war eine klassische akademische Fallstudie dafür, wie Beobachter beim Studium fremder Kulturen ihre Objektivität einbüßten. Zu der Frage, wie die Bendilonier einen Fremden zu einem der ihren machten, kursierten diverse Theorien. Aber Spock hatte nie professionelle Untersuchungsergebnisse gesehen, die genau und detailliert beschrieben, wie diese erstaunliche Gesellschaft funktionierte. »Ich vermute, daß es etwas mit dem zu tun hat, das Sie mir sagen wollen.«

Lassiter nickte. »Unser Volk hält viel von unterbewußter Wahrnehmung, Traumbotschaften und bestimmten Formen außersinnlicher Wahrnehmung.« Sie zuckte verlegen die Achseln. »Bei uns daheim gelte ich als leicht behindert, weil ich die Traumebene nur schwer erreiche und kaum deuten kann, was ich dort sehe und höre. Ich kann im allgemeinen eigentlich nur die stärksten Nachrichten der Schattenwelt deuten.«

Spock nickte zustimmend und ließ sie fortfahren. Wie viele Menschen, die Fremden gegenüberstanden, mußte sie erst ihre Fähigkeiten und Grenzen verdeutlichen, bevor sie mit den Ergebnissen herausrückte. Spock mahnte sich zur Geduld und wartete, daß sie zur Sache kam.

»Als wir hier ankamen, spürte ich auf der Traumebene etwas ziemlich Seltsames: Eine unglaublich alte und bösartige Kraft, die von unbeschreiblicher Kälte und unsterblichem Haß beseelt ist. Ich wollte nicht an etwas dermaßen Schreckliches glauben, das dem intelligenten Leben so feindselig gegenübersteht.«

»Verstehe. Was hat es mit unserer Mission zu tun? Ist das, was Sie spürten, das rassische Unterbewußtsein der Kh!lict? Dr. Lassiter, können Sie mir mehr über diese mentalen Ausstrahlungen sagen?«

Sie drehte eine Haarlocke um ihre Finger, führte sie

an den Mund und knabberte an den Enden herum. »Ich weiß nicht genau was es ist, aber es haßt alles und jeden.«

»Spüren Sie, wie die Kreatur aussieht oder zu welcher Spezies sie gehört?« Spock wußte nicht genau, ob ihm diese Informationen weiterhalfen, selbst wenn Lassiter sie isolieren konnte. Nach dieser langen Zeit konnte man nicht erwarten, daß der noch bestehende Rest des Kh!lict-Unterbewußten intakt oder gesund war.

»Ich bin mir keiner Einzelheiten sicher.« Sie ließ ihre Locke los und griff sofort wieder danach. Ihre Stirn lag in angestrengten Falten. »Ich weiß nur eins mit Sicherheit: daß diese Kreatur alle intelligenten Lebensformen haßt, wahrscheinlich sogar seine eigene Art.«

»Faszinierend. Können Sie sonst noch etwas spüren?«

Lassiter kaute fester auf ihrer Locke. »Die Ausstrahlung ist stärker geworden. Je länger wir hier sind, desto mehr haßt man uns.«

»Ich verstehe.« Spock studierte ihr Gesicht. Wenn er eines gelernt hatte, dann dies: wie man den Gesichtsausdruck von Menschen interpretierte. Er hatte sie nicht entspannter gesehen, seit sie und die anderen Archäologen an Bord gekommen waren. »Können Sie mir sonst noch irgend etwas sagen, Dr. Lassiter?«

Sie ließ die Hände sinken. »Ich glaube nicht, Mr. Spock. Es ist möglich, daß meiner Analyse irgend etwas entgangen ist. Aber ich kann es nicht genau sagen.«

Spock stand auf. »In diesem Fall will ich Sie nicht weiter von Ihren Pflichten abhalten. Sollten Sie weitere Informationen erhalten, bin ich daran interessiert, sie zu hören. Jede Kleinigkeit, die wir über die früheren Bewohner dieses Planeten erfahren, ist ein enormer Gewinn für unsere Untersuchungen.«

»Ich werde Ihnen alles sagen, was ich erfahre.« Sie stand auf und ging zur Tür. Kurz bevor der Türsensor sie registrierte, drehte sie sich um und verbeugte sich formell vor Spock. »Ich danke Ihnen, daß Sie mir zugehört haben.«

Ehe er antworten konnte, trat sie in den Sensorbereich und verschwand durch die sich öffnende Tür. Spock rief die Daten der Computeranalyse ab, aber sein Geist war noch damit beschäftigt, die neuen Informationen in das verzwickte Problem einzufügen, das er ohnehin schon hatte.

Spock fiel auf, daß die Brückenmannschaft verdächtig leise war, als er vom Datenlesegerät auf den Hauptschirm blickte. Der größte Kontinent von Careta IV lag direkt unter ihnen. Seine unebenen Konturen wurden von einigen Wolken und einem Sandsturm verdeckt, der über seine westliche Ecke zog. Spock hatte alle Daten eingesehen, die die *Enterprise* von Careta IV aufgezeichnet hatte, und allmählich glaubte er, den Planeten so gut zu kennen wie Vulkan.

In den späten Morgenstunden hatte er dreißig Orte isoliert, an denen wahrscheinlich wichtige Kh!lict-Artefakte verborgen waren. Er erteilte die Anweisung, die Sensoren auf die vielversprechendsten Stellen zu richten, während sich die Landeeinheiten darauf vorbereiteten, sie vor Ort zu untersuchen.

Spock war gerade im Begriff nachzusehen, was Kirk gerade tat, als die Brückentür sich öffnete. McCoy verließ den Turbolift und kam auf seine Station zu. »Ich dachte, Sie wären schon wieder unten auf dem Planeten, um Jim zu fragen, wie wir ihm helfen können.«

»Ich helfe ihm bereits.« Spock neigte den Kopf wieder über das Datenlesegerät, um McCoy zu zeigen, daß er ihn jetzt nicht gebrauchen konnte.

McCoy trat an eine Ecke der Konsole und hob eine Braue, um Spocks Lieblingsgeste zu imitieren. »Wäre es nicht besser, wenn Sie Jim einfach über die Technik der Fremden befragten? Bei der Besprechung gestern abend haben Sie doch selbst gesagt, daß er mit einem dieser seltsamen Wesen koexistiert.«

»Sie nennen sich Kh!lict, Doktor. Sie haben fraglos recht, wenn Sie sagen, daß der Captain den Körper mit einem Kh!lict teilt. Aber allem Anschein nach hat sein Wirt nur begrenztes Wissen über die Dinge, die uns am meisten bewegen. Es ist sehr beunruhigend, nicht in der Lage zu sein, Informationen über die Kh!lict und ihre Wissenschaft und Technik zu erlangen – außer aus den Träumen unserer Leute, die in diese Wesen verwandelt wurden.«

»Nun denn, ich habe alles versucht.« McCoy schüttelte ungläubig den Kopf. »Wollen Sie allen Ernstes sagen, daß Sie auf jemanden warten, der Ihnen sagt, was Sie tun sollen?«

Spock atmete heftig aus. »Im Grunde, ja. Solange wir kein Lagerhaus mit übersetzbaren schriftlichen Aufzeichnungen aufstöbern, sind wir auf die Informationen angewiesen, die unsere Leute in den Erinnerungen der Kh!lict finden.«

»Was uns wieder zu meiner ursprünglichen Frage bringt, Spock. Warum verschwenden Sie Zeit, indem Sie dem Computer blöde Fragen stellen, statt direkt mit Kirk zu reden und ihn dazu zu bewegen, die implantierten Erinnerungen abzufragen, um das Problem der Fenster zu lösen?« McCoy setzte sich halb auf die Ecke der Konsole und ließ ein Bein in der Luft baumeln.

Da Spock erkannte, daß der Arzt in absehbarer Zeit nicht verschwinden würde, schaute er abermals von seinem Lesegerät auf. »Ich glaube, ich habe Ihnen bereits erklärt, daß der Captain nur begrenztes Wissen hat, das uns helfen könnte, unseren Leuten wieder ihre alte Gestalt zu geben. Sollten Sie sich nicht lieber wieder der Frage widmen, wie wir das Kh!lict-Ernährungsproblem lösen, damit wir unsere Leute mit Nahrung versorgen können?«

»Wenn man von dem wenigen ausgeht, das Sie darüber in Erfahrung bringen konnten, habe ich eine vage Vorstellung von dem, was sie verzehren.« McCoy klopfte mit der Ferse gegen die Verkleidung der wissenschaftlichen Station. Spock fühlte sich an die pythonähnliche vulkanische Pandree erinnert, die auf diese Weise ihre Opfer in eine Sandfalle lockte. »Ich frage mich noch immer, warum Sie nicht unten sind und nachsehen, wie es Jim geht.«

Spock widerstand dem Drängen, McCoys Bein ebenso beiseite zu schlagen, wie er es mit einer angreifenden Pandree getan hätte. Er legte einen Schalter um. Drei Ansichten der planetaren Oberfläche waren auf den Bildschirmen oberhalb seiner Station zu sehen. »Wenn Sie sich umdrehen, Doktor, können Sie sehen, daß ich die Aktivitäten des Captains sehr gut beobachten kann. Im Moment ist er dabei, die anderen Kh!lict ausfindig zu machen, um sie zum Artefakt zurückzubringen.«

McCoy blickte auf die Bildschirme, war aber bei weitem nicht zufrieden. »Ich verstehe noch immer nicht, daß Sie nicht da unten sind, um ihm zu helfen.«

Statt wegen McCoys Dreistigkeit in eine allzu menschliche Reaktion zu verfallen, aktivierte Spock einen vierten Bildschirm. Er zeigte eine Nahaufnahme von Kirks Wirt, der festen Schrittes durch das trockene Gras marschierte. »Angesichts der Xenophobie der Kh!lict kann ich mir kaum vorstellen, daß der Captain unsere Hilfe braucht – oder gar wünscht. Meine Interpretation dessen, was er mir erzählt hat, Doktor, besagt, daß er eine größere Chance hat, diese Aufgabe durchzuführen, wenn wir ihn nicht durch unsere Anwesenheit behindern.«

»Verzeihen Sie der Dummheit eines alten Landarztes, Spock, aber warum wollen Sie diese Kreaturen an einem Ort versammeln?« McCoys Südstaatenakzent war bei ›alter Landarzt‹ hörbar deutlicher geworden. »Wenn wir wollen, können wir sie doch an einen Ort beamen. Oder nicht?«

Spock hob eine Braue. »Haben Sie vergessen, was passiert ist, als wir es versucht haben, Doktor? Die Kh!lict sind in dieser Hinsicht fanatisch. Sie halten sich für die einzige intelligente Rasse im Universum. Wenn sie mit unserer Technik konfrontiert sind, werden sie hysterisch. Nur die stärksten Individuen sind in der Lage, unsere Präsenz zu akzeptieren. Selbst der Captain kann die in das Kh!lict-Hirn programmierten Angstzustände nicht ständig unter Kontrolle halten.«

»Sie wollen mir allen Ernstes einreden, daß Jim nicht mit uns reden will?« McCoys Stimme paßte nicht zu seiner entspannten Haltung. Dies war ein Zeichen dafür, daß er nun lieber dazu übergehen wollte, den üblichen Streit anzuzetteln, statt sich auf eine Diskussion einzulassen. Spock vermutete, daß McCoys Forschung nicht so gut voranging, wie er es gern gehabt hätte. »Ich muß allerdings zugeben, daß die Beendigung dieses Themas ein Schritt in die richtige Richtung ist.«

Unbeteiligt neigte Spock den Kopf wieder über das Lesegerät. »Ich bin mir der Grundlagen Ihrer Analyse nicht sicher, Doktor. Allerdings muß auch ich zugeben, daß ich nicht mit allen Seiten des menschlichen Irrationalismus vertraut bin. Wir haben jedoch über die Kh!lict geredet. Sie sagten, Sie wissen, was diese Wesen zu sich nehmen?«

»Natürlich nicht.« McCoy blickte finster drein. »Ich habe nur eine vage Ahnung, die uns vielleicht auch nicht weiter bringt. Nachdem ich mehrere Testreihen in den Computer eingegeben hatte, bekam ich nur unzuverlässige Daten. Schließlich kam ich zu dem Ergebnis, daß sie Fleischfresser sind, die ihre Nahrung in flüssiger oder halbflüssiger Form zu sich nehmen.« Ein neckisches Grinsen lief über McCoys Gesicht. »Ich kann Sie gern mit Daten über ihre Tischsitten versorgen, wenn Sie wollen.«

»Nein, danke«, murmelte Spock. Ihm gefiel die Vorstellung nicht zu überleben, indem man andere Kreaturen tötete. »Im Moment bin ich mehr daran interessiert, die fünf Kh!lict an einer Stelle zu sehen. Wenn wir erfahren haben, wie man ihnen ihre ursprüngliche Gestalt zurückgeben kann, werden wir es tun und so schnell wie möglich aus diesem System verschwinden.«

»Tja, dafür ist es allerhöchste Zeit!« McCoy wechselte die Position. Zu Spocks Erleichterung war er nicht mehr darauf aus, ihm das Leben schwer zu machen. »Das ist die erste intelligente Entscheidung, seit wir diesen verwünschten Planeten betreten haben.«

Spock hob eine Braue. »Ich bezweifle zwar, daß es die *erste* intelligente Entscheidung war, aber es ist ziemlich offensichtlich, daß wir nicht dazu ausgerüstet sind, diesen Planeten zu erforschen. Es widerspricht der Logik, noch mehr Menschenleben bei einer Mission zu riskieren, die größere Kenntnis im Umgang mit fremder Technik erfordert als die, die wir auf der *Enterprise* haben.«

McCoys Stiefel trafen mit einem Echos werfenden Klatschen auf den Boden. Er stellte sich auf die Zehenspitzen und beugte sich über Spocks Arbeitsplatz. »Ich dachte, wenn Sie und Scotty ein Team bilden, müßte Ihnen alles möglich sein.«

Spock legte den Kopf auf die Seite und musterte das Gesicht des Arztes. Wenn McCoy grundlos so weit vorpreschte, mußte er etwas im Hinterkopf haben. Waren die Ergebnisse der Kh!lict-Untersuchung für Menschen so verwirrend, oder kamen seine Forschungen so schlecht voran? »Es stimmt, Doktor. Mr. Scott und ich sind fähig, die meisten Probleme zu lösen. Allerdings gibt es in der gesamten Föderation vielleicht nur vier Personen, die in der Lage sind, die Geheimnisse dieser Technik zu entschlüsseln. Ich würde mich geehrt fühlen, Ihnen dabei assistieren zu dürfen, aber leider reichen meine diesbezüglichen Kenntnisse bei weitem nicht aus. Es sei denn, Ihre biologischen Untersuchungen versorgen uns mit dem Schlüssel für diese Geschöpfe.«

Während Spock redete, spiegelte McCoys Gesichtsausdruck sowohl den Triumph über Spocks Geständnis, nicht alles zu können, als auch die Bestürzung, daß es eventuell keine Möglichkeit gab, Kirk zu retten. Doch als Spock behauptete, seine biologischen Daten könnten möglicherweise des Rätsels Lösung in die Wege leiten, verschwanden alle Emotionen aus seinem Gesicht. »Haben Sie den Verstand verloren? Wollen Sie mir allen Ernstes erzählen, Sie könnten Informationen über ihre *Technik* aus ihrer Physiologie herauslesen? Sie sollten lieber runtergehen und sich von Jim wieder Verstand in Ihren Dickschädel reden lassen.«

»Doktor, ich sehe keinen Grund für eine Fortsetzung dieser Diskussion. Sie haben Ihre Methoden, ich habe die meinen. Ich schlage vor, daß Sie sich wieder um Ihre Untersuchungen kümmern und dabei etwas präziser vorgehen.« Als er sich wieder dem Lesegerät zuwandte, erregte ein Flimmern auf einem Bildschirm seine Aufmerksamkeit. Es war der, der Kirks Aktivitäten zeigte.

Kirk lag auf dem Rücken und rutschte einen Abhang hinunter. Er setzte seinen Panzer wie einen Schlitten ein. Seine Beine ruderten durch die Luft und bemühten sich, die Kontrolle über seinen Körper zu erlangen. Er zog eine Wolke aus rosafarbenem Staub hinter sich her, der sich in der Luft verteilte. Während sie den schlitternden Kirk beobachteten, wurden seine Bewegungen schneller. Sein Panzer schoß über das trockene Gras. »Oh, mein Gott«, murmelte McCoy, der sich gerade vorstellte, wie hart er aufschlagen würde, wenn er ans Ende des Abhangs kam.

15

Kirk verspürte zunehmende Erregung, als er sich der weiblichen Kh!lict näherte. Seine Beine streckten sich, um höchstmögliche Geschwindigkeit zu erzielen. Die Gedanken seines Wirts waren so klar und intensiv, daß er ihnen folgen konnte, ohne sich besonders anzustrengen: Er näherte sich der schönsten, erregendsten und anmutigsten Kh!lict, die er in seinem kurzen Leben gesehen hatte. Es war eine Ehre für ihn, sich an ein solch liebliches Wesen zu verlieren. Wenn er seine Sache gut machte, erhielt er das Privileg, Vater ihrer weiteren Würfe zu werden und bei ihr zu bleiben, bis die Veränderung ihn überkam.

Der Gedankengang des Kh!lict war so intensiv, daß eine Reihe klarer, leicht verständlicher Gedanken Kirks Verstand überflutete und ihm Einblick ins Liebesleben dieser Rasse gaben. Mit zunehmender Angst beobachtete er die Gefühle, das Verlangen und die programmierten Reaktionen seines Wirts und bemühte sich herauszufinden, was er falsch verstanden hatte. Er mußte irgendwo einen Fehler gemacht haben. Keine der Föderation bekannte intelligente Rasse wies eine dermaßen bizarre und veränderliche Biologie auf.

Der Kh!lict-Instinkt ließ ihn noch schneller laufen und brachte seinen Körper an die Leistungsgrenze. Die kalte, trockene Luft entzog seiner Kiemenmembran sämtliche Feuchtigkeitsmoleküle und trocknete die Filter fast bis zur Lunge aus. Der Körper bemühte sich weiterhin, schneller zu werden, obwohl der Boden uneben und von vielen Steinen übersät war. Kirks Vermutung schien also zu stimmen. Nichts anderes konnte die Intensität und den Drang erklären, die weibliche Kh!lict zu erreichen.

Eine Erschütterung, die von den Nerven des Kh!lict-Körpers ausging, riß Kirk aus den Gedanken. Er verlor das Gleichgewicht und machte einen Versuch, die Balance wieder herzustellen. Aber es war zu spät. Er geriet ins Trudeln und stolperte. Kirk wollte sich abermals fangen, aber er konnte sich nicht halten. Er strauchelte und fiel auf die Seite. Der Schwung riß ihn herum und warf ihn auf den Rücken. Er rutschte auf seinem Panzer den Abhang hinab, nahm immer mehr Geschwindigkeit auf und glitt über das trockene Gras.

Fetzen und Bruchteile von Bildern einer fremden Landschaft drangen auf Chekovs Bewußtsein ein. Wie er hierherkam, wo er war – oder die einfachere Frage: was er in dieser öden, ihm unvertrauten Landschaft suchte: all dies schien seinen Horizont zu übersteigen. Ihm war, als hätte man ihn betäubt und dazu verdammt, ziellos auf einem fremden Planeten umherzuwandern.

Als er das andere Lebewesen getroffen hatte, war er unglaublich erleichtert gewesen, denn es bedeutete, daß er nicht allein auf dieser desolaten Welt war. Noch mehr hatte es ihn erleichtert, von der Nahrung, der Unterkunft und den anderen seiner Art hinter den Hügeln zu erfahren. Er folgte den Anweisungen der Ältesten und ging den Weg zurück, den er gekommen war. Er spürte schon die Schwäche seines Körpers. Er war wacklig auf den Beinen, ihn verlangte nach Nahrung. Und es war bestimmt schön, andere seiner Art zu treffen, sich mit ihnen zu verständigen und Bilder ihrer Erfahrungen und Erlebnisse auszutauschen.

Er glaubte nicht, daß er sehr weit gewandert war, denn die Älteste hatte gesagt, die Nahrung und die anderen seien in der Nähe. Doch die Zeit verstrich, ohne daß er den Eindruck bekam, dem Ziel näher gekommen zu sein. Obwohl er sich mit der letzten Kraft seiner Zangen über die Hügel voranschleppte. Es war wohl länger her, daß er gejagt hatte, als er annahm. Er war davon ausgegangen, sein Sonnenaufgangs-*Nanthken* gestern verzehrt zu haben – oder war es vorgestern gewesen?

Als er darüber nachdachte, fiel ihm auf, daß er sich nicht an die letzte Mahlzeit erinnern konnte. Normalerweise hätte er es sofort wissen müssen: die Farbe des *Nanthken*-Fells und wie lange es gedauert hätte, die Beute zu jagen und zu fangen. Das Ritual, das er im Zusammenhang mit der Mahlzeit abgehalten hatte. Wenn er schon solche Dinge vergaß, würde er bald alles verlieren, was sein Leben ausmachte und ihm einen Sinn gab. Plötzlich wußte er gar nichts mehr genau.

Als der Durchgangsrahmen am Horizont auftauchte, wäre er beinahe wieder umgekehrt. Die Älteste hatte gesagt, hier gebe es Nahrung, und auch die anderen würden hier sein. Aber selbst ein Dummkopf hätte wissen müssen, daß niemand in der Nähe von Durchgangsrahmen Nahrung lagerte. In früheren Zeiten waren Diebe aus konkurrierenden Kohorten durch die Rahmen getreten, hatten sich den Proviant schnell geschnappt und dann das Weite gesucht. In besonders mageren Jahren hatten die Kohortenjüngsten Opfer bringen und dem Matriarchat als Nahrung dienen müssen. Selbst in der aufgeklärteren Zeit der Gegenwart waren die uralten Bräuche noch gültig. Nahrungsstätten lagen immer in angemessener Entfernung von den Rahmen.

Aber vielleicht, dachte er, als er sich dem schwarzen Objekt näherte, hat die Älteste gemeint, die Nahrungsquelle liegt hinter dem Durchgangsrahmen. Ihre Anweisungen waren ungenau und verwirrend. Andererseits war er momentan nicht in bester Verfassung. Seine Denkprozesse waren immer gehemmt und langsam, wenn er längere Zeit nichts aß.

Anfangs sah er nicht einmal die unbekannten Wesen, die sich rund um den Durchgangsrahmen aufhielten. In diesem öden Gebiet hatte er außer einigen *Nanthken* und den Überlebenden seiner Forschungsgruppe kein anderes Leben erwartet. Die einzige Erklärung dafür, daß er sich an einem solch öden Ort befand, konnte nur sein, daß er Angehöriger einer Forschungsgruppe war, die man ausgesandt hatte, um neue Welten zu erforschen. Die Katastrophe mußte passiert sein, als sie mitten im Transit gewesen waren. Er wußte zwar nicht, was schiefgegangen war, aber irgend etwas war passiert, hatte ihre Gruppe gespalten und ihre Nahrungsquellen zerstört. Die Älteste hatte gewiß versucht, ihm dies mitzuteilen, aber nach dem Unfall waren sie beide zu verstört gewesen.

Der nächste Blick auf die seltsamen Tiere ließ ihn auf der Stelle stehenbleiben. Noch nie zuvor hatte sein Volk von einer Lebensform berichtet, die so deformiert und ekelhaft war wie diese. Sie liefen auf zwei Beinen herum, wie die baumbewohnenden Obstfänger in den tropischen Wäldern der Heimatwelt, aber damit hörte die Ähnlichkeit auch schon auf. Die standen auf dem flachen Land, und es sah so aus, als suchten sie ebenfalls nach Beute. Natürlich konnte nichts, das auf so wenigen Beinen lief und dessen Augen starr an der Front befestigt waren, so gut jagen wie das mächtige Volk der Kh!lict.

Er musterte das Getier und fragte sich, ob sie die Nahrung waren, von der die Älteste berichtet hatte. Als sein Kh!lict-Verstand darüber nachdachte, kam er zu dem Schluß, daß der Geist der Ältesten schlimmer mitgenommen sein mußte als sein eigener.

Dies ließ ihm nur zwei Wahlmöglichkeiten. Entweder befand sich die Nahrung hinter dem Durchgangsrahmen, oder man mußte ihn durchqueren, um sie zu erreichen. Beide Möglichkeiten bedeuteten, daß er an dem deformierten Getier vorbeigehen mußte. Sein Körper wehrte sich zwar dagegen, sich in ihre Nähe zu begeben, aber am Ende siegte sein Hunger. Er brauchte Nahrung, und zwar so schnell wie möglich, bevor der Hunger sein Hirn noch mehr vernebelte und ihn unfähig machte, einen Plan auszuführen.

Nachdem er diesen Entschluß gefaßt hatte, brachte er seine wackligen Beine wieder unter Kontrolle. Er ging voran und gewann an Geschwindigkeit. Durch den Rahmen zu gehen, erschien ihm als beste Möglichkeit. Es war kein Hauptrahmen. Also gab es in dieser Gegend auch keine größeren Nahrungslager. Außerdem würde die Durchquerung des Rahmens genügend Distanz zwischen ihn und die merkwürdigen Tiere bringen und ihm Gelegenheit geben, in Erfahrung zu bringen, was mit ihm und seinen Leuten geschehen war und worin ihre Aufgabe auf diesem Planeten bestand.

Als er auf den Durchgangsrahmen zuging, stießen einige der fremden Wesen Laute aus und bewegten sich auf ihn zu. Bei jedem Schritt, den die eigenartigen Kreaturen machten, sah es so aus, als würden sie gleich hinfallen. Wie konnte nur etwas überleben, das sich nicht anständig bewegen konnte und so abscheulich aussah? Chekov lief schneller. Er streckte die Beine so weit wie einst die Eilboten der fernen Vergangenheit. Wenn das Getier keine Nahrung darstellte, hatte er kein Interesse an ihm. Er mußte das Nahrungslager erreichen und seine Energiereserven wieder auffrischen.

Er war fast am Durchgangsrahmen angelangt, als zwei der Wesen ihm den Weg verbauten. Selbst wenn Chekov es gewollt hätte – er hätte nicht mehr anhalten können. Er lief auf das größere Wesen zu und überrannte dessen weichen, deformierten Leib. Sein Panzer berührte das zweite Wesen und schleuderte es in Richtung Durchgangsrahmen. Chekov hastete durch das Portal, ohne darauf zu achten, was hinter ihm geschah.

Als Kirk aufhörte, sich Gedanken über seine Situation zu machen, stellte er fest, das es gar nicht so schlecht war, den Abhang auf dem Rücken hinunterzurutschen. Es erinnerte ihn an die Schlittenfahrten, die er als Junge oft gemacht hatte. Allerdings brauchte er sich diesmal keine Sorgen zu machen, daß er gegen irgend etwas knallte. Der Panzer würde ihn vor allem schützen. Nur eins machte ihm Sorgen: Was passierte, wenn er das Ende des Abhangs erreichte?

Er streckte versuchsweise ein Bein aus, um zu sehen, was geschah. Sein Körper schlingerte leicht, aber der Kurs wurde nicht beeinträchtigt. Als er auf den Rücken gefallen und den Hügel hinabgerutscht war, hatte sein Kopf bergauf gezeigt. Deswegen konnte er nicht sehen, was vor ihm lag. Wenn er sich etwas anstrengte, gelang es ihm vielleicht, den Kopf nach vorn zu drehen. Aber er wußte nicht genau, ob dies eine gute Idee war. In seiner momentanen Lage konnte er zwar nicht sehen, wohin er schlitterte, aber das Risiko, mit dem Kopf gegen irgend etwas zu knallen, wenn er unten ankam, wollte er auch nicht eingehen. So lange Spock keinen Weg gefunden hatte, ihm seine menschliche Gestalt zurückzugeben, war er auf alle Fähigkeiten des Kh!lict-Körpers angewiesen. Außerdem wußte er nicht, ob Verletzungen, die er sich als Kh!lict zuzog, Auswirkungen auf die Rückverwandlung hatten. Er durfte dem Körper auf keinen Fall Schaden zufügen, wenn er seine menschliche Form zurückerlangen wollte.

Der Abhang flachte leicht ab, und ein kurzer Anflug von Erleichterung durchzuckte Kirk. Dann fragte er sich erneut, was noch vor ihm lag. Wenn sein Glück anhielt, mußte die Verflachung ihn bremsen, bevor er mit irgend etwas kollidierte. Als die Rutschpartie sich allmählich verlangsamte, wurde ihm klar, daß ihn nur eins vor dieser Situation hätte bewahren können: Er hätte den Sexualtrieb des Kh!lict steuern müssen. Nachdem sein menschlicher Verstand in die Motorik des Wesens eingegriffen hatte, hatte er nur das bekommen, was ihm zustand.

Er kollidierte mit einem kleinen Kieselhaufen und drehte sich langsam um die eigene Achse, konnte aber nicht anhalten. Als die Landschaft weiter an ihm vorbeiflog, hoffte er, daß die Reibung ihn abbremsen würde. So lauteten zwar die Gesetze der Physik, aber er war nicht sonderlich erbaut davon. Er bewegte sich schnurstracks auf ein ausgetrocknetes Bachbett zu, das mit Kieseln und kleinen Felsen angefüllt war. Es bedurfte keiner großen Vorstellungskraft, sich auszumalen, was passierte, wenn er auf die Steine klatschte. Er würde abprallen – wie ein Raumschiff in einem Ionensturm.

Kirk strengte sein Gehirn an und suchte nach einer Möglichkeit anzuhalten, aber in seiner Rückenlage hatte er keine Mittel, um sich irgendwo an den sich schnell unter ihm her bewegenden Boden zu krallen. Zwar wurde er aufgrund der Hügelabflachung und des Wirbelns gebremst, aber er schlug dennoch fester auf die Steine im Flußbett auf, als ihm lieb war. Das vom Wasser geformte Gestein spritzte unter ihm durch die Gegend. Er flog gegen einige Findlinge und prallte ab. Die Aufschläge warfen rollende Echos durch das Tal.

Aber es bremst meine Geschwindigkeit, redete Kirk sich ein. *Wirklich. Physikbücher lügen doch nicht.* Trotzdem fiel es ihm schwer, dies zu glauben, speziell dann, als die Kollisionen ihm die Illusion vermittelten, er beschleunige noch mehr. Er sehnte sich nach einem großen Stein, der seine Geschwindigkeit bremste, bevor er unten war. Kurz darauf stellte er fest, daß er vorsichtiger in der Wahl seiner Wünsche hätte sein sollen.

Ein großer Steinhaufen mit scharfen Basaltspitzen kam auf ihn zu. Ohne Kontrolle über seine Bewegungen zu haben, krachte Kirk gegen den harten Fels, flog durch die Luft und wurde herumgedreht. Er schlug in dem fast trockenen Flußbett auf, ein Bein unter seinem Körper, zwei andere in unnatürlichen Winkeln abgespreizt.

Die brutale Landung desorientierte ihn. Anfangs war er nicht in der Lage festzustellen, wo er sich befand und wie er hier hingekommen war. Als die Schleier sich lüfteten, empfand er Schmerzen am ganzen Körper. Der starke Kh!lict-Panzer hatte zwar die meisten harten Aufschläge gedämpft, aber einige hatten doch zu inneren Schwellungen geführt. Kirk fragte sich, wie sehr es wohl schmerzte, wenn die Schwellungen erst gegen den Panzer drückten.

Es war jedenfalls zu spät, sich Gedanken darüber zu machen, wie er diesem Unfall hätte entgehen können. Er konnte nur eins tun: Er mußte in Bewegung bleiben und hoffen, daß die kalte Luft sich der Schwellungen annahm. In einem Versuch, sich fortzubewegen, streckte er alle Beine aus, um festzustellen, ob sie verletzt waren. Zu seiner Erleichterung schien er sich nichts gebrochen zu haben, aber einige mittlere Gelenke fühlten sich geschwollen und steif an.

Er hievte sich auf die Höhe seiner Zangen und prüfte jede einzelne auf Versteifungen. Zuerst war er etwas wacklig, aber nach den ersten Schritten schwand die Unsicherheit allmählich, und die Landschaft schien sich wieder zu normalisieren. Er stolperte das Flußufer hoch, bis er einen Weg ins Freie fand.

Der Weg war nicht schwierig, aber er verlangte mehr von ihm, als er geglaubt hatte. Der Kh!lict-Körper erreichte nun allmählich die Grenzen seiner Belastbarkeit. Er mußte die anderen Transformierten rasch finden und dafür sorgen, daß er schnell etwas zu essen und einen Platz zum Schlafen fand. Nach einer Stunde Kletterei war er wieder an der Stelle, an der das Unglück seinen Lauf genommen und die Rutschpartie begonnen hatte. Er fragte sich, wie sein nächster Schritt aussehen mußte. Doch dies erledigte die Kh!lict-Physiologie für ihn. Eine Brise kitzelte seine Kiemen und trug einen dunklen und geheimnisvollen Geruch heran. Seine Instinkte nahmen ihn auf, und er bewegte sich pfeilschnell in Richtung des weiblichen Kh!lict.

Die Geschwindigkeit ließ Chekov aus dem Gleichgewicht geraten, so daß er beim Eintritt in den Durchgangsrahmen stolperte. Es war ein rauher Transit, der sich anfühlte, als hätten die Instandhaltungsmechaniker den Rahmen nicht ordnungsgemäß gewartet. Er brauchte einige Zeit, um seine Glieder wieder unter Kontrolle zu bringen. Er hielt Ausschau nach dem Basislager und der Nahrung, die hier auf ihn warten sollte, aber so weit das Auge reichte, erstreckte sich nur ödes, rostfarbenes Land. Plötzlich, als hätte jemand den Nebel vor seinem Gehirn fortgeblasen, wußte er, wo er sich befand. Noch bevor er sich umgedreht hatte, zeigte ihm sein Geist die Schlucht und den schmalen Pfad, der die Felswand durchschnitt. Auf halber Strecke nach unten, gut versteckt vor feindlichen Angriffen, lagen die Höhlen und die Stadt, die diese Welt beherrschte. Dahinter, am Boden der Schlucht, vor jeder Verwüstung sicher, befanden sich die Ställe mit den schmackhaftesten und dicksten *Nanthken,* in die je ein Kh!lict den Rüssel versenkt hatte. Eine große Katastrophe mußte passiert sein, wenn das Land sich in eine so trostlose Wüste verwandelt hatte.

Er drehte sich um, angezogen von dem Gedanken an das Festmahl, das sein Bewußtsein imaginierte. Er war so abgelenkt, daß er den zweiten Kh!lict nicht bemerkte, der aus dem Durchgangsrahmen kam. Und warum auch. Die Etikette verlangte schließlich, daß man eine Weile wartete, bevor man jemandem folgte. Der andere war offenbar auf einen Statuskampf aus. Wenn es so war, war Chekov nicht abgeneigt, es mit ihm aufzunehmen.

Der andere Kh!lict flog mit hoher Geschwindigkeit aus dem Durchgangsrahmen, stieß gegen Chekovs Flanke und warf ihn halb um. Chekov wankte, blieb aber auf den Beinen. Er wandte sich um und musterte die Bedrohung. Die Zangen seines zweiten Beinpaars klackten, und als er nach unten blickte, sah er, daß sie mit spitzen Widerhaken versehen waren, die einen Panzer durchaus durchdringen konnten, wenn man fest genug zustieß. Auch die anderen Zangen waren mit Widerhaken ausgerüstet, jedoch waren sie weniger kräftig.

Sein Gegner griff an. Sein Panzer strahlte chaotische Rot- und Schwarztöne aus, die auch sämtliche anderen Farben des Spektrums enthielten. Chekov erkannte die Wut und Desorientierung des anderen, doch die meisten Farbmuster, die sein Panzer zeigte, hatten nicht die geringste Bedeutung. Der andere war geistesgestört, er litt an angeborenem Irrsinn. Deswegen mußte er vernichtet werden, bevor es ihm gelang, ein Weibchen zu befruchten und sein defektes Erbmaterial weiterzugeben. Oder – noch schlimmer – bevor er nach dem Zeugungspensum bei der Veränderung zu einem jener Weibchen wurde, die die Welt beherrschten. Chekovs Pflicht war klar: Er mußte den anderen eliminieren, bevor er seine Defekte an andere weitervererbte.

Der andere Kh!lict zielte mit einer Zange auf Chekovs Augen, um ihn zu blenden. Chekov konnte nicht glauben, das jemand eine so billige Taktik wählte, auch wenn er verrückt war. Er ließ seine zweite Zange rotieren und versuchte die Stelle in der Nähe des Mauls seines Gegners zu treffen, an der die Verbindung zwischen den oberen und unteren Panzerplatten am dünnsten war. Er spürte zwar, daß er den anderen an seiner empfindlichen Stelle getroffen hatte, aber der Schlag war zu schwach ausgefallen, um den Gegner schwer zu verletzen. Der andere wich zurück. Dabei versuchte er sich an losem Geröll festzukrallen.

Chekov beschloß, den Bewegungen seines Gegners zu folgen. Der andere sandte noch immer haßerfüllte Rot- und Schwarztöne aus, doch diesmal waren sie mit etwas anderem vermischt. Die Farben blinkten zu schnell auf, als daß er Zeit gehabt hätte, sie zu deuten. Sein Gegner war stark, stärker als angenommen. Er bedurfte seines ganzen Könnens, eine Stelle zu finden, die er angreifen konnte.

Die nächsten drei Attacken fielen so vorhersehbar aus wie die erste. Chekov fragte sich, ob sein Gegner so dumm war, daß er immer die gleiche Taktik anwandte. Selbst der Dümmste mußte wissen, daß er irgendwann durchschaubar wurde, wenn er immer die gleiche Strategie anwandte. Und vor allem dann, wenn die Strategie schon beim ersten Mal nicht funktioniert hatte. Für den Fall, daß der andere ihn nur in eine Falle locken wollte, variierte Chekov seine Taktik. Er wich zur Seite aus und griff seine Beine an, um ihn auf den Rücken zu werfen. Er glaubte zwar nicht, daß diese Attacke etwas gegen einen stärkeren und größeren Gegner ausrichten könnte, aber zumindest trug sie dazu bei, seine eigene Taktik zu verschleiern.

Als sein Gegner den fünften Angriff startete, erkannte Chekov, daß er sich nicht von den vorhergehenden unterscheiden würde. Er war bereit. Als der andere Kh!lict auf ihn zukam, sprang er zur Seite, aus der Bahn des anderen. Sein Gegner geriet ins Trudeln, als er das Ausweichmanöver nachvollziehen wollte. Chekov bohrte die Zangen seines zweiten Beinpaares tief in den Panzer des anderen. Das Chitin brach mit ohrenbetäubendem Lärm.

Sein Schwung ließ den gegnerischen Kh!lict nach vorn stürzen, was dazu führte, daß Chekovs Widerhaken seinen Panzer mit einem knackenden Geräusch aufrissen. Eine blau-lila Flüssigkeit floß aus der Rißwunde und besudelte seine Zange, den Boden und den Körper des sterbenden Kh!lict. Der Instinkt gewann wieder die Kontrolle über Chekov. Er stellte sich hin, sein Panzer zeigte ein Kaleidoskop aus lila- und orangefarbenen Tönen. Sein Rüssel fuhr zwischen den Zangen hervor, bohrte sich feuchtglänzend in den aufgerissenen Panzer seines Gegners und saugte gierig sein warmes, süßes Blut auf.

16

Man beamte die verletzte Bordwache aufs Schiff und brachte sie schnellstens ins Lazarett. Der Mann blutete aus mehreren großen Wunden, die die Zangen verursacht hatten. An zwei Stellen hatten sie besonders fest zugeschlagen: an der Schulter und am Bein. Außerdem hatte er Wunden an beiden Armen. McCoy, der über diese Verletzungen nur den Kopf schütteln konnte, lehnte Spocks Forderung ab, den Verletzten vorher zu befragen. Nur mit vorläufigen Ergebnissen versehen, machte Spock sich wieder auf den Weg zur Brücke, um nach der Wache zu suchen, die dem Kh!lict in das Artefakt gefolgt war.

Die Sensoren, die sich an den Stellen befanden, die er an diesem Morgen überprüft hatte, zeigten nichts Neues, vor allem keinerlei Anzeichen dafür, daß in letzter Zeit Menschen oder Kh!lict vorbeigekommen waren. Dies bedeutete, daß der Kh!lict und die Bordwache anderswo materialisiert waren. Zumindest hoffte Spock dies, auch wenn er nie zugeben würde, daß ihm irrationale Impulse wie Hoffnung überhaupt bekannt waren. Passende Suchmuster konnten die beiden schneller aufspüren als alle Hoffnung des Universums.

Er brauchte fünfzehn Minuten, um sich durch die orbitalen Scanneraufzeichnungen der *Enterprise* zu arbeiten. Der Kh!lict war auf der anderen Seite des Planeten materialisiert, in einer Gegend, in der es keinen Beweis für die Existenz von Durchgangsrahmen oder Ruinen gab. Als die Scanner der *Enterprise* das Gebiet heranzoomten, war der Kampf der beiden Kh!lict schon beendet, und der kleinere proklamierte seinen Triumph über das viel größere Opfer.

Spock war sich ziemlich sicher, daß das Siegesritual des Kh!lict, sein Kannibalismus und das systematische Zerlegen seines Opfers viele Diskussionsstunden füllen würde. Aber jetzt hatten sie ein ernsthafteres Problem. Auch wenn sich beide Wesen so *verhielten,* als seien sie Fremdlinge, waren sie doch in fremden Körpern gefangene Menschen. Der physische Tod eines Kh!lict bedeutete auch den Tod des in ihm Gefangenen, selbst wenn sein Geist keinerlei Kontrolle über den Körper ausübte. Die ethischen und moralischen Implikationen des Falles waren erschütternd. Sie paßten in keinen legalen Rahmen.

»Im Einsatz gefallen«, würde im Logbuch stehen – ohne die Hintergründe dessen, was wirklich passiert war, zu nennen. Spock hoffte, daß derjenige, der damit zu tun hatte, es dabei beließ. Wenn jemand tiefer grub, wurde es nicht nur für das Besatzungsmitglied schwieriger, sondern auch für die Hinterbliebenen des Getöteten.

Der einzige Vorteil an der Sache war, daß sie nun über eine weitere Kh!lict-Leiche verfügten, die sie studieren konnten. Den Scannerdaten zufolge schloß Spock, daß es sich bei dem Opfer um die Bordwache handelte, die in das Artefakt gestoßen worden war. Als der Sieger sich davonmachte, befahl Spock, den Leichnam zur Untersuchung ins Lazarett zu beamen. Wenn der Mann schon hatte sterben müssen, konnte er nur hoffen, daraus so viele Informationen wie möglich zu gewinnen. Vielleicht lieferten sie ihm Einsichten, die verhindern konnten, daß die Transformierten sich gegenseitig umbrachten.

»Haben Sie den Verstand verloren, Spock?« brüllte McCoy durch das Interkom. »Sie wollen, daß ich einen Krebs seziere und Ihnen anschließend *sage,* um wen es sich handelt? Glauben Sie, an seinem Panzer hängt eine

Hundemarke? Ich bin Arzt, kein Meeresbiologe. Ich habe nicht die geringste Ahnung, wonach ich suchen soll. Meeresgetier ist auch nicht gerade mein Steckenpferd.«

»Dessen bin ich mir bewußt, Doktor.« Spock hörte, daß der Arzt tief Luft holte, um seine Attacke fortzusetzen, doch der Vulkanier kam ihm zuvor. »Sieben Personen, darunter auch der Captain, sind in diese Wesen verwandelt worden. Zwei sind bereits tot. Wir brauchen alle Informationen, die uns der Kadaver geben kann, um seine Identität festzustellen. Ich kann Ihnen Hilfe aus der Biologieabteilung zuteilen, wenn Sie es wünschen. Ich bin mir sicher, Lieutenant Jylor oder Fähnrich Bovray sind entzückt, wenn sie Ihnen assistieren dürfen.«

»Dessen bin ich mir sicher.« McCoys Stimme klang hart und säuerlich. »Tun Sie mir bloß keinen Gefallen, Spock. McCoy, Ende.«

Tun Sie mir bloß keinen Gefallen. Die Worte hallten in Spocks Gedanken wider. Sie untermalten die Schwierigkeiten, die sie auf Careta IV angetroffen hatten. Auch wenn er es als intellektuelle Herausforderung empfand, etwas über neue Rassen und Planeten zu erfahren – er wünschte sich, sie hätten nie von Careta IV und den Kh!lict gehört.

Nachdem McCoy sich abgemeldet hatte, machte Spock sich daran, weitere Artefakte zu suchen. Nach dem Auftauchen des Transportfensters, das sie am Anfang nicht gemessen hatten, erforderte die Untersuchung größere Aufmerksamkeit. Er mußte herausfinden, anhand welcher Kriterien man Kh!lict-Artefakte erkennen und lokalisieren konnte.

Nachdem ihre Mission schon zwei Todesopfer gefordert hatte, wollte er jeden Informationsfetzen, den es zu finden gab, so schnell wie möglich aufspüren. Die Artefakte waren gefährlich, und die größte Gefahr bestand in seinem geringen Wissen über ihren Zweck und ihre Funktion. Ohne Wissen war er nicht in der Lage, den Vorgang rückgängig zu machen oder andere daran zu hindern, Opfer der Fenster zu werden, die sie in Wesen verwandelten, deren Verhaltensweisen verwirrender war als ihre Technik.

Nach einer halben Stunde nahm Spock eine Bewegung auf dem Monitor wahr. Die meisten Aufnahmekameras zeigten Szenen jener Kh!lict, die sich in der Nähe des zweiten Artefakts einen Weg durch die öde, trockene Landschaft bahnten. Kirk eilte hinter dem größten Kh!lict her, als gäbe es nichts Wichtigeres in seinem Leben. Doch das, was Spocks Aufmerksamkeit erregte, war eine andere Szene, in der ein kleiner Kh!lict sich anschickte, eine Klippe hinabzusteigen.

Er stellte die Datenabfrage auf Wartestellung, erweiterte den Sensorstrahl und identifizierte den Kämpfer, der den Kh!lict getötet hatte, den McCoy gerade sezierte. Er spulte das Band zurück, startete es erneut und schaute sich an, wie der kleine Fremdling das Artefakt umkreiste und dann am Rand einer tiefen Schlucht entlangwanderte. Seine Bewegungen wirkten zielgerichtet, als suche er etwas.

Zehn Minuten später hatte er offenbar gefunden, was er suchte. Mit vorsichtigen Schritten machte er sich daran, einen losen Geröllhaufen und die tückische Oberfläche eines uralten Erdrutsches zu überqueren. Auf der anderen Seite des unwegsamen Geländes war ein Weg nach unten in die Wand der Schlucht geschlagen, dem der kleine Kh!lict nun folgte. Seine Bewegungen waren aufgeregt und ruckartig, als könne er irgend etwas kaum noch erwarten.

Spock befahl der Kamera, ihm die ganze Wand zu zeigen, und suchte die zwei Kilometer hohe Felswand genau ab. Aus der Ferne wirkte die scharfe, in die Wand geschnittene Linie künstlich. An vielen Stellen hatte die Erosion große Gesteins- und Trümmermassen auf den Pfad geworfen, an anderen war das Gestein einfach abgeschliffen.

Der tückisch aussehende Pfad und der kleine Kh!lict, der offenbar etwas suchte, ließen Spock schlußfolgern, daß sich in der Nähe eine größere Anlage der Fremden befinden mußte. Er ließ die Kamera an die Felswand heranzoomen, um die Schichten des roten Sandsteins und den grauen Kalkstein zu untersuchen. Weiter unten, fast unter einem gewaltigen Erdrutsch versteckt, fand er unmißverständliche Anzeichen eines verlassenen Unterschlupfs.

Ein kleines Loch zeugte von einem ehemals breiten, gebogenen Portal, das möglicherweise zu einem Heiligtum geführt hatte. Der Erdrutsch hatte es nicht ganz verschüttet. Nun, da er wußte, wonach er suchen mußte, fand er auch einige Ornamentreste, die den Eingang verzierten. Der größte Teil der alten Bilder zeigte fremde Krieger, die auf klotzigen Gebilden hingerichtet wurden. Andere wiederum stellten Kh!lict in brutalen Posen dar. Spock nahm sich vor, diese Bilder später zu untersuchen. Er schickte die Kamera in den Eingang der Höhle, um zu sehen, was sich darin befand.

Die ersten Sensormessungen waren verwirrend. Anfangs meldeten sie einen gigantischen Saal, der die *Enterprise* problemlos hätte aufnehmen können, dann registrierten sie wieder nur massives Gestein, als könnten sie die Felswand nicht durchdringen. Keines dieser Ergebnisse war logisch, was Spock schlußfolgern ließ, daß es sich um eine Hauptanlage der Kh!lict handelte, die von einem ähnlichen Schutzschirm umgeben war wie das erste Artefakt. Offenbar hatte man den Erdrutsch ausgelöst, um den Eingang zu verbergen.

Spock ordnete an, eine Landeeinheit solle sich in fünfzehn Minuten im Transporterraum melden. Wenn er richtig lag, hatten sie bald die Informationen, die sie brauchten.

Der Sims war so schmal, daß die Angehörigen der Landeeinheit in Zweiergruppen beamen mußten. Spock und eine Bordwache materialisierten als erste in sicherer Entfernung zur Felswand. Er wickelte sich ein Seil um seinen Leib und reichte es seinem Begleiter, damit dieser es festhielt. Wenn auch diese Anlage über Fallen verfügte, wollte er der *Enterprise* wenigstens genug Zeit geben, um die anderen in Sicherheit zu beamen. Vom Sicherheitssystem einer ausgestorbenen Rasse getötet zu werden, war nicht der beste Weg, das Leben zu beenden.

Als er bergauf ging, hörte er das vertraute Summen des Transporters, der abermals zwei Sicherheitsleute auf dem schmalen Vorsprung absetzte. Sofort nach seiner ersten Meldung sollten noch drei Gruppen von Wissenschaftlern herunterbeamen.

Spock bahnte sich einen Weg über das Geröll. Er prüfte die Stabilität jedes einzelnen Steins, bevor er ihm traute. Mehrere Kiesel lösten sich unter seinem Schritt und fielen über den Vorsprung. Doch zumindest kam das Gestein unter seinen Füßen nicht in Bewegung und stürzte, wie er befürchtet hatte, den Abhang hinab. Endlich erreichte er den Eingang, wo er einige Zeit stehen blieb, um sich das Basrelief anzusehen. Die Gestalten waren ursprünglich mit Präzision und Sorgfalt gemeißelt worden. Die Einzelheiten einiger Skulpturen trugen noch Spuren heller Pigmente. Doch man hatte sie zerstört. Die Fragmente der Szene zeigten ein rituelles Opfer, und die Brutalität selbst dieser Überbleibsel stellten Spocks Selbstbeherrschung auf die Probe. Die ausgeweideten, gehäuteten und zerlegten Körper von mindestens einem Dutzend Nicht-Kh!lict und zweier ihm – wenn auch nur am Rande – bekannter Völker lagen auf Steinaltären ausgebreitet und erinnerten an die brutalen Riten der Azteken, die ihre Gefangenen ebenso behandelt hatten. Bevor die Wachen bemerkten, wie abscheulich er die Bilder fand, kniete er sich hin und untersuchte den Eingang.

Er erkannte auf den ersten Blick, daß jemand das Gestein über dem Eingang gesprengt hatte, um die Grotte zu verbergen. Der Eingang mußte irgendwann einmal völlig verdeckt gewesen sein, aber mit der Zeit waren einige Steine herabgefallen und hatten einen schmalen Spalt freigelegt. Sein Tricorder konnte zwar keine genauen Angaben über das Alter der Höhle oder des Gesteins machen, das sie verdecken sollte, aber Spock schätzte sie auf etwa 250 000 Jahre. Dieses Alter stimmte mit allem überein, das sie sonst auf Careta IV gefunden hatten.

Er zückte eine Lampe und machte sich auf den Weg durch die Öffnung. Im Inneren lagen kleine Steine auf dem Boden einer einstmals riesigen Kammer verstreut. Umgestürzte Säulen und Geröll blockierten den Gang an manchen Stellen. Hier und da erkennbares Metall und diverser Schrott sagten ihm, daß die Kammer nicht ganz natürlichen Ursprungs war. Eine dicke Staubschicht bedeckte alles in diesem Raum und zeugte davon, daß in den letzten Jahrtausenden niemand mehr hier gewesen war. Die letzten, die die Kammer betreten hatten, waren wahrscheinlich jene gewesen, die den Eingang zum Einsturz gebracht hatten.

Spock trat wieder ins Freie, stand auf und zückte den Kommunikator. »Spock an *Enterprise.* Forschungsgruppen können jetzt herunterbeamen. Die Vermutung, daß sich hier eine größere Höhle befindet, wurde bestätigt. Da dies nach einem vielversprechenden Fund aussieht, soll Dr. Lassiter sich bitte der Forschungsgruppe zugesellen – und jeder, den Dr. Kaul hier unten sehen möchte.« Er legte eine Pause ein, um sich auszuruhen und dachte daran, daß Dr. Kaul noch immer zu stark von der Gasattacke beeinträchtigt war, um persönlich hier aufzutauchen. So lange der Chefarchäologe die Wichtigkeit ihrer Funde akzeptierte, war Spock nicht darauf aus, sich um die Persönlichkeitskonflikte zu kümmern, die Kauls Unglaube hervorrief.

»Verstanden.« Relais klickten in Uhuras Konsole, als sie Spocks Anweisungen weiterleitete. »Brauchen Sie sonst noch etwas, Sir?«

»Im Moment nicht, Lieutenant Uhura. Ich werde Sie unterrichten, sobald sich die Lage ändert. Spock, Ende.« Er steckte den Kommunikator wieder an den Gürtel und stieg hinab, um die Neuankömmlinge in Empfang zu nehmen.

Als er wieder unten angekommen war, materialisierten Lassiter und sieben andere Wissenschaftler. Tallieur, der Schiffshistoriker, kauerte sich eng an die Wand und starrte in den nur einen Meter von seinen Füßen entfernten Abgrund. Auf der anderen Seite standen ein Mann von der Sicherheit mit Lassiter und einem weiteren Mann zusammen, der mit ihr gekommen war. Sie diskutierten über die Möglichkeiten eines ungesicherten Abstiegs.

»Darf ich um Ihre Aufmerksamkeit bitten?« Spock machte eine kleine Pause. »Wir haben eine größere Kh!lict-Anlage gefunden. Leider hat irgend jemand sie beschädigt, was darauf schließen läßt, daß eine spätere Zivilisation, unter Umständen die der Meztorianer, einen großen Aufwand betrieben hat, um alle Spuren der Kh!lict zu verwischen. Wir sollten also davon ausgehen, daß sie weitaus gefährlicher waren, als wir bis jetzt angenommen haben.«

Tallieur räusperte sich. »Mr. Spock... Ähm... Wenn die Kh!lict so... ähm... gefährlich waren... müßten wir dann nicht... ähm... von ihnen gehört haben, auch wenn sie schon längst ausgestorben sind? Die meisten Rassen überleben doch in den... ähm... Legenden ihrer Gegner.«

»Dies ist eine Frage, die wir hoffentlich klären werden, Lieutenant. Der Bordcomputer sucht bereits nach Parallelen zu den Kh!lict. Allerdings sollten wir davon ausgehen, daß die sogenannten verwaisten Kulturen von ihnen ausgerottet wurden. Wir sind hier, damit wir, wie ich hoffe, auf Antworten stoßen, die uns weiterhelfen. Hat irgend jemand noch Fragen, die er nun stellen möchte?« Da sich niemand meldete, zückte Spock erneut seine Lampe und nahm den Weg bergauf. »Dann wollen wir mit der Untersuchung fortfahren.«

17

Das Innere der Höhle war weitaus größer, als Spock erwartet hatte. Mit jedem Schritt seiner Stiefel wirbelte er beigefarbenen Staub auf, der sich in den Strahlen der durch die Öffnung fallenden Sonne golden verfärbte. Fünf Meter vom Eingang entfernt blieb er stehen und untersuchte die Umgebung. Es gab zwar keine sichtbaren Lichtquellen, aber der Raum war mit Schatten übersät. Was die Kh!lict auch konstruiert hatten, um den Raum zu erleuchten, es arbeitete noch.

Die Stille, die nur vom Surren eines halben Dutzends Tricorder gestört wurde, sagte ihm, daß auch die anderen sich umsahen. Sie konnten sich wohl nicht entscheiden, was sie zuerst untersuchen sollten. Die Kammer war einst mit Ziersäulen und Wandfresken übersät und so groß gewesen wie das Hangardeck der *Enterprise,* doch die Explosion, die Tonnen von Gestein über den Eingang geschüttet hatte, hatte sie verändert. Mauerstreben waren geborsten, zahlreiche Säulen waren umgestürzt. Die Wandverzierungen waren zum Großteil abgefallen und bildeten auf dem Boden und bei den Metallsäulen Geröllhalden. Deckenplatten waren auf das Geröll gefallen und in tausend Stücke zerbrochen. Am nördlichen Ende, wo die Explosion am stärksten gewesen war, waren sämtliche Deckenstützen zusammengebrochen. Decke und Außenwand bestanden nur noch aus Bruchstücken, die kaum größer waren als Spocks Faust.

»Irgendwelche Kommentare?« fragte Spock, der sich

fragte, wie viele Merkwürdigkeiten er wohl übersehen hatte. Der Kontrast zwischen den Gebieten völliger Zerstörung und der noch immer funktionierenden Kh!lict-Technik, zum Beispiel der Beleuchtung, war zu gravierend.

»Alles oder nichts«, murmelte Lassiter und untersuchte die Rückwand mit ihrem Tricorder. »Entweder ist es völlig zerstört oder unberührt.«

»Manche dieser Skulpturen sind älter als dreihunderttausend Jahre.« Amtov Kordes, Lassiters Assistent, war ein kleiner dicker Mann, dessen dindraedischer Akzent besonders bei Konsonanten deutlich wurde. »Und doch ist ihre Oberfläche so frisch, als wären sie erst gestern fertiggestellt worden.«

»Ich verstehe nicht im geringsten, wie die Beleuchtung funktioniert«, sagte Fähnrich Temren Knealayz. Verwunderung zeichnete sich in ihrem runden Gesicht ab. Die Spezialistin für außerirdische Technik an Bord der *Enterprise* zielte mit dem Tricorder auf die Decke und scannte sie zum drittenmal. »Normalerweise müßte ich nun etwas empfangen; wir sind doch alle hinter dem Störfeld.«

Spock tat es ihr gleich. Die Tricorder zeigten über ihnen nur massiven Fels an.

»Charakterisieren Sie das Störfeld, Fähnrich.«

»Es ist extrem gebündelt, um diesen Ort vor der Außenwelt zu verbergen. Ich bin zwar mit Störfeldern nicht vertraut, die eine solch spezifische Funktion haben, aber vermutlich wissen wir mehr, wenn wir den Feldprojektor finden.« Sie schüttelte den Kopf. »Auf dieser Seite des Feldes habe ich ein grobes Bild der Frequenzmodulation. Sie ähnelt stark einigen alten meztorianischen Feldgeneratoren, die ich mal untersucht habe.«

Lassiter starrte auf ihren Tricorder. Den Blick unverwandt auf den Bildschirm gerichtet, sagte sie: »Die meisten meztorianischen Geräte, die ein Jahrtausend vor ihrem endgültigen Verschwinden gebaut wurden, ließen sich wieder in einen verwendungsfähigen Zustand versetzen. Aber keins war in einem funktionstüchtigem Zustand, als es gefunden wurde.«

Kordes trat nach vorn, er schwang den Tricorder im Rhythmus seiner Schritte. »Normalerweise fallen diese Geräte aus, weil ihnen die passende Energiequelle fehlt. Man ging lange Zeit davon aus, die Meztorianer seien in der Lage gewesen, eine Technik zu erschaffen, die Jahrtausende überdauert hätte – hätten sie über die nötige Energiequelle verfügt. Dr. Kaul wird sich freuen, wenn er erfährt, daß seine Hypothesen endlich bestätigt werden können.«

Lassiter verzog den Mund zu einem dünnen Strich, als hätte sie in saures Obst gebissen. »Was wir hier sehen, Amtov, läßt darauf schließen, daß die Generatoren, die das Feld erzeugen, aus weit älteren Zeiten stammen. Dies ist wohl kaum eine Bestätigung für irgend jemandes Theorien. Zumindest nicht so lange, bis wir alles an seine Quelle zurückverfolgt haben.«

Das Deuten menschlicher Motivationen war nicht gerade Spocks Spezialität. Aber er erkannte, daß zwischen Lassiter und Kordes eine Feindschaft bestand. Kordes war dabei, ihre Autorität zu untergraben, entweder mit Kauls Wissen, oder einfach nur, um seine eigene Karriere zu fördern. Um eine Diskussion der beiden zu unterbinden, lenkte er das Gespräch wieder auf das eigentliche Thema. »Daß wir nach diesen Geräten suchen sollten, ist eine gute Idee, Dr. Lassiter. Wir nehmen sofort eine detaillierte Untersuchung dieser Kammer in Angriff. Alle Beteiligten sollen besonders auf eventuelle Energieleitungen oder Ausgänge in andere Räume achten.«

Tallieur legte den Kopf schief. »Soll das heißen, Sie glauben, hier gibt es noch mehr Räume, Mr. Spock?«

Spock wägte die Frage ab. Gab es hier wirklich mehr, als nur den teilweise zerstörten Raum? Die Kh!lict hatten mit großem Aufwand den Zugang in die Felswand geschlagen und sich große Mühe gegeben, den Eingang mit aufwendigen Ornamenten zu verzieren. Wenn er zudem in Betracht zog, wie versessen der kleine Kh!lict gewirkt hatte, hierher zu gelangen, deutete alles darauf hin, daß in dieser Höhle etwas existierte, das es wert war, gefunden zu werden. »Und ob, Mr. Tallieur. Die Frage ist nur, ob unsere Technik und unsere Beobachtungsgabe es mit der Technik aufnehmen kann, die diesen Ort schützen will.«

»Verstanden.« Tallieur machte sich daran, ein unbeschädigtes Bodenornament zu untersuchen. Es zeigte eine Kh!lict-Horde, die im Begriff war, eine Gruppe vogelähnlicher Humanoiden abzuschlachten. Die anderen richteten sich nach Tallieur und suchten ebenfalls. Nun, da die Konfrontation glücklich abgewehrt war, machte Spock sich daran, die Decke zu untersuchen, um herauszubekommen, wie das Beleuchtungssystem arbeitete, dessen Licht von den Wänden herunter über die Vorsprünge bis auf den Boden fiel.

»Ich bin Arzt, kein Meeresbiologe«, nörgelte McCoy zum zehnten Mal vor sich hin, seit man den Kadaver des toten Kh!lict in sein Lazarett gebeamt hatte. Er wußte, daß dieser Spruch unlogisch war, denn die Kh!lict waren seit mehr Jahrtausenden, als er auszurechnen bereit war, bereits dem Meer entstiegen. Aber es half ihm, sein geringes Wissen über diese Wesen und die Frage, wie er sie sezieren sollte, zu tarnen. Außerdem war das Innenleben der Kh!lict mit nichts zu vergleichen, was irdischen Krebsen zu eigen war. Das Schlimmste war jedoch, sich damit abzufinden, daß in dieser Krebsgestalt – wenn auch nur kurz – einst der Geist eines normalen Menschen gehaust hatte.

»Welche Ergebnisse haben wir von der letzten chemischen Untersuchung bekommen, Christine?« rief er, als er aus den Augenwinkeln sah, daß Chapel den Raum betrat.

»Es dauert noch eine halbe Stunde.« Chapel ignorierte das Drängen in seiner Stimme. Jeder Laborbericht erforderte neue Tests, und McCoy, der den ganzen Nachmittag mit der Untersuchung zugebracht hatte, forderte die Ergebnisse stets schon an, bevor die Analyse begonnen hatte. Daß sie beide wußten, warum er es so eilig hatte, half ihnen auch nicht weiter. Der Vergleich der Untersuchungsergebnisse der beiden toten Kh!lict lieferte ihnen wenigstens Anhaltspunkte über ihre Physiologie, aber die Antworten kamen noch immer sehr langsam.

»Wenn wir nicht bald rauskriegen, wie diese Wesen funktionieren, werden sie noch alle verhungern. Wie würde es wohl aussehen, wenn wir der Flotte erklären, wir hätten Jim und die anderen verhungern lassen?«

»Sie haben recht, Doktor.« Chapel wandte sich dem Computerbildschirm zu, an dem sie die körperlichen Parameter der Kh!lict mit denen der Vermißten verglich. »Ich glaube aber, wir haben etwas mehr Zeit, als Sie annehmen.«

»So wie ich das Problem sehe, werden sie bald in ihrem Panzer schrumpfen, bis ihre Muskeln keine Verbindung mehr zu den Gelenken haben.« Er schaltete den Scanner auf eine andere Frequenz und wartete, bis der Diagnosebildschirm ihm den Enzymbericht gab. »Ein Mann in einer zu weiten Hose wirkt vielleicht komisch, aber ich glaube nicht, daß die Krebse es für besonders komisch halten werden, in einem übergroßen Panzer umherzulaufen. Ich glaube, es wird sie sehr durcheinanderbringen.«

»Kann schon sein.« Chapel gab das Kommando für ›Analyse wiederholen‹ in den Computer ein. Kurz darauf blinkte der Bildschirm: »Bestätige Analysewiederholung.« Sie drehte die Anzeige in McCoys Richtung. »Wir haben eine bestätigte Identifikation für den zweiten Toten. Es ist Fähnrich Bradford Nairobi. Es ist der Mann, der in das Artefakt gestoßen wurde, als der Krebs losrannte.«

McCoy grunzte. »Nairobi? Holen Sie seine Akte und schauen Sie nach, ob Sie irgend etwas Besonderes finden. Irgend etwas, das uns helfen kann, den Rest der Leute zu identifizieren.«

»Ja, Doktor.« Chapel machte sich auf den Weg ins Labor. Das Klacken ihrer Stiefel wurde leiser, je weiter sie sich entfernte. McCoy schaute hinter ihr her. Die Labortechniker mußten seiner Angewohnheit, bei jedem neuen Indiz, das dazu dienen konnte, den geheimnisvollen Kh!lict auf die Spur zu kommen, eine neue Testreihe zu starten, schon überdrüssig sein. Aber sein dringlichstes Problem war, die Leute, die dort unten in anderer Gestalt umherirrten, so lange am Leben zu erhalten, bis Spock zurückkehrte und eine Möglichkeit fand, ihnen ihre ursprüngliche Gestalt zurückzugeben.

Er machte sich wieder an die Untersuchung des Doppelhirns der Kh!lict und versuchte die Nervenbahnen zu lokalisieren, die beide Teile miteinander verbanden. Es war mit Abstand die verrückteste Methode, einen Körper zu steuern, der ihm seit seiner Studienzeit begegnet war. Damals hatten sie in Exobiologie Theorien über die Hirnstruktur der ausgestorbenen irdischen Brontosaurier aufgestellt. Aufgrund ihrer langen Wirbelsäule hatten diese Riesenbiester eine Art Verstärker zwischen Rückenmark und Gehirn benötigt, der dafür sorgte, daß die Signale ihrer motorischen Funktionen schnell weitergeleitet wurden. Anders hätten sie nicht auf Notsituationen reagieren können. Auf ähnliche Weise hatten auch die Kh!lict ihre Hirnfunktionen aufgeteilt. Allerdings brauchten sie keinen so gewaltigen Körper zu bewegen.

Die Kadaver lieferten McCoy ein ungefähres Bild davon, wie dieses Arrangement im Leben funktionierte, und zudem hatte Spocks Gespräch mit Kirk ein paar wertvolle Hinweise ergeben. Damit Kirks Identität intakt blieb, mußte sie in einem bestimmten Hirnteil untergebracht sein, vermutlich in jener Ecke, die höhere geistige Funktionen steuerte. Der untere Hirnteil funktionierte unabhängig von den Bereichen, die das instinktive Verhalten der Kh!lict steuerten. Es speicherte das kollektive Wissen.

McCoy wußte zwar, daß seine Vermutungen nur schwer zu beweisen waren, aber er konnte nicht allzu schief liegen. Wenn Kirks Bewußtsein nicht räumlich vom anderen Teil des Hirns isoliert gewesen wäre, hätten die beiden Bereiche sich gegenseitig behindert – mit dem Ergebnis, daß der Kh!lict handlungsfähig wurde. Ihre bisherigen Beweise, die Spocks Gespräch mit Kirk untermauerte, bestanden darin, daß die Fehlfunktionen der Kh!lict aufgrund der Isolation beider Hirnhälften hervorgerufen wurden, nicht aufgrund einer sich widersprechenden Informationsaufnahme eigenständiger und inkompatibler Hirne.

Daß die Kh!lict-Programmierung eine solche Verbindung dominieren konnte – und in den meisten Fällen auch würde –, erschien ihm verständlich, wenn er Kirks Aussagen über die Kh!lict, ihre Kultur und Biologie in Betracht zog. Und wenn man die Desorientierung hinzurechnete, die ein Mensch empfand, der plötzlich im Körper eines Fremden steckte, den er drei Tage zuvor nicht einmal gekannt hatte, wurde ihm klar, daß es fast an ein Wunder grenzte, wenn es wenigstens einem gelungen war, sich mit ihnen zu verständigen. Sobald er herausgefunden hatte, was ein Kh!lict aß, mußte er den Geist der Gefangenen erreichen und ihnen versichern, daß Hilfe unterwegs war.

Chapel kehrte mit den neuesten Testaufzeichnungen aus dem Labor zurück. »Ich glaube, wir haben etwas Brauchbares. Dennis meint zumindest, es sei genug, um eine brauchbare Formel zu entwickeln.«

»Mal sehen.« McCoy schaltete das Stasisfeld ein, das

den Kh!lict-Kadaver einhüllte. Rein technisch gesehen brauchte er sich keine Gedanken darüber zu machen, daß er in den nächsten Stunden verweste, aber seine langjährige Erfahrung hatte ihn gelehrt, daß es auf Raumschiffen immer zu Störungen kam, wenn man am wenigsten damit rechnete. Das Stasisfeld würde den Kadaver erhalten, falls er nicht dazu kommen sollte, die Autopsie weiterzuführen, selbst wenn das Standardverfahren darauf bestand, ihn zusätzlich einzufrieren. Auch andere Starfleet-Mediziner würden den Kh!lict untersuchen wollen. McCoy beabsichtigte, ihnen alle beide Exemplare möglichst unbeschädigt zukommen zu lassen.

Er schob Chapels Datenband in den Computer und las, wobei er dann und wann innehielt, um einen Blick auf die Autopsienotizen zu werfen. Die Kh!lict verfügten über drei dreieckige Zähne, die in einem winzigen Kiefer vorn saßen. Sie ermöglichten es ihnen zwar, sich in ihre Beute zu verbeißen oder weiches Gewebe zu durchtrennen, aber zum Kauen waren sie nicht geschaffen. Ohne Backenzähne mußten sie Flüssignahrung zu sich nehmen; und dazu diente der einziehbare Rüssel, der den größten Teil des Mauls einnahm. Die Enzymuntersuchung und der Aufbau des siphonartigen Rüssels ließen darauf schließen, daß sie ihren Opfern eine Ladung starker Enzyme injizierten. Wenn das Opfer sich verflüssigte, saugten sie es durch den Rüssel auf.

McCoy schüttelte sich, als er sich vorstellte, was diese Enzyme einem menschlichen Körper antun konnten. Zum Glück war die Biochemie der Kh!lict jedoch so andersartig, daß sie Menschen offenbar nicht für appetitlich hielten. Ihm fielen die Metzeleien auf den Ornamenten des Artefakts ein, das Spock gerade gefunden hatte.

Kopfschüttelnd wandte er sich wieder dem Bildschirm mit den biologischen Daten zu. Die Kh!lict waren Jäger. Dies bedeutete, daß ihre Nahrung aus Blut oder verflüssigtem Fleisch bestehen mußte. Jetzt brauchte er nur noch eine Formel zu finden, die ihnen schmeckte.

»Ist nicht gerade viel, was?« kommentierte Chapel, deren Gedanken sich auf parallelem Kurs zu den seinen befanden. »Jetzt brauchen wir nur noch eine Leckerei für eine Rasse herzustellen, die vor mehreren hunderttausend Jahren ausgestorben ist. – Kein Problem.«

McCoy kicherte. »Im Moment dürfte es reichen, wenn wir etwas zusammenmischen, das sie hinunterwürgen können. Ob es für Feinschmecker oder den Schweinestall taugt, ist mir egal. Hauptsache, sie futtern es.«

»Trotzdem ... Es ist eine haarige Aufgabe.« Christine Chapel holte die Daten auf ihren Monitor. »Wie wäre es, wenn ich mich darum kümmere, wie wir sie dazu kriegen, es zu essen, während Sie die Formel errechnen?«

»Wollte ich auch gerade vorschlagen.« McCoy gab ihr die relevanten Daten des Autopsieberichts, obwohl sie die Kh!lict-Anatomie ebenso gut kannte wie er. »Wollen wir doch mal sehen, wie lange wir dazu brauchen.«

»Ja, Doktor.« Ihre Stimme klang leicht bitter; offenbar war ihr ebenso bewußt wie ihm, daß sie gegen die Zeit kämpften, um zu verhindern, daß ihre Leute auf diesem Planeten den Hungertod starben.

Tallieur hatte Stunden damit zugebracht, die Wandverzierungen auf verschiedenen Frequenzen zu scannen. Als Spock schon drauf und dran war, ihn zu fragen, was denn so interessant an ihnen sei, drückte Tallieur auf eine Art Medaille im Zentrum des Kunstwerks. Urplötzlich verschwand ein Teil der Wand, und an ihrer Stelle entstand ein riesiges schwarzes Loch.

»Was haben Sie gemacht?« fragte Kordes in einem

Tonfall, als sei er derjenige, der hier das Kommando führte.

»Berichten Sie bitte, Mr. Tallieur.« Spock trat vor, verbaute Kordes die Sicht und tat so, als nehme er ihn gar nicht wahr. Wenn er Kordes auch nur die geringste Gelegenheit einräumte, würde er jeden in seiner Umgebung dazu bringen, seine Befehle zu befolgen. Dies konnte Spock jedoch nicht zulassen, wenn sie ihr Ziel erreichen wollten. Kordes stellte seine Karriere über alles andere, doch ihre Mission bestand darin, den Captain und die restlichen Vermißten zu retten. Alles andere war unwichtig.

Tallieur schaute Spock an, der Kordes bewußt ignorierte. »Die Skulpturen ähneln denen auf Belesov V. Dort dienten sie dazu, Geheimgänge zu verbergen, die von einem königlichen Audienzsaal abzweigen. Ich habe mich nur gefragt, ob diese hier vielleicht den gleichen Zweck haben.«

»Also haben Sie einfach Ihre Vermutung überprüft. Waren Sie sich nicht darüber im klaren, daß Ihre Entscheidung in einem Raum voller Menschen eventuell unvorhersehbare Folgen hätte haben können?« Spock musterte seinen Tricorder. Die Anzeige bestätigte seine Annahme. Er sah, daß sich hinter der Wand von einem Kraftfeld geschützte Energieeinheiten befanden. Doch sie waren sicher, solange das Feld Bestand hatte.

»Doch, Sir, war ich. Allerdings zeigten die Messungen meines Tricorders an, daß eine etwaige Öffnung nicht größer sein könne als der Tricorder.« Tallieur errötete. »Für die Zukunft werde ich mir merken, daß Tricorder angesichts der uns überlegenen Technik kaum verläßliche Daten abgeben.«

»Eine kluge Entscheidung.« Spock untersuchte die Öffnung. Vorsichtig berührte er die Oberfläche. Eine prickelnde Wärme, der ähnlich, die auch die Artefakte umgab, fuhr durch seinen Arm. Er griff tiefer in das Feld hinein und rechnete damit, das gleiche zerrende

Gefühl zu verspüren wie an den Durchgangsrahmen. Aber es war nicht so. Er zog den Arm schließlich wieder ins Freie und nickte bestätigend. »Es ist ein anderes Feld als das zuvor untersuchte. – Fähnrich Knealayz, haben Sie schon eine vorläufige Analyse?«

Knealayz bedachte ihn mit einem entschuldigenden Lächeln. »Das Feld paßt in keine Parameter, die unserer Wissenschaft bekannt sind. Ich habe zwar einige Theorien, Sir, aber ich muß erst eine sorgfältige Sensoranalyse durchführen, bevor ich sie formulieren kann.«

»So viel Zeit haben wir nicht.« Spock schaute auf seinen Tricorder. Aber seine Daten gaben ebenso wenig Aufschluß wie alles, was sie zuvor untersucht hatten. Die ausgestorbenen Fremden hatten nicht gewollt, daß nach ihrem Abtritt jemand ihre Hinterlassenschaft fand. »Mr. Tallieur, können Sie Ihren Tricorder durch das Feld schieben und sehen, ob er etwas Brauchbares aufzeichnet?«

Tallieur schob seinen Tricorder in die Dunkelheit. Spock richtete den seinen auf das Feld, während Knealayz und Lassiter den Raum in einem größeren Winkel abtasteten. Solange sie nicht wußten, wo sich der Mechanismus befand, konnten sie vielleicht Daten aufzeichnen, die sie einen Schritt näher an die Kh!lict-Technik heranbrachten.

Einige Minuten später zog Tallieur den Arm wieder ins Freie. Sein Tricorder arbeitete normal. Die Anzeigen blinkten und surrten, obwohl er das Gerät durch das fremde Schutzfeld geschoben hatte. Spock nickte. »Das Feld unterscheidet sich eindeutig von dem anderen. Hat noch jemand irgend etwas Interessantes aufgezeichnet?«

Ein Chor von Negativmeldungen schlug ihm entgegen. Spock nickte erneut. Wenn man in Betracht zog, wie wenig sie seit ihrer Ankunft über die Kh!lict-Technik erfahren hatten, wäre es ein Wunder gewesen, wenn sie auf einmal alle Antworten bekommen hätten.

Doch er hatte den Test vornehmen müssen, um sicherzugehen, bevor sie den nächsten in Angriff nahmen. »Ist jemand freiwillig bereit, durch das Kraftfeld zu gehen?«

Tallieurs Antwort kam sofort. »Ich werde es tun, Sir. Ich habe das Feld aktiviert, also müßte ich auch derjenige sein, der das Risiko eingeht.«

»Sehr gut, Mr. Tallieur. Dr. Lassiter und ich werden Ihre Tricorderdaten nach Informationen durchsuchen. Alle anderen können sich nun wieder ihren Aufgaben widmen.« Spock griff nach Tallieurs Tricorder. Tallieur und Lassiter bauten sich neben ihm auf, um die Daten ebenfalls zu studieren.

»Ich protestiere gegen diese Verfahren«, sagte Kordes mit lauter Stimme und trat vor Spock hin. »Ich müßte derjenige sein, der diese neue Entdeckung erforscht.«

»Antrag abgelehnt.« Spock blickte nicht einmal von dem Tricorder auf. »Wenn Mr. Tallieurs Experiment erfolgreich ist, werden wir alle das untersuchen, was sich hinter diesem Raum befindet. Bis dahin werden Sie sich wieder Ihren vorherigen Untersuchungen widmen.«

»Ich weigere mich, Ihre Befehle zu befolgen.« Bevor Spock reagieren konnte, lief Kordes durch die Öffnung. Das Kraftfeld flackerte goldfarben auf und wurde wieder schwarz.

Lassiter spielte die Daten von Kordes' Verschwinden auf ihrem Tricorder ab. »Der Tricorder war zwar nicht direkt auf die Öffnung gerichtet, aber er war aktiv«, sagte sie in einem entschuldigendem Tonfall. »Und hier, an dieser Stelle, als ich mich umdrehte, um ihm zuzuschauen, sieht man das Loch, das sich für ihn öffnete. Es sieht wie ein großer Korridor aus – oder wie ein langer, schmaler Raum.«

»Mr. Tallieurs Ergebnisse zeigen das gleiche Phänomen. Seine Daten bestätigen, daß die Atmosphäre auf der anderen Seite mit der hiesigen identisch ist.« Spock blickte von seinem Tricorder zur Öffnung. »Ich glaube nicht, daß wir weitere Resultate erhalten, bevor wir nicht jemanden hindurchschicken, um ihn zurückzuholen. Sind Sie bereit, Mr. Tallieur?«

Der Historiker richtete sich auf. »Immer bereit, Mr. Spock.« Er nahm seinen Tricorder aus Spocks Händen entgegen und schaltete ihn in den Aufzeichnungsmodus. Als er vor dem Kraftfeld stand, schaute er sich noch einmal genau um und trat hindurch.

Wieder flackerte das Feld golden auf und wurde schwarz. Eine Sekunde, zwei… drei. Es dauerte mehr als eine Minute, bis Tallieur, noch immer in menschlicher Gestalt, aus dem Kraftfeld zurückkehrte. »Hinter dem Einstieg befindet sich ein ausgedehntes Tunnel- und Korridorlabyrinth, Mr. Spock. Ich vermute, das Kraftfeld dient nur dazu, Nichteingeweihte daran zu hindern, ins Herz des Komplexes vorzudringen.«

»Ich hoffe, Sie haben recht, Mr. Tallieur, denn in der Kammer hier werden wir keine Antworten finden.« Spock kontaktierte das Schiff und setzte es von ihrer Entdeckung und ihrem Plan in Kenntnis, das Innenleben des Berges zu untersuchen. Er wies Sulu an, den Transporterraum rund um die Uhr zu bemannen, damit sie im Notfall schnellstens an Bord gebeamt werden konnten. Nachdem er sämtliche Formalitäten der Sicherheitsbestimmungen ausgeführt hatte, ließ er seine Leute Aufstellung nehmen. Dann traten sie nacheinander durch das Kh!lict-Kraftfeld ins Unbekannte.

18

Offensichtlich war das Weibchen weiter gelaufen, als Kirk angenommen hatte. Er spürte ein Zittern in den Beinen, als er in ihre Nähe kam. Sein Verstand sagte ihm, daß er die Verfolgung abbrechen und lieber nach etwas Eßbarem Ausschau halten sollte, aber Vernunft stand wohl nicht ganz oben auf der Liste jener Dinge, die sein Wirt zu erledigen gedachte. Hatte ein Kh!lict einmal die Präsenz eines Weibchens gespürt, gaben die Instinkte den Körper erst wieder frei, wenn er sich mit ihm gepaart hätte. Alle anderen Erwägungen waren aus seinem Bewußtsein gelöscht.

Als das Weibchen in Sichtweite kam, stellte Kirk fest, daß sein Wirt in seinen Berechnungen einen entscheidenden Fehler gemacht hatte: Sie war auf dem gegenüberliegenden Felskamm. Eine tiefe Schlucht trennte sie voneinander, und die Steilwände machten es unmöglich, zu ihr und auf die andere Seite zu gelangen. Es würde dem Kh!lict nie allein gelingen, auf die andere Seite zu wechseln. Kirk fragte sich, ob er helfen sollte, wenn dies die einzige Möglichkeit war, die Gefühle seines Wirts wieder abzukühlen. Er konnte zwar Dutzende von Spalten in den Schluchtwänden erkennen, aber er war nicht darauf aus, schon wieder eine Klettertour in diesem Körper zu machen.

Dem Wirt blieb nur eine Möglichkeit. Wenn er das Weibchen hier nicht erreichen konnte, mußte er den Weg zurückgehen, den er gekommen war, und eine Stelle finden, an der er die Schlucht passieren konnte.

Falls Kirk Glück hatte, mußte der Kh!lict einen derart weiten Umweg machen, daß er das Weibchen nicht mehr wittern konnte. Dies würde *ihm* wieder die Kontrolle über den Körper geben, dann konnte er wieder nach den Vermißten suchen. Die Logik sagte ihm, daß es sich bei dem Weibchen um Talika handelte, denn sie war als einzige Frau in einen Kh!lict verwandelt worden. Seine Erinnerungen an die Gespräche, die er mit ihr über die Gesellschaftsstruktur ihres Planeten geführt hatte, machten sie nicht gerade zu einer Verlockung. Er fragte sich, was wohl die Kh!lict-Variante einer kalten Dusche war, aber dieser Gedanke schien seinem Wirt nichts zu sagen. Er mußte also warten, bis dieser von seinem Trieb abließ und Kirk wieder die Kontrolle übernehmen konnte.

Der Kh!lict wanderte die Schluchtwand entlang und wurde dabei so schnell, wie ihn seine Beine trugen. Kirk spürte, daß das Geschöpf am liebsten noch schneller gerannt wäre, aber sein Körper war an seiner Leistungsgrenze angelangt und sehr geschwächt. Das lange Umherwandern und die fehlende Nahrung nagten an seinen Reserven, und selbst der Algenschlamm, den er in der vergangenen Nacht hatte hinunterwürgen müssen, konnte kein Lebewesen lange mit Energie versorgen.

Trotzdem war sein Trieb stärker als seine Vernunft. Der Kh!lict lief mit Höchstgeschwindigkeit. Das Weibchen war wieder da und würde nicht allzu lange warten. Wenn es ihm nicht gelang, es schnellstens zu erreichen, würde sich ein anderer mit ihr paaren. Das konnte er nicht zulassen.

Die Sonne fing schon an, sich hinter die Berge zurückzuziehen, aber sein Wirt war noch immer damit beschäftigt, das Weibchen zu erreichen. Nach drei abgebrochenen Versuchen, die Steilwand zu erklettern, irrte er suchend durch die Kanäle der Schlucht und erreichte schließlich deren oberes Ende. Dort fand er die Stelle, an der das Weibchen gewesen war. Kirk versuchte mit aller Kraft, den Körper zum Artefakt zurückzulenken, aber die Wirtinstinkte mobilisierten Kraftreserven, von denen er nicht gewußt hatte, daß es sie überhaupt gab.

Eine Stunde vor Sonnenuntergang erreichte Kirk das Weibchen. Es stand am Ende eines Felsvorsprungs, der sich über einen verschlammten See erstreckte. Selbst durch den dicken Panzer spürte er den kalten, beißenden Wind. Er fröstelte bei dem Gedanken, die Nacht hier verbringen zu müssen, ungeschützt vor dem Wind und bei sinkenden Temperaturen. Es mußte wirklich viele Jahrtausende her sein, seit der Planet jene Lebensbedingungen aufgewiesen hatte, die die Kh!lict kannten.

Zunächst schien es so, als hätte das Weibchen seine Ankunft nicht bemerkt. Sie wandte ihm den Rücken zu, ihr Panzer leuchtete in neutralem Beige. Doch sie mußte die Ankunft und Kraft des sich nähernden Partners längst gespürt haben. Entweder war er zu spät gekommen und ein anderer hatte sie bereits begattet, oder irgend etwas Schlimmes war geschehen. Sonst hätte sie den stärksten Drang, den die Kh!lict kannten, nicht ignoriert.

Er trat näher heran und sandte ein Kaleidoskop aus Eifer und Unterwerfung aus, das mit Prahlereien über seine Kraft und Intelligenz vermischt war. Letzteres, erkannte Kirk, war pure Angeberei. So fremdartig die Kh!lict auch waren, manche Dinge durchdrangen einfach sämtliche Barrieren: Junge Kh!licht unterschieden sich nicht von jungen Männern, die ein Mädchen beeindrucken wollten, indem sie himmelhoch übertrieben. In dieser Hinsicht waren sie wie alle bekannten Rassen im Universum.

Sein Wirt ging näher heran, klickte mit den Zangen und schaufelte ein paar Steine umher, um die Aufmerksamkeit des Weibchens auf sich zu ziehen. Schließlich drehte sie sich um und signalisierte orangerote Irritation. <Was willst du, Junge>? fragte sie. Und dann: <Geh, laß die Älteste allein!>

<Oh, allerhöchste Älteste! Es ist mein größter Wunsch, all deine Wünsche zu erfüllen.> Kirks Wirt trat vor, seine kühnen Schritte widersprachen seinem unterwürfigen Geschwätz. Der Reaktion des Weibchens nach zu urteilen, wäre es wohl besser gewesen, sich zurückzuziehen, aber sein Wirt schien die Ablehnung in ihren Worten nicht zu registrieren. Er trat an ihre Seite und rieb seinen Panzer an dem ihren.

<Geh!> signalisierte sie, diesmal mit kräftigeren Farben. <Ich kann mit jungen Weichpanzern nichts anfangen.>

<Oh, allerhöchste Älteste, laß mich beweisen, daß ich deiner würdig bin.> Kirks Wirt rieb sich fester an ihrer Seite; er wollte sie wohl mit Hartnäckigkeit beeindrucken. Der Kh!lict-Verstand schien unfähig, ihre strikte Ablehnung wahrzunehmen. Wie konnte er nur wieder die Kontrolle über den Körper erlangen, bevor sie härtere Maßnahmen ergriff, um ihn loszuwerden?

Bevor Kirk sein Vorhaben ausführen konnte, reagierte sie. Sie schob zwei Beine unter seinen Panzer und warf ihn auf den Rücken. Er rutschte den Berg hinunter. Ein warmes Gefühl machte sich in seinem Wirt breit. Sie war mit Abstand die stärkste Kh!lict, die er je gesehen hatte. Sie versetzte ihm einen weiteren Schubs, und seine Geschwindigkeit nahm zu.

Schließlich verlor Kirk den Bodenkontakt und flog hundert Meter über dem See in die Tiefe. Erst vor kurzem hatte er sich gefragt, wie wohl das Kh!lict-Äquivalent einer kalten Dusche aussah. Nun beschlich ihn das Gefühl, daß er es sehr bald herausfinden würde.

Hier muß es irgendwo sein, dachte Chekov, als er die Oberfläche des Erdrutsches untersuchte. Er wußte, daß der Weg zur verborgenen Stadt irgendwo an dieser Felswand lag, versteckt hinter Gestein, damit andere

Kohorten ihn nicht zufällig fanden. Die Frage war nur, ob er ihn aufgrund seiner schlechten Verfassung übersah. Der Kampf hatte ihn mehr Kraft gekostet als zuerst angenommen; nun brauchte er Reserven, die sein Körper nicht mehr besaß. Aber er hatte eine gute und listige Schlacht geschlagen, seinen Gegner schließlich besiegt und dessen Blut gekostet.

Doch diese Gegend sah völlig anders aus als in seiner Erinnerung. Die Vegetation war zurückgegangen und fast ausgestorben, das Wetter war viel zu kalt und die Landschaft völlig verändert. Er kam sich allmählich wie ein Eindringling im Gebiet der eigenen Kohorte vor, statt wie ein von einer gefährlichen Mission zurückkehrender Held. Wieso war sein Gedächtnis so vernebelt, daß er sich nicht an die grundlegenden Dinge erinnern konnte, die das Leben ausmachten?

Er ging weiter und kletterte auf die Spitze des Bergrutsches, um bessere Aussicht zu haben. In neun von zehn Fällen, erinnerte ihn sein Unterhirn, lag nur eine Felswand hinter herabgefallenen Trümmern. Dieser Geröllhaufen wies alle Anzeichen auf, daß er lediglich ein Stück Tarnung war, das dazu diente, Eindringlinge zu täuschen, damit sie annahmen, er verberge den Weg. Es war sogar möglich, daß man einen Scheinpfad rings um die Steine angelegt hatte, dem die Eindringlinge folgten, bis sie auf irgendeinem Sims im Nichts landeten.

Trotzdem, seine Erinnerung beharrte darauf, daß dies der Weg zur verborgenen Stadt war, also nahm er ihn, als er ihn erblickte. Vielleicht waren die Invasoren so zahlreich gewesen, daß die Ältesten den Hauptpfad verborgen hatten. Er konnte nicht glauben, daß er gänzlich zerstört war, denn die Älteste, der er begegnet war, hatte nichts davon berichtet. Er war auf dem richtigen Weg. Er würde erfahren, was geschehen war, sobald er die Stadt erreicht hatte.

Die Gefahr mußte ernst sein, wenn die Älteste nicht

fähig gewesen war, davon zu berichten. Chekov war sich aber gewiß, daß niemand in Sichtweite gewesen war. Es konnte nur eines bedeuten: Die Ältesten mutmaßten, daß die Zerstörung der Welt und ihrer Lebensformen das Werk einer technisch besser ausgerüsteten Kohorte sein mußte. Kaum ein Achtel der Kohorten verfügte über technische Geräte, mit denen man die Gespräche anderer heimlich beobachten konnte.

Je länger er über die Begegnung mit der Ältesten und darüber nachdachte, wie wenig die Welt seinen Erinnerungen glich, desto klarer wurde ihm, daß seine Wissenslücken und sein Zustand schlimmer waren als angenommen. Er hätte auf der anderen Seite des Durchgangsrahmens bleiben und der Ältesten seine Hilfe anbieten sollen.

Aber sie hatte ihn fortgeschickt, damit er Nahrung fand, was bedeutete, daß sie mehr wußte als er. Die Älteste wollte bestimmt, daß er sich für eine größere Mission rüstete. Man wollte ihn sicher darauf vorbereiten, sein Volk zu retten.

Sobald ihm dieser Gedanke kam, wußte er, daß er stimmte. Die Wüste, die kaum noch Leben beherbergen konnte, die Zerstörungen und alles andere zeigten, daß man jemanden brauchte, der sein Volk rettete. Er war der Auserwählte, der einsame Krieger, der alle vor der Vernichtung durch eine fremde, feindliche Kohorte retten mußte. Nun, da er die Wahrheit kannte, konnte er auch nicht mehr bei der großen Aufgabe fehlen, die die Älteste ihm aufgetragen hatte.

Die Vision einer ruhmreichen Mission trug Chekov über die nächsten drei Bergrutsche und inspirierte ihn dazu, die schmalen Klüfte zu überqueren, an denen der Steinschlag das Wegfundament zerschmettert hatte, so daß er nur von freiem Raum und rissigem Gestein umgeben war, das sein Gewicht trug.

Bei jedem neuen Hindernis spürte er zwar, daß seine Zuversicht sank, aber er redete sich ein, daß die Älteste auf ihn zählte. Er mußte die verborgene Stadt erreichen, um zu sehen, was seine Kohorte brauchte. Es war seine Aufgabe, die ihm übertragene Heldentat zu erfüllen.

Es war Schwerarbeit, sich über die Steine und durch enge Spalten zu quetschen, die halb so breit waren wie er. Zudem wehte noch ein kalter, harter Wind von oben herab, wirbelte ihm Staub in die Augen und drohte ihn von der Felswand zu werfen. Chekov wußte, daß er an seine Mission glauben mußte. Die Älteste hatte mit Sicherheit nichts Unmögliches von ihm verlangt.

Dann wußte er plötzlich, daß er sie falsch verstanden hatte: Der Weg war so schlecht, daß sie unmöglich gemeint haben konnte, er solle den ganzen Weg bis zum Boden der Schlucht hinabsteigen. Die Älteste hatte ihn nur deswegen an die *Nanthken*-Gehege unten im Tal erinnert, damit er in diese Richtung ging. Es gab andere Wege, um den Talboden zu erreichen. Sie hatte gewiß gemeint, er solle die Aufzugschächte im Stadtinneren benutzen. Jeder, der eine so wichtige Mission hatte wie er, erhielt die volle Unterstützung seiner Kohorte.

Er ruhte sich etwas aus und dachte nach. Der obere Stadteingang war stets gut verborgen und gesichert gewesen. Wenn man die Zerstörungen in Betracht zog, war er noch besser versteckt als zuvor. Er duckte sich, um dem Wind möglichst wenig Angriffsfläche zu bieten. Er mußte der Stadt nahe sein, aber er konnte sich nicht erinnern, wie lange Achtel er noch gehen mußte. Der Hunger bremste seinen Denkprozeß so, als liefe er in Zeitlupe ab. Die Ältesten mußten ihn erst essen lassen, bevor er seine Mission in Angriff nahm. Er hoffte, daß sie einige *Nanthken* für ihn bereithielten – mit zusammengebundenen Hinterläufen, wie es für die Helden der Kohorte üblich war.

Die Sonne des späten Nachmittags erschwerte es ihm zu erkennen, wo genau er war. Außerdem fiel ihm urplötzlich ein, daß sein Volk diesen Weg nur frühmorgens benutzte, wenn die Berge breite Schatten warfen und den Panzer tarnten. Aber er hatte keine andere Wahl. Angesichts seiner dringenden Mission mußte er etwas riskieren. Seine unsicheren Erinnerungen sagten ihm, daß der Eingang nur wenige Schritte entfernt war. Nur auf diese Vermutung bauend, machte Chekov sich auf den Weg nach unten.

19

Der Gang war breit, und seine Wände waren vom rostigen Beige des Sandsteins gezeichnet, aus dem der gesamte Berg bestand, in den die Stollen getrieben waren. Die niedrige Decke, die zu Spocks Mutmaßungen in Sachen Kh!lict-Architektur paßte, war kaum hoch genug, daß ein Mensch aufrecht darin stehen konnte. In regelmäßigen Abständen waren breite Portale in die Wände eingelassen, deren Türen ähnlich brutale Massenopfer zeigten wie jene am Eingang. Unter den Opfern sah er auch mehrere Rassen, die er nur von Artefakten her kannte, die ihre Schöpfer überdauert hatten. Der Unterschied zwischen dieser Umgebung und der Eingangshalle bestand darin, daß hier seit dem Verschwinden der Erbauer niemand mehr gewesen war.

Zog man das beträchtliche Alter des Komplexes in Betracht, war es sehr verwunderlich, daß er noch in solch gutem Zustand und nur von wenig Staub bedeckt war. Allein die dünne Staubschicht auf dem Boden zeigte an, wohin Kordes gegangen war. Was immer die Umgebung auch sauber hielt, es war trotz seines Alters noch in Funktion. Spock hob eine Braue, als er daran dachte, wie viele Völker der Föderation an den Verwertungsrechten einer funktionierenden Technik interessiert wären, die sogar ihre Erbauer überlebt hatte: eine Rasse, die schon so lange nicht mehr existierte, daß sogar die Legenden in Vergessenheit geraten waren, in denen sie eine Rolle spielten.

Nachdem alle unbeschadet durch das Kraftfeld getreten waren, machte Spock sich in der Hoffnung auf den Weg, daß ihn irgendein Gang in die Schaltzentrale des Komplexes führte. Er ging fest davon aus, daß es eine Zentrale gab. Die Sicherheitsvorkehrungen der Kh!lict, die diesen Ort tarnten, konnten nur bedeuten, daß es sich um das Hauptquartier ihrer gesamten Aktivitäten auf Careta IV handelte. Irgendwo in der Nähe, hoffte er, würden sie einen noch funktionierenden Rechner entdecken, der die wichtigen Daten für sie bereit hielt. Er mußte sie dann zwar noch in ein lesbares Format bringen, aber er bezweifelte nicht, daß seine Computerkenntnisse ausreichten, um sie zu entschlüsseln. War dies geschafft, bestand sein nächstes Ziel darin, die anderen, bevor sie verhungerten oder noch einer getötet wurde, wieder in Menschen zu verwandeln.

Sie hielten an und betrachteten die umliegenden Türen, um zu entscheiden, in welcher Reihenfolge sie zu untersuchen seien. Sämtliche Türen führten in quadratische Räume mit ziemlich niedriger Decke. Ihre Wände waren unverziert, aber der bunte Staub auf dem Boden ließ darauf schließen, daß einst Wandteppiche die Wände bedeckt hatten. Die meisten Räume enthielten bankähnliche Sandsteinsäulen, die den Kh!lict wahrscheinlich als Sitzfläche gedient hatten. Die Hälfte der Räume wies in der Mitte große Gegenstände auf, die Schreibtischen oder Pulten glichen. Sie waren aus grauem Kalkstein gefertigt. Nirgendwo war zu erkennen, welchem Sinn und Zweck die Räume gedient hatten. Tallieur äußerte die Meinung, es müsse sich um rituelle Bußeräume oder Indoktrinationskammern handeln.

Als sie hundert Meter weit gegangen waren, stellte Spock fest, daß die Entfernungen im Inneren des Komplexes täuschten. Das Beleuchtung bestand aus dem gleichen diffusen Licht, von dem niemand wußte, wie es erzeugt wurde. Schatten an willkürlichen Stellen zeigten ihm, daß das System fehlerhaft arbeitete, aber dies war eine Nebensache, denn er war nicht hier, um Lichtquellen zu untersuchen.

Hundertfünfzig Meter weiter stießen sie auf die erste Korridorkreuzung. Der neue Gang erstreckte sich in zwei Richtungen und schien sich nicht von dem zu unterscheiden, aus dem sie gekommen waren. Wenn sie vielen Kreuzungen dieser Art begegneten, wurde Spock klar, würden die Menschen bestimmt bald die Orientierung verlieren. Er selbst erwartete zwar aufgrund seines angeborenen Richtungssinns keine Probleme, aber die anderen waren nicht so gut ausgestattet.

Je weiter sie sich vom Eingang entfernten, desto öfter wurde ihr Weg von anderen Gängen gekreuzt. Als Spock die Korridore zählte, bestätigte sich seine Vermutung, daß dies die Hauptzentrale war. Sie hatten im Zeremoniensaal angefangen, der nur dazu diente, eventuelle Eindringlinge zu täuschen. Die sich daran anschließenden einheitlich und uninteressant wirkenden Räume dienten wohl Verhören, Ausbildungs- oder Indoktrinationszwecken. Hätten sie gewußt, wo sie suchen sollten, hätten sie möglicherweise sogar das Kh!lict-Äquivalent von Einwegspiegeln entdeckt, mit denen man die Kammern beobachten konnte. Die Priesterschaft der Kh!lict hatte wahrscheinlich nichts von großem Wert in den Räumen untergebracht, die dem Tempel am nächsten lagen – aus Angst, man könne den Komplex plündern, oder – noch schlimmer – jemand könne das Volk gegen die Herrscherklasse aufwiegeln. In den meisten repressiven Gesellschaftsformen litt die Führungsschicht nach Spocks Ansicht an extremer Paranoia.

Doch solche Spekulationen führten ihn nicht zum Kontrollzentrum. Er mußte den richtigen Weg durch den Irrgarten aus Räumen und Gängen finden, und seine Schätzungen bezüglich der Abmessungen des Komplexes wurden mit jedem Schritt nach oben korrigiert. Die Tricorder gaben über längere Reichweiten keinerlei Messungen ihrer Umgebung ab, was bedeutete, daß die Wände offenbar eine blockierende Wirkung auf Sondierungsstrahlen ausübten. Auch die *Enterprise,* die Kenntnis von ihrem Standort hatte, war nicht in der Lage gewesen, den Komplex von ›Nebengeräuschen‹ zu trennen. Das Schiff blieb nur zu Kommunikationszwecken über ihnen in Position. Scott weigerte sich zwar, weiteres Personal in den Komplex zu beamen, doch er hatte Kordes' Kommunikator angepeilt und den Mann an Bord geholt, der sich wütend dagegen wehrte, daß Spocks Befehle seine Privatexpedition unterbanden.

In der ersten halben Stunde bewegten sie sich nach innen und untersuchten alle Räume, auf die sie trafen. Die Kh!lict-Führer waren offenbar nicht leicht erreichbar gewesen, und wer sich einmal vom Eingang entfernte, hatte keine großen Wahlmöglichkeiten mehr. Wenn die Bordsensoren oder Tricorder ihnen wenigstens mitgeteilt hätten, wie groß der Komplex war, hätte Spock ungefähr sagen können, wo sie ihr Ziel suchen sollten. Aber so war es wie bei einem Blindflug.

»Verdammt, ich kriege absolut *gar nichts* rein!« fluchte Knealayz und bewegte ihren Tricorder im Kreis. »Keine Abschirmung kann so perfekt sein, daß man nicht wenigstens Hintergrundschwankungen des Magnetfeldes orten kann.«

»Man müßte wenigstens feststellen können, wo oben und unten ist«, fügte Tallieur hinzu. Er suchte stirnrunzelnd die Wände ab, als hoffe er, einen ins Gestein geschlagenen Lageplan zu finden. »Hier sieht doch alles so aus, als hätte man es erst gestern verlassen.«

Lassiter kaute an einer Locke ihres Haars. »Es liegt wahrscheinlich so deutlich vor uns, daß wir den Wald vor lauter Bäumen nicht sehen. *Dies* hier ist das Zentrum. Ich spüre es ganz deutlich. Aber ich weiß nicht, wohin wir gehen sollen.« Sie errötete, als ihr klar wurde, wieviel sie mit diesen wenigen Worten über sich preisgegeben hatte, doch niemand ging darauf ein.

»Alles, was wir über die Kh!lict wissen, wissen wir von Captain Kirk und dem, was wir hier sehen.« Spock machte einen Versuch, die Umgebung vom Standpunkt eines Kh!lict aus zu betrachten. Der Korridor war – wie alle anderen – aus massivem Felsgestein herausgeschlagen worden, doch niemand hatte sich die Mühe gemacht, ihn zu bearbeiten, um seine natürliche Färbung zu verändern. Wenn die Kh!lict das Gestein so gelassen hatten, wie es gewesen war – was hatte sie dazu motiviert?

»Haben Sie nicht gesagt, daß die Sprache der Kh!lict auf Farben und Gesten basiert, Sir?« Tallieur maß seinen Tricorder mit einem finsteren Blick. »Und daß sie die meisten Informationen über Farben und ihre Anordnung transportieren?«

»Stimmt.« Ein Abbild der Felswand huschte durch Spocks Bewußtsein. Das Gestein war in einem Winkel von dreißig Grad geneigt, so daß eine am Schluchtrand beginnende Felsschicht irgendwann die Höhe des Wasserspiegels traf. Da die Schlucht zudem schräg über das Gestein verlief, fielen die Schichten ebenso zum Berg zurück. Ein gerade in die Klippe getriebener Tunnel mußte irgendwann auf jede vorhandene Gesteinsart der Schlucht stoßen. »Können wir die Typen der Räume, in denen wir waren, und ihre Position entlang dieses Tunnels in Beziehung bringen?«

Lassiter zückte ihren Tricorder und ging die Daten durch. »Wir haben die Räume willkürlich katalogisiert und bisher drei Grundmuster gefunden.« Ihre Stimme wurde vor Überraschung lauter. »Die Raumabmessungen scheinen innerhalb ihres Gesteinstyps überall gleich zu sein. Doch angesichts des bisher besichtigten Komplexteils können wir kaum eine statistisch gültige Hochrechnung der vorhandenen Räume erstellen.«

»Ich bin mir bewußt, daß wir aufgrund dieser vagen

Daten keine wissenschaftlich unanfechtbaren Schlüsse ziehen können, Dr. Lassiter.« Ihr mangelnder Spekulationswille führte dazu, daß Spock Kirks Irritation, wenn er sich dergleichen ebenfalls versagte, nun in völlig neuem Licht erschien. Er nahm sich vor, sein Handeln in derlei Angelegenheiten noch einmal zu überprüfen, wenn Zeit dazu war. Im Moment war es jedoch wichtiger, daß sie so schnell wie möglich einen Weg ins Zentrum des Komplexes fanden. »Um die Suche zu verkürzen: Können wir eine brauchbare Arbeitshypothese aufstellen, um unsere Forschungsergebnisse zu überprüfen?«

Tallieur hob drei Finger. »Die äußeren Räume enthalten Bänke aus dem gleichen Gestein wie die Wände. Mehrere enthalten tischähnliche Gebilde aus Kalkstein. Die inneren Räume bestehen aus heller gefärbtem Sandstein, und sämtliche Gebilde in ihrem Inneren sind aus dem gleichen Material. Die letzten Räume, die wir untersucht haben, enthalten gar nichts und sind unbearbeitet.«

»Alles, das hervorsticht, sind diese Kalksteintische.« Lassiter kaute fester an ihrer Locke. »Nehmen wir doch mal an, daß diese Räume den Hohepriestern – oder wem auch immer – als Audienzsäle gedient haben. Ob der Kalkstein eine bestimmte Bedeutung für sie hatte?«

»Haben wir nichts Besseres, aus dem wir einen Schluß ziehen können?« fragte Tallieur. »Ich hätte gern etwas Solideres, aber ich bin auch nicht abgeneigt, mein Glück zu versuchen.«

Knealayz untersuchte den Korridor erneut mit ihrem Tricorder. »Warum nicht? Wir sind so weit gegangen, daß ich inzwischen wenigstens Veränderungen im E-M-Flux messen müßte. Außerdem *sieht* man, daß ihre Technik noch Energie verbraucht, sonst wären die Lichter längst ausgegangen. Alles ist besser, als hier herumzustehen und auf glückliche Fügungen zu hoffen.«

»Na schön.« Spock hatte nicht erwartet, daß die anderen so schnell einverstanden waren. »In diesem Fall begeben wir uns so schnell wie möglich durch diesen Gang, bis wir auf die Sektion stoßen, der die Kalksteintische entstammen. Außerdem sollte jeder darüber nachdenken, nach welchem Prinzip sich die Kh!lict von einer Etage zur nächsten bewegt haben. Was wir suchen, kann auch über oder unter uns liegen.«

Vom Chor der Zustimmung verfolgt, machte sich Spock auf den Weg durch den Korridor und legte ein Tempo vor, bei dem auch Menschen noch gerade mithalten konnten. Wenn man den niedrigen Sauerstoffgehalt von Careta IV berücksichtigte, hielt sich die Truppe ganz gut. Doch er wagte es nicht, seinen Begleitern allzuviel abzuverlangen. Sonst waren sie nicht fit genug, wenn das Unerwartete eintraf.

Zwei Stunden später stellte Spock die Logik allmählich in Frage, die sie zu dieser Aktion getrieben hatte. Seiner Schätzung zufolge hatten sie fast fünfzehn Kilometer durch die Gänge zurückgelegt, ohne ihrem Ziel näher zu kommen. Untersuchungen der auf dem Weg liegenden Räume ergaben keine weiteren Informationen, mit denen man arbeiten konnte. Die Menschen hatten ihren Enthusiasmus längst verloren.

Ohne genau zu wissen, wie es weitergehen sollte, ordnete Spock an der nächsten großen Kreuzung eine Pause an. Unter Ausnutzung des zusätzlichen Platzes der Gangkreuzung beamte Scott Proviant und neue Feldflaschen zu ihnen hinunter. Die Nahrung und einige Minuten Ruhe trugen zur Hebung der Moral bei.

»Ich glaube, Mr. Spock hatte von Anfang an recht«, sagte Tallieur, während er an einem Nahrungsriegel knabberte. »Dieses Volk war so paranoid, daß es nicht mal der eigenen Mutter über den Weg getraut hätte.«

»Würden Sie denn Ihrer Mutter trauen, wenn sie zuließe, daß Sie solche Dinge an Ihrer Tür anbringen?« sagte Lassiter und deutete auf einen Eingang, der ebenfalls rituelle Metzeleien und Opferungen abbildete. Das auf dem Altar ausgebreitete Opfer hätte eine gute Illustration für ein Kh!lict-Anatomielehrbuch abgeben können.

»Nun ja...« Tallieur nahm einen ausgiebigen Schluck, um die Nahrung herunterzuspülen. »Trotzdem, wir laufen hier pausenlos herum, ohne irgendwo hinzukommen. Wenn wir gerade glauben, wir hätten Fortschritte gemacht, verschiebt eine Verwerfung das Gestein, und wir fangen wieder am Anfang des Abschnitts an. Ich wette, Geologen hätten ihren Spaß daran, aber ich habe es langsam satt, mir immer wieder das gleiche Gestein anzuschauen.«

»Und ich habe noch immer keinen Hinweis darauf, was mit dem Energieflux im Hintergrund los ist.« Knealayz schüttelte frustriert ihren Tricorder. »*Wieso* fangen wir absolut nichts auf? Es muß doch eine Frequenz geben, die sie abzuschirmen vergessen haben.«

Lassiter zog die Beine an und stützte das Kinn auf die Knie. »Es ist wohl eher die Frage, *wo* der Schirm ist. Also...« Sie hielt inne und knabberte wieder an ihrem Haar. »Wir sind da, wo jeder hinkäme, der den Komplex betritt. Wären wir feindliche Invasoren, würde man wollen, daß wir *nichts* sehen, also schirmt man sich gegen alles ab, mit dem man abgetastet werden könnte.«

Spock richtete sich auf und fragte sich, wie oft er dem Offensichtlichen noch gegenüberstehen mußte, bevor er die Geheimnisse der Kh!lict löste. »Das wäre logisch. Es bedeutet aber auch, daß wir hinter die erste Raumreihe in diesen Gängen gelangen müssen.«

Tallieur musterte gezielt die roten Sandsteinwände. »Ich empfehle, daß wir zur letzten Verwerfung zurückkehren und in ihrer Umgebung alles untersuchen. Wenn unsere Annahme stimmt, daß sich hier alles um farbliche Gestaltung und Gesteinsarten dreht, können wir die meisten Alternativen auf engstem Raum untersuchen.«

»Klingt vernünftig, Mr. Tallieur. Ich schlage vor, wir beenden schnell unsere Mahlzeit, damit wir die Ermittlungen wieder aufnehmen können.«

Sein Vorschlag wurde mit Gestöhn und Protest begrüßt, aber fünf Minuten später waren sie wieder auf dem Weg zu der Stelle, an der sie der ersten Verwerfung begegnet waren. Dort angekommen, schwärmte die Gruppe aus, um die Umgebung zu erkunden. Spock untersuchte die Verwerfung. Als er mit gespreizten Beinen dastand – ein Fuß ruhte auf gelbbraunem Schlammstein, der andere auf rostrotem Sandstein –, fiel ihm etwas auf, das er schon früher hätte bemerken sollen. Der Unterschied zwischen den beiden Gesteinsarten deutete an, daß sich die Felsschichten einst mehrere Kilometer relativ zueinander bewegt hatten. Doch der Korridorboden war so glatt wie an dem Tag, an dem die Kh!lict den Tunnel gebohrt hatten. Geologisch war solche Stabilität zwar nicht unmöglich, aber doch sehr unwahrscheinlich. Irgendwie war es den Kh!lict gelungen, die Verwerfungszone mehrere Kilometer in beide Richtungen zu stabilisieren – und zwar so gut, daß sie sogar ihre Kultur um wenigstens hundertfünfzigtausend Jahre überlebt hatte. Nach allem bisher Gesehenen war die Galaxis zwar ohne die Kh!lict besser dran, aber auch um die Erfahrung ärmer, die Geheimnisse ihrer Wissenschaft und Technik zu erlernen.

Nach zwanzig weiteren Minuten engten sich ihre Möglichkeiten beträchtlich ein. Die meisten Räume waren mit denen identisch, die sie schon zuvor untersucht hatten. Sie hatten die gleiche Ausstattung und verfügten nur über eine zum Korridor führende Tür. Diese Räume ließ man ohne weitere Ermittlungen außer acht. Ein halbes Dutzend willkürlich entlang des Gangs verteilter Räume verfügte über eine zweite Tür, die vom Hauptgang wegführte. Spock schickte Gruppen aus, um sie zu untersuchen, aber das Ergebnis war enttäuschend. Alle Räume waren jeweils mit einem zweiten ihrer Art verbunden, der wiederum mit einem anderen, ähnlich aussehenden verbunden war. Der letzte Raum der jeweiligen Kette führte schließlich in einen Korridor auf der gleichen Ebene des Komplexes. Als die Gruppen verstaubt und durstig zurückkehrten, waren sie den Kh!lict kaum mehr zugetan als zuvor. Nachdem man die Räume auf einem Plan eingezeichnet hatte, erinnerten sie an den Weg eines Betrunkenem von einem Punkt zum anderen. Der Schluß, den man zog, war unausweichlich: Die Räume führten nicht dorthin, wo sie hinwollten.

Somit blieben noch zwei Räume übrig, die genau parallel zur Verwerfung lagen. Man hatte sie in der Hoffnung ausgelassen, daß man die Antwort anderswo fand. »Nun wird's sich zeigen«, murmelte Lassiter, als sie die Türen scannte, ohne auf die Abbildungen zu schauen. Die Bilder auf der Türfüllung zeigten die rituelle Brutalität der Folter und zeremonielle Opferungen in solchen Details, daß niemand große Lust verspürte, sich näher über diesen Aspekt der Kh!lict-Gesellschaft zu informieren.

»Ich kann mir keine bessere Methode vorstellen, jemanden davon abzuhalten, diese Tür zu öffnen.« Tallieur warf einen kurzen Blick auf die Abbildungen, dann schüttelte er den Kopf. »Und ich habe immer gedacht, die Azteken hätten einen an der Waffel.«

»Im Vergleich mit denen waren die Azteken Amateure.« Knealayz schluckte. »Wollen wir wetten, daß die Transportersteuerung direkt unter dem Altar liegt?«

Spock drückte gegen die Tür, die sich sofort lautlos öffnete. Der Raum war lang und schmal, und der Verwerfungsspalt zog sich durch seine gesamte Länge. Ein gespenstisches Licht flackerte in den Ecken und tauchte den größten Teil des Raums in dunkle Schatten. Die Ausnahme bildete ein heller Lichtkegel, der einen grauen Kalksteinblock umgab. Schwarzviolette Farbkleckse sprenkelten die Seiten des Altars und den ihn umgebenden Boden.

»Unmöglich«, murmelte Knealayz bestürzt, als sie einen Blick auf den blutverschmierten Altar warf. »Das kann doch nicht wahr sein, verdammt noch mal. Außerdem gibt es kein *so* gutes Stasisfeld.« Sie scannte die ihr am nächsten liegende Wand, wobei sie die Anomalie am anderen Ende des Raumes bewußt ignorierte.

Spock aktivierte seinen Tricorder und ging auf das Objekt zu. Nach so vielen Fehlschlägen war die Chance, daß sie hier etwas fanden, zwar nicht groß, aber er mußte es trotzdem versuchen. Als er die Hälfte des Raums durchquert hatte, schlugen die Messungen so heftig um, daß er ihnen nicht mehr folgen konnte. Er schaltete das Display auf halbe Geschwindigkeit, zeichnete aber weiterhin auf sämtlichen Frequenzen auf. Als die anderen seine Entdeckung ebenfalls maßen, vernahm er hinter sich Laute der Verwunderung. Es war, als sei der Raum in der Mitte durch eine Barriere geteilt. Wenn man sie überwand, erhielt man alle Daten, die bislang vor ihnen abgeschirmt gewesen waren.

Nach und nach traten alle ans Ende des Raumes, umkreisten den Altar, blieben schließlich stehen und richteten ihre Tricorder auf den grauen Kalkstein. »Da haben wir den Grund für die Anomalien«, sagte Tallieur und sprach aus, was schon alle wußten. »Angesichts der Vorliebe der Kh!lict für Wiederholungen liegen wahrscheinlich alle vergleichbar möblierten und ausgestatteten Räume des Komplexes einer Verwerfung gegenüber.«

»Entschuldigung, daß ich es mir schon so vorgestellt hatte«, murmelte Knealayz. »Dieses Volk war einfach zu entsetzlich, als daß wir in Ruhe über seine Gewohnheiten hätten nachdenken können.«

Spock stimmte ihr insgeheim zu. Trotzdem, die beste Methode, um zu verhindern, das jemand das interne Transportsystem benutzte, bestand darin, den Steuerungsmechanismus dort zu verstecken, wo kein geistig gesundes Lebewesen freiwillig hinging. Die Kh!lict waren vielleicht brutal, widerlich und ekelhaft gewesen, aber nicht dumm. Kein Kh!lict hätte einen solchen Raum freiwillig betreten, es sei denn, er hätte genau gewußt, daß ein *anderer* das Opfer war. Spock holte tief Luft. »Mr. Tallieur und Fähnrich Nakamura, würden Sie bitte den Altar verschieben, damit wir uns die Steuerung ansehen können?«

Die beiden Männer knieten sich neben den grauen Steinblock und drückten ihre Schultern an die besudelte Oberfläche. Der erste Versuch zeigte keine Wirkung. Sie traten zurück und schauten sich an. »Er ist viel schwerer, als ich gedacht habe«, sagte Tallieur.

Nakamura nickte. Dann bereiteten sie sich auf den zweiten Versuch vor. Schweiß perlte auf Nakamuras Stirn, bei Tallieur tropfte er schon vom Gesicht. Schließlich bewegte sich der Stein mit einem schrecklichen Knirschen. Im nächsten Moment wurde alles schwarz.

20

Langsam kehrte das Bewußtsein zurück. Spock lauschte, bevor er die Augen öffnete. Da er nur das Atmen von sieben bewußtlosen Menschen hörte, suchte er mit einem Auge den Raum ab, um seine Eindrücke zu bestätigen. Außer dem *Enterprise*-Team schien es in dieser Umgebung keine lebenden Wesen zu geben. Da er wußte, daß er sich dessen aber erst sicher sein konnte, wenn er aufstand, griff er nach seinem Phaser und rappelte sich hoch.

Er drehte sich einmal um die eigene Achse. Der Transporter, den sie durch das Verschieben des Steins in Gang gesetzt hatten, funktionierte offensichtlich anders als das Fenster-System der Kh!lict. Statt sie wie die anderen zu verwandeln, hatte er sie bewußtlos gemacht und dann ... wohin versetzt.

Spock ließ den Phaser sinken und drehte sich zum zweiten Mal um, langsam diesmal, um die Einzelheiten in sich aufzunehmen. Sie befanden sich in einem Raum, der einem Amphitheater glich. Er wurde von diffusen kleinen Lichtern erhellt, die zwischen den Trägern der hochliegenden Decke versteckt waren. Als er sich umschaute, empfand er das vage Gefühl, daß jene, die vor Jahrtausenden hier hinausgegangen waren, das Hauptlicht gelöscht hatten, als seien sie davon ausgegangen, eines Tages zurückzukehren. Wenn er in Erfahrung brachte, wo der Schalter war, konnte er den Raum zu neuem Leben erwecken.

Am Ende der ovalen Arena führte eine breite Rampe zu einem abgeschlossenen Bereich hinauf. Im Gegensatz zum Rest des Komplexes war die zu diesem Raum führende Tür einfach und unverziert, als sei es unnötig gewesen, hier mit Tand zu protzen. Die herrschende Klasse hatte ihre Abschreckungstaktiken nur gegen das Volk eingesetzt. Dies bedeutete aber auch, daß sie endlich gefunden hatten, was sie suchten. Das interne Transportersystem der Kh!lict, das dem Schutz gegen fremde Eindringlinge diente, hatte sie direkt in die Zentrale des Komplexes versetzt.

Spock wandte sich von dem faszinierendem Bauwerk ab. Sie mußten es genau untersuchen, alles andere konnte bis später warten. Die Arena war von breiten Rängen umgeben, die sich bis in die Finsternis hinauf erstreckten. Kreuze, Rechtecke und merkwürdig geformte Klötze füllten den Raum auf jeder Ebene, aber trotzdem gab es genügend Platz, um die Hindernisse zu umgehen. Die Neugierde brachte Spock fast soweit, den Raum zu erkunden, aber er hatte Wichtigeres zu tun, das keinen Aufschub duldete.

Knealayz rührte sich, und er ging zu ihr, um ihren Puls und ihre Atmung zu überprüfen. Beides war normal, und bevor er damit fertig war, machte sie die Augen auf. »Es ist alles in Ordnung«, sagte er. »Das Transportersystem funktioniert besser, als wir dachten.«

Sie setzte sich hin und rieb sich den Hals. »Bedeutet das, daß ich noch lebe, Sir?«

»Positiv.« Spock neigte den Kopf und schaute sich die anderen Angehörigen der Landeeinheit ein. Die meisten kamen gerade zu sich. »Zuerst müssen wir überprüfen, wie es den anderen geht.«

»Jawohl, Sir.« Sie rappelte sich auf und ging wankend auf eine Bordwache zu. Als Spock sicher war, daß die anderen die Nachwirkungen des Transports ebenso leicht überwinden würden wie er, half er Tallieur hoch.

Ein Schrei gellte durch die Stille. Lassiter sprang hoch und hielt die Hände vors Gesicht. Knealayz, die ihr am nächsten war, kroch an ihre Seite. Als Lassiter spürte, daß jemand in ihrer Nähe war, schlug sie wild mit den Armen um sich. Sie traf Knealayz in die Magengegend und schlug sie zu Boden.

Spock schnappte sich die Erste-Hilfe-Box, entnahm ihr einen Injektor und stellte ihn auf eine Mischung aus Beruhigungsmitteln und Psi-Blockern ein. McCoy hatte sie ihm auf seinen ausdrücklichen Wunsch hin mitgegeben. Er setzte die Spritze an Lassiters Schulter an und injizierte ihr die Lösung.

Die Droge versetzte sie in Zuckungen, und ihr Körper ruckte wie bei einem epileptischen Anfall hin und her. Spock packte ihre Schultern und drückte sie zu Boden. Eine Flut von Informationen und Emotionen überschwemmte ihn, als er sie anfaßte. Desorientiert ließ er von ihr ab und zog sich von der Gruppe zurück, bis seine Gedanken wieder klar waren.

Sie hatten ihr Ziel in der Tat erreicht. Lassiters unfreiwilliger Ausbruch zeigte ihm, daß sie sich in der Hauptzentrale der Kh!lict-Aktivitäten von Careta IV befanden. In dunkler Vergangenheit hatten die Kh!lict-Ältesten hier über Leben und Tod ihres Volkes regiert – und zwar schlimmer als die übelsten Diktatoren des letzten Jahrtausends. Das hier eingelagerte Wissen und die Geräte hatten das Kh!lict-Volk mit einer Präzision programmiert, die nur der Aufbau ihres Hirns gestattete.

In der fast vergessenen Vergangenheit der Kh!lict waren die Informationen von einer Generation zur nächsten durch ein kompliziertes Reiferitual weitergegeben worden, das das Grundwissen ins Unterhirn der Heranwachsenden einpflanzte. Mit der Zeit hatte man das Ritual so ausgefeilt, daß der größte Teil der Kh!lict-Kultur den Jungen einprogrammiert werden konnte, sobald sie erwachsen waren. Von da an war es für die Herrschenden ein Kinderspiel gewesen, den Jungen nur Wissen zu vermitteln, das sie zu leicht regierbaren

Untertanen machte. Sie hatten alles kontrolliert. Doch wann ihre Kultur in eine rücksichts- und beispiellose Barbarei verfallen war, konnte Spock anhand der Bilder, die er von Lassiter empfangen hatte, nicht sagen. Er verstand freilich, warum jemand um jeden Preis versucht hatte, sämtliche Spuren der Kh!lict auf diesem Planeten auszulöschen. Seit dem Beginn ihrer Raumfahrt hatten die Kh!lict jede Rasse ausradiert, die ihr begegnet war. Und zum Schluß waren sie die einzigen Intelligenzen in ihrem Machtbereich gewesen. Noch heute bezeugte die Brutalität ihrer Kultur und ihre unzerstörbare und verantwortungslose Technik, daß sie eine Bedrohung für die Galaxis gewesen waren. Die Vorstellung, was ihr technisches Können in den Händen eines raumfahrenden Hitler oder eines neuen Kahless hätte bewirken können, ließ selbst Spocks Blut gefrieren.

Er verscheuchte die Gedanken aus seinem Kopf. Die Droge hatte Lassiter beruhigt. Die anderen erwachten gerade und schüttelten sich benommen. Spock ging zu Lassiter und half ihr, sich hinzusetzen. »Ich entschuldige mich für mein ungewolltes Eindringen, aber ich habe die meisten Bilder wahrgenommen, die Sie empfangen haben. Können Sie mir sonst noch etwas über diesen Ort sagen, Dr. Lassiter?«

Sie schüttelte den Kopf. Ihr Gesichtsausdruck war eher verwirrt als abweisend. »Es war, als hätte ich die Gedanken von Abermilliarden Kh!lict auf einmal gehört. Die Gedanken aller Kh!lict, die je gelebt haben.« Sie fröstelte. »Wie konnten solche schrecklichen Wesen nur existieren?«

»Ich weiß es nicht, Doktor.« Spock stand auf und blickte sich um. Aufgrund von Lassiters Bildern erkannte er Reihen von geneigt stehenden Maschinen. Die Kontrollen waren auf abgeschrägten Oberflächen angebracht und für die Bedienung mit Kh!lict-Zangen geeignet. Einige erforderten es sogar, daß mehrere Zangen gleichzeitig in Aktion schritten, um verschiedene Kontaktpunkte zu erreichen. Und noch schlimmer: Sie waren nicht beschriftet, so daß man nichts identifizieren konnte. Die Konsolen waren farblich gekennzeichnet, und die Datendisplays – winzige Bildschirme – zeigten in einem Zwei-Minuten-Zyklus alle Farben des Spektrums an.

In Spock machte sich so etwas wie Unsicherheit breit. Wenn diese Instrumente die nötigen Informationen enthielten, um Kirk und den anderen ihre menschliche Gestalt zurückzugeben, konnte nur ein Kh!lict sie schnell genug bedienen. Lassiters Reaktion ließ Spock darüber nachdenken, wie dieser Ort wohl auf einen Kh!lict wirkte, selbst auf einen mit menschlichem Verstand. Er sah im Moment keinen anderen Weg, um die Rätsel der Kh!lict-Technik zu lösen und den anderen zu helfen. Mit genug Zeit hätte er den Kode knacken können, aber die stand ihm nicht zur Verfügung.

Er zückte seinen Kommunikator. »Spock an *Enterprise.*« Da ihm nur statisches Rauschen antwortete, drehte er die Sendeleistung auf Maximum und versuchte es erneut. »Spock an *Enterprise.*«

»Uhura hier. Können Sie das Signal verstärken, Mr. Spock? Wir können Sie kaum verstehen.« Ihre Stimme verschwand fast in dem Rauschen.

»Negativ, Lieutenant Uhura. Ich sende bereits auf Maximum.« Er schaute sich um und fragte sich, ob die Kh!lict-Geräte möglicherweise Interferenzen verursachten. »Sie müssen die Störungen an Bord kompensieren. Bis dahin teilen Sie Mr. Scott bitte mit, er soll den Captain an unsere Position beamen. Wir befinden uns in einer großen Anlage; dadurch hat Scott bei den Transporterkoordinaten einen gewissen Spielraum.«

Das Störungsrauschen überbrückte die Pause. Als Uhura sich zurückmeldete, war ihre Stimme zwar lauter, aber die Verbindung war trotzdem schwach. »Mr. Scott sagt, er hat sehr große Bedenken, jemanden durch die elektromagnetischen Störungen zu beamen, von denen Sie umgeben sind. Haben Sie keine Alternative, Mr. Spock?«

»Negativ. Wir befinden uns im Kh!lict-Kontrollzentrum, wissen aber nicht genau, wie wir hierher gekommen sind. Die Anwesenheit des Captains ist unbedingt erforderlich, um die Computer und anderen Geräte zu bedienen, die sich in diesem Raum befinden.« Er schaute sich um und fragte sich, ob auch ein Humanoide die Apparaturen bedienen konnte, aber die Geräte waren zu fremdartig. Mit mehr Zeit wäre es eine geistig verlockende Aufgabe gewesen. Aber unter den gegebenen Umständen war es erst einmal wichtig, daß ihre Leute wieder in ihre humanoide Gestalt zurückverwandelt wurden. »Bitte, sagen Sie Mr. Scott, er soll vorsichtig mit dem Transportersignal sein. Aber er muß den Captain sofort zu uns bringen. Spock, Ende.«

Er steckte den Kommunikator wieder an seinen Gürtel und machte sich auf den Weg zur ersten Gerätereihe. Auch wenn er ohne Kirk nicht viel machen konnte, er wollte sie wenigstens untersuchen. Als er über die Rampe zur ersten Reihe ging, hörte er hinter sich einen Schrei. Wie aus dem Nichts gekommen stürzte ein kleiner Kh!lict auf die Landeeinheit zu. Sein Panzer flackerte wild und signalisierte höchste Wut. Auch wenn Spock die Sprache nicht verstand, er wußte, was es zu bedeuten hatte. Das Wesen kam schnell und gelenkig näher und fuchtelte bei jedem Schritt mit seinen tödlichen Zangen.

Das Landeeinheit schwärmte aus und bildete nun für den Kh!lict mehr als ein halbes Dutzend beweglicher Ziele. Spock feuerte seinen Phaser ab und traf ihn eine Sekunde vor dem Strahl einer Bordwache. Die gebündelte Kraft des doppelten Beschusses traf den Panzer des Fremden und warf ihn aus dem Gleichgewicht. Er strauchelte, sein Körpergewicht riß ihn nach vorn, so daß er auf dem Bauch landete. Er kam dort zum Stillstand, wo zuvor die Landeeinheit gesessen hatte.

Spock näherte sich dem besinnungslosen Kh!lict, blieb aber weit genug entfernt, für den Fall, daß er aufwachte. Das Sicherheitspersonal blieb in Bereitschaft und hielt die Phaser auf ihn gerichtet. Spock umrundete ihn und verglich seine Körpermaße mit denen Kirks. Er hatte sonst nichts, um das Wesen zu identifizieren. Dieser Kh!lict war jedoch kleiner, und je länger Spock ihn musterte, desto mehr Unterschiede erkannte er im Aufbau seines Panzers.

Ohne den Bordcomputer konnte er zwar nicht genau sagen, ob es sich um den Kh!lict handelte, den er am Nachmittag am Rand der Schlucht gesehen hatte, doch alles schien dafür zu sprechen. Er fragte sich, ob die Bordsensoren seinen Weg verfolgt und möglicherweise aufgezeichnet hatten, an welcher Stelle er in den Komplex eingedrungen war. So konnte man seinen Weg zurückverfolgen. Wenn dem so war, hatten sie sogar einen Fluchtweg. Nachdem Spock den Kh!lict eingehend studiert hatte, schlußfolgerte er, daß er Chekov beherbergte. Die Wachen, die Kirk durch das Artefakt gefolgt waren, waren alle fünfzehn bis zwanzig Kilo schwerer gewesen. Somit war Chekov der kleinste Mensch, der zu einem Kh!lict geworden war.

Als Spock die Untersuchung beendete, war Chekov noch ohne Bewußtsein. Spock steckte den Phaser weg und winkte eine Wache heran. »Solange er besinnungslos ist, drehen wir ihn auf den Rücken. Dann kann er uns nicht noch mal angreifen.«

»Glauben Sie, daß das reicht, Sir?« fragte die Wache. »Das Vieh stand kurz davor, unsere Eingeweide auf dem Boden zu verteilen.«

»Ich höre mir gern jeden anderen Vorschlag an, Mr. McGaren. Nur fehlen uns momentan die Mittel, die Ideen auszuprobieren, die gleich vom Himmel fallen werden.«

»Aye, Sir, ein wahres Wort…« McGaren setzte eine finstere Miene auf und steckte den Phaser wieder an seinen Gürtel.

Spock nahm die Vorderseite, McGaren das Hinterteil. Zusammen warfen sie Chekov auf den Rücken. Spock trat zurück und studierte den bewußtlosen Kh!lict. Er war vielleicht in der Lage, sich auf die Beine zu rollen. Aber nicht, bevor es jemand von der Landeeinheit bemerkte. Als ihm einfiel, wie wütend Chekov auf sie losgestürmt war, hielt er es für unwahrscheinlich, daß er die nötige Konzentration aufbrachte, um sich umzudrehen. Beim ersten Versuch würden alle die Phaser auf ihn richten. Im Moment war das Problem erst einmal gebannt.

»Glauben Sie, daß der Captain ebenfalls ausrastet, wenn er hier ankommt?« fragte McGaren.

»Ich habe keine Ahnung.« Wie würde das Kh!lict-Unterhirn, das Kirks Körper steuerte, wohl auf den Transporter reagieren? Die an Bord gebeamte Wache war Amok gelaufen, und sie hatten keinen Grund zu der Annahme, daß Kirk in einem besseren Zustand hier ankam als Chekov. Er mußte darauf hoffen, daß Kirks Unterhirn sich beruhigte, wenn es sich in einer Kh!lict-Umgebung wiederfand. »Mr. McGaren, Sie und Ihre Kollegen stellen sich so auf, daß Sie die ganze Arena überschauen können. Wir müssen auf alle Eventualitäten vorbereitet sein.«

»Aye, Sir.«

Die Wachen postierten sich am Rand der Arena. Die Wissenschaftler schwärmten aus, um die Kh!lict-Maschinerie zu untersuchen, auch wenn sie ohne Übersetzer nicht weit kommen würden. Als Spock die Rampe hinaufstieg, empfand er die Dringlichkeit der Situation noch stärker. Wenn Chekov ein Beispiel für das war, was mit Menschen geschah, die zu lange in einem Kh!lict-Körper steckten, mußten sie die anderen schnellstens befreien.

21

Kirk stürzte der rostfarbenen Oberfläche des Sees entgegen. Das Gewässer näherte sich erschreckend schnell, und er fragte sich, wie gut der Kh!lict-Körper den Aufschlag verkraften würde. Es war ein Experiment, das er gern vermieden hätte.

Als sein Leben gerade im Schnelldurchlauf an seinem inneren Auge vorbeizog, spürte er das wohlig warme Gefühl eines ihn einhüllenden Transporterstrahls. Er materialisierte sicher und geborgen im Transporterraum der *Enterprise.* »Willkommen an Bord, Captain«, sagte Scott, der gerade im Begriff war, neue Koordinaten einzugeben. »Mr. Spock möchte Sie umgehend auf dem Planeten sehen.«

Kirk spürte, daß ein Schock sich in seinem Unterhirn breit machte, aber noch bevor es reagieren konnte, war er wieder vom Transporterstrahl eingehüllt. Als er erneut materialisierte, wurde alles noch verwirrender. Er befand sich in der Arena des Allerheiligsten, an dem Ort, an dem ein Kh!lict nur *einmal* im Leben sein durfte. Und nun war er zum zweiten Mal hier! Daß er nun auch noch von diesen merkwürdigen Ungeheuern umzingelt war, war mehr, als er verkraften konnte. Er spürte, daß das Kh!lict-Gehirn sich anschickte, sämtliche Körperfunktionen einzustellen. Die Beine verweigerten ihm den Dienst, und er fiel geradewegs auf den harten Steinboden.

»Captain? Captain Kirk, können Sie mich hören?« Spock näherte sich und kniete sich vor ihn hin.

Nach einer Zeit, die Kirk wie eine Ewigkeit vorkam, erlangte er wieder die Kontrolle über die Fähigkeit, sich zu verständigen. Daß er sich im Allerheiligsten befand, verwirrte den Kh!lict offenbar mehr als die Tatsache, intelligenten Wesen gegenüberzustehen. Sein Wirt stand kurz davor, völlig wegzutreten, um diese Unmöglichkeit zu verdrängen. JA, ICH HÖRE SIE, konnte Kirk schließlich signalisieren. DANKE FÜR DIE RETTUNG.

»Das ist gut.« Vulkanier oder nicht, Spock klang erleichtert. Kirk empfand einen Moment Sympathie für seinen Ersten Offizier. Wenn es für ihn schon ein Problem war, in einem Kh!lict gefangen zu sein, war es für Spock erst recht schwierig, die Verantwortung für seine Rückverwandlung und die der anderen zu tragen. »Wir brauchen Ihre Hilfe, Captain, um die Geräte hier zu bedienen. Dies ist die Hauptzentrale des Planeten, aber wir wissen nicht, wie die Dinge hier funktionieren. Die Datenschirme zeigen alles in der Sprache der Kh!lict an. Wir haben nicht die geringste Vorstellung, wie die Farben und Symbole zu übersetzen sind.«

KANN ICH MIR VORSTELLEN, signalisierte Kirk, nachdem er sich durch die chaotischen Bilder gekämpft hatte, die sein Unterhirn heimsuchten. DIE SPRACHE IST STARK KONTEXTABHÄNGIG. SCHON GERINGE FARBABSTUFUNGEN IN BILDERN KÖNNEN DIE BEDEUTUNG VERÄNDERN.

»Wir glauben, daß die Antworten auf Ihr Problem in diesen Maschinen zu finden sind, Captain.« Das schwache Licht im Raum tauchte Spocks Gesicht in Schatten und ließ seine Wangenknochen extrem hervorstechen. »Können Sie für uns übersetzen?«

Kann ich es? fragte sich Kirk. Das Kh!lict-Unterhirn, noch immer verwirrt, weil es sich an einem Ort befand, an dem Kh!lict seines Alters und Geschlechts nichts zu suchen hatte, würde es ihm nicht leicht machen. Außerdem nahm er an, daß sein Wirt nicht viel von wissenschaftlichen Dingen verstand. Doch wenn Spock einen Kh!lict zum Übersetzen der Datenanzeigen brauchte, war er der einzige weit und breit. Warum, wußte er zwar nicht, aber er war sich sicher, daß die anderen Transformierten mit ihren Wirten kaum kooperieren konnten. Es war so, als wollten sie die *Enterprise* und ihre Mannschaft durch simples Ignorieren aus der Welt schaffen. Ihm war es wenigstens gelungen, seinen Wirt zu einer gewissen Zusammenarbeit zu zwingen. Auch wenn es nicht viel war, es räumte Spock die Möglichkeit ein, etwas zu unternehmen. Er mußte es versuchen.

Kirk durchsuchte das Hirn seines Wirts in der Hoffnung, ihm Informationen entnehmen zu können, die Spock halfen. Zu seinem Schreck empfand sein Wirt jedoch den Gedanken, diesen Wesen *irgend etwas* mitzuteilen, als so verwirrend, daß Kirk fürchtete, in dem sich daraus ergebenden Mahlstrom aus Entsetzen und Angst zu ertrinken. Mehrere Minuten lang waren die Gedanken seines Wirts eine solche Flut, daß er sich erst einmal von ihnen dahintreiben ließ und hoffte, sie würden sich aufgrund der starken Reaktion irgendwann erschöpfen.

Als Kirk wieder Herr über seine Sinne war, sah er, daß Spock nach dem Kommunikator griff. Die Panik des Kh!lict flaute zwar ab, aber Kirk konnte das Nervensystem nicht dazu bewegen, Spocks Worte an ihn weiterzuleiten. Obwohl er verschiedene Frequenzen deutlich wahrnahm, waren die Gehörmembranen des Wirts nicht in der Lage, die Nuancen der menschlichen Rede aufzunehmen, solange er sich auf sie konzentrierte. In dem geistigen Streß, dem der Kh!lict momentan ausgesetzt war, konnte Kirk Spocks Worte nicht verstehen.

Mehrere Minuten später, als er noch immer bemüht war, seinen Wirt zu beruhigen, fing die Luft vor ihm an zu flimmern, und der Transporterstrahl ließ etwas materialisieren. Während Kirk versuchte, die lilafarbene Flüssigkeit zu identifizieren, die sich in dem Hundert-Liter-Sack befand, schritt sein Wirt zur Tat. Er warf sich auf den Sack, bohrte seinen Rüssel hinein und fing gierig an zu saugen. Nach dieser Reaktion zu urteilen, hatte der Geruch des Sackinhalts auf die Nahrungsreflexe des Wirts eingewirkt. Kirk dankte McCoy in Gedanken dafür, daß er aus den wenigen erhaltenen Hinweisen eine für seinen Wirt schmackhafte Mahlzeit kreiert hatte.

Als er satt war, spürte Kirk, daß sein Wirt sich auch zunehmend beruhigte. Zuerst nahm er an, daß es an der Sattheit nach den langen Entbehrungen lag, aber da sein Körper sich nun leicht und ein wenig betäubt fühlte, erkannte er, daß Spock McCoy die Anweisung erteilt hatte, eine Droge in die Nahrung zu mischen. Mit etwas Glück konnte er das Kh!lict-Hirn in dieser Verfassung nach den gewünschten Informationen für Spock durchsuchen.

WAS HABEN SIE GETAN? morste er, um in Erfahrung zu bringen, ob er recht hatte.

»Diazilyrion.« Spock musterte ihn mit einem Anflug von Zufriedenheit. »Der Körper wird in diesem paralysierten Zustand keinen Schaden nehmen. Aber Sie sollten vorsichtig sein, wenn Sie Bewegungen machen, die ein hohes Maß an Koordination erfordern.«

VORSCHLAG: WIR NUTZEN DIE LAGE. Kirk setzte seine Stielaugen ein, um den Raum eingehender unter die Lupe zu nehmen, als sein Wirt es zuvor erlaubt hatte. Er spürte, wie sich das Diazilyrion in seinem Körper ausbreitete. Es beeinflußte die Angst des Wesens und redete ihm ein, die Menschen seien Schöpfungen seiner Phantasie, eigenartige Halluzinationen, die gesandt wurden, um Nachrichten zu übermitteln, die nur er sah und verstand. Mit zunehmender Befriedigung spürte der Captain, daß der Kh!lict in einen Zustand schwafelnden Schwachsinns versank, in dem Kirk sämtliche kollektiven Informationen des Unterhirns zugänglich wurden, sobald er die richtigen Fragen stellte.

Sein erster Blick auf die Gerätereihen war enttäuschend. Die Apparate reihten sich in endloser Zahl bis an die hintersten Arenawände. Alle jungen Kh!lict wurden in das Allerheiligste gebracht, wenn sie den Reifeprozeß überstanden hatten. Hier wurden sie von einer Ältesten geprüft und erhielten eine Erwachsenenposition in der Gesellschaft. Danach wurden sie zu den ihnen zugehörigen Geräten gebracht. Man schnallte die jungen Kh!lict an eine Maschine, und alles Wissen, das sie für ihr zukünftiges Leben brauchten, wurde in ihr Unterhirn eingegeben. Der Hauptteil des Wissens war mit einer Art Sicherung versehen, die bestimmte Dinge freigab, sobald sie gebraucht wurden.

Wenn die Programmierung vollständig war, wurden die jungen Kh!lict – sie waren in diesem Alter alle männlich –, auf dem Planeten ausgesetzt, wo sie für sich selbst sorgen mußten, bis sie den ihnen vorgeschriebenen Nachwuchs gezeugt hatten. Dann metamorphierten sie zu jungen Weibchen.

Nachdem die Weibchen mehrere Dutzend Eier ausgebrütet hatten, stellten sie sich von der Reproduktion auf eine wissenschaftliche Tätigkeit um oder strebten ganz offen eine Machtposition an. Viel hing davon ab, wie der junge Kh!lict programmiert worden war, aber auch individuelle Erfahrungen beeinflußten die Entwicklung eines Weibchens. Kirk hatte den Eindruck, daß die Gesellschaftsstrukturen der Kh!lict auch für seinen Wirt ein Geheimnis waren. Er war noch zu jung, noch nicht weit genug gereist, hatte seinen Programmzyklus noch nicht beendet und verfügte somit nicht über alle nötigen Informationen.

Die Informationsflut verebbte allmählich und gab Kirk die Möglichkeit, genauer nach dem zu suchen, was er brauchte. Der biologische Zyklus der Kh!lict war mehr als verzwickt, aber auch die Details sagten ihm nicht, wie er wieder zu einem Menschen werden konnte. Die Antwort mußte in den Computern enthalten sein, die die Lernmaschinen steuerten. Dies brachte die Frage, welcher Computer die anderen in diesem Komplex steuerte. Er kam sich vor wie in einem Vorraum, in dem keine Schilder hingen, die einem sagten, welche Tür tiefer in den Komplex hineinführte und welche ihn zur Kh!lict-Entsprechung einer Damentoilette brachte.

Als er sich erneut umsah, fühlte er sich zu der nichtssagenden Einfriedung am Kopfende der Arena hingezogen. Sein Wirt war diesem Teil des Amphitheaters nie nahe gekommen, und als Kirk weiter nachforschte, stellte er fest, daß kein junger Kh!lict diesem Bereich näher gekommen war als bis zum Anfang der Rampe. Es war wie eine Eingebung: *Dort* mußten sie nach Antworten suchen. ES IST DORT, SPOCK. ICH WEISS, DASS WIR DORT FINDEN, WAS WIR SUCHEN.

Spock hob überrascht eine Braue. »Wir haben in Erwägung gezogen, diesen Bereich zu überprüfen, aber die Tricorder zeigen, daß sich in seinem Inneren nichts befindet.«

ICH WEISS NICHT, WAS DORT DRIN IST, SPOCK. ABER DER RAUM IST EINDEUTIG DAS EINZIG UNBEKANNTE HIER. Kirk machte eine Pause, um seine Gedanken zu sammeln. Die Darstellung der Punkte und Striche auf dem Panzer erforderte mehr Kraft von ihm, als er angenommen hatte. Er fragte sich, wie lange er den Kh!lict-Körper noch zwingen konnte, in dieser Form mit Spock zu kommunizieren.

Spocks Stirn zeigte einen Anflug von Verwunderung. »Wenn Sie genau wissen, daß diese Einrichtung unser Ziel ist, darf ich Ihnen raten, noch etwas mehr Nahrung zu sich zu nehmen, bevor wir sie untersuchen? Wir haben entdeckt, daß nicht alle Kh!lict-Räumlichkeiten das sind, was sie vorgeben.«

Ist uns das etwa neu? dachte Kirk. Gab es auf Careta IV überhaupt etwas, das in ihrem Sinne normal war? Ihm war, als trotze alles, was die Kh!lict je berührt hatten, den Gesetzen der Welt. ICH BIN SICHER, SPOCK, signalisierte er. DIE RECHNER HIER SIND NUR DUMME TERMINALS, DIE INFORMATIONEN VOM ZENTRALCOMPUTER INS GEHIRN JUNGER KH!LICT TRANSPORTIEREN. SIE DIENEN KEINEM ANDEREN ZWECK.

»In diesem Fall, Captain, werden wir die Einfriedung untersuchen, sobald Sie bereit sind.« Während Kirk aß, besprach sich Spock mit Lassiter und den anderen Wissenschaftlern. Kirk nahm an, daß sein Wirt angesichts der Energie, die er aufwandte, öfter essen mußte. Außerdem erleichterte ihm der Diazylirionspiegel in seinem Blutkreislauf die Anstrengung, an die Informationen heranzukommen, die das Unterhirn enthielt.

Spock kam zurück, als Kirk übersatt war. Aufgrund der vielen Nahrung und des Betäubungsmittels folgte er Spock wankend auf die Rampe. Spock hielt seinen Tricorder wie eine Waffe vor sich, als wolle er einen Angriff abwehren. Er umrundete die Einfriedung. »Die einzigen Öffnungen befinden sich auf dieser Seite, Captain«, meldete er. »Besteht irgendein Unterschied zwischen den Türen?«

Ich hätte ihm sagen können, daß sich der Eingang auf dieser Seite befindet, dachte Kirk, als er Spocks Meldung hörte. Ein detaillierter Plan der Einfriedungswand flutete durch seinen Geist. Einem Instinkt folgend, baute er sich zwischen den beiden Türen auf und führte vier Zangen in die dafür vorgesehenen Öffnungen ein. Die Wand wurde transparent; ein Wirbel erfüllte den dahinter befindlichen Raum. Kirk, der instinktiv ahnte, daß er das Richtige tat, schritt in den Mahlstrom hinein.

Kirk landete in der Finsternis. In seinem Kopf drehte sich alles, obwohl seine Zangen soliden Boden unter sich fühlten. Sein Wirt zog sich furchtsam zurück, die Umgebung machte ihm Angst. Kirk ließ den Verstand des Kh!lict in Bewußtlosigkeit versinken und bemühte sich in Erfahrung zu bringen, was geschehen war.

Langsam zog sich die Dunkelheit zurück. Klotzige Objekte traten aus den Schatten hervor und nahmen Formen an. Das Licht nahm an Intensität zu. Er lag ausgestreckt auf dem Boden – zwischen zwei geneigten, deformierten Konsolen, die den Lernmaschinen im Allerheiligsten ähnelten. Doch anhand der verzwickt aussehenden Armaturen schloß er, daß es sich um die Einrichtung handelte, die den gesamten Komplex steuerte. Irgendwo in diesem Raum würden sie finden, wonach sie suchten.

Sein nächster Schritt, beschloß Kirk, mußte darin bestehen, Spock zu finden. Er konnte den Vulkanier nirgendwo in der Nähe erblicken, und der ihn umgebende Raum wechselte die Perspektive wie eine Escher-Zeichnung. Bei diesem Effekt und den herumstehenden Ausrüstungsgegenständen konnte Spock drei Meter entfernt sein, ohne daß er ihn wahrnahm. Kirk versuchte sich aufzurichten, zog die Beine unter den Panzer und befahl ihnen, seinen Körper hochzustemmen. Trotz der gewaltigen Diazilyriondosis, die in seiner Blutbahn kreiste, war sein Wirt kurz davor, den Verstand zu verlieren. Voller Schreck wurde Kirk klar, daß nur die allerhöchsten und mächtigsten Kh!lict-Weibchen hier Zutritt hatten. Daß sein Wirt dies überhaupt wußte, ließ darauf schließen, daß er dazu bestimmt gewesen war, ein Weibchen zu werden und eines Tages in den Kreis der Herrscherinnen einzutreten. Doch jetzt und als Männchen hier zu sein, war ein Kapitalverbrechen.

Es ist eine Ausnahme, redete Kirk seinem Alter ego ein. *Die Ältesten haben uns auserwählt, das Geheimnis der Fremden zu lüften. Sie selbst arbeiten anderswo an diesem Problem. Sie wollen nicht, daß die Fremden sie erblicken. Wir sind die einzigen, die diese Aufgabe erfüllen können.*

Zu seiner Verwunderung gelang ihm dieser Schwindel, und sein Wirt beruhigte sich. Kirk nahm zwar an, daß er ihn irgendwann durchschauen würde, aber bis dahin hatte er die Kontrolle über den Körper.

Er brauchte fünfzehn Minuten, um Spock zu finden. Der Vulkanier war zwar nur knapp ein Dutzend Meter von ihm entfernt materialisiert, doch die kürzeste Route, ihn zu erreichen, führte durch das verrückteste Labyrinth, das Kirk je gesehen hatte. Wenn der sich dauernd verändernde Grundriß und die wechselnde Perspektive dazu dienen sollten, etwaige Eindringlinge zu verwirren, hatte die Architektin dieses Systems vorzügliche Arbeit geleistet.

Als Kirk Spock fand, war es diesem zwar gelungen, sich hinzusetzen, aber selbst diese kleine Bewegung hatte ihm erneute Schwindelgefühle beschert. Er schaute Kirk an, als er um die letzte Ecke kam, dann blickte er schnell wieder auf seine Knie. »Captain, ich sehe mich gezwungen, Ihnen mitzuteilen, daß ich ernste Wahrnehmungsstörungen habe. Ich weiß nicht genau, ob ich an diesem Ort richtig funktionieren werde.«

WO LIEGT DAS PROBLEM? Kirks Kiemen flatterten nervös. Sie brauchten Spocks wissenschaftliche Fachkenntnis, um das Geheimnis der Kh!lict-Technik zu entschlüsseln. Sein Wirt wußte nicht genug, um die Daten zu interpretieren.

»Ich glaube ...« Spock schloß fest die Augen. Sein Gesicht war fahlgrün und sah aus wie in einem Raum ohne ausreichendes Licht gezüchtetes Gras. »Es gibt hier offenbar ein Störfeld, das meine Sicht und meinen Gleichgewichtssinn beeinträchtigt ... Im Moment bin ich nicht ... in der Lage, meine Aufgabe auszuführen.«

Störfeld? Spock hatte das Wort kaum ausgesprochen, als Kirk wußte, wo er die Steuerung suchen mußte. Hinter der Ecke, drei Konsolen weiter, stand ein kleines graues Gerät, das die Sicherheitssysteme des gesamten Komplexes kontrollierte. Er ging den Weg zurück, den er gekommen war, kletterte an der abgeschrägten Armatur hoch, schob seine Zangen in die dafür vorgesehenen Öffnungen und betätigte die Aktivierungschalter. Der Bildschirm leuchtete in einladendem Lavendel auf und erkundigte sich, was er eingeben wollte.

Erstaunt darüber, daß alles so einfach ging, fragte Kirk, wie das Sicherheitssystem des Kontrollraums zu deaktivieren sei. Der Computer zeigte ihm die Kommandosequenz auf dem Schirm, und Kirks Zangen führten an den Kontrollen einen komplizierten Tanz aus, um sie einzugeben. Nach Eingabe des letzten Kommandos bestätigte der Bildschirm: <Sequenz korrekt. Sicherheitsfeld deaktiviert, o Erleuchtete.>

Kirk zog die Zangen aus den Öffnungen und kehrte zu Spock zurück. Seine Gesichtsfarbe hatte sich schon wieder in das übliche Blaßgelb verwandelt; er schien seine Umgebung mit Interesse zu mustern.

»Danke, Captain. Ich glaube, wir haben unser Ziel erreicht.« Spock rappelte sich auf, aber er bewegte sich noch immer leicht unsicher. In mancherlei Hinsicht war die vulkanische Physis ein Wunder, das Kirk immer wieder in Erstaunen versetzte, wenn er die Fähigkeiten seines Ersten Offiziers sah.

JA, SPOCK. HIER IST DAS KONTROLLZENTRUM.

»Welcher Computer enthält die Informationen, die wir brauchen?« Spocks Blick wanderte über einige Konsolen und Schalter, um sich dann schnell anderen Geräten zu widmen. Sein Gesichtsausdruck sagte Kirk, daß er all diese Geräte nur zu gern genau untersucht hätte. Das aufkeimende Gefühl, daß die Zeit knapp wurde, sagte ihm aber auch, daß er ziemlich genau wußte, wieviel Zeit ihnen noch blieb, um das Problem zu lösen.

Er betrachtete Spocks Frage von allen Seiten. Aber wie er die Worte auch umstellte, das Kh!lict-Hirn reagierte nicht darauf. STELLEN SIE KONKRETERE FRAGEN, SPOCK. ICH BRAUCHE EINEN DIREKTEN AUSLÖSER.

Spock hob eine Braue. »Darf ich fragen, woher Sie wissen, wie man das Sicherheitssystem deaktiviert?«

ALS SIE ›STÖRFELD‹ SAGTEN, WUSSTE ICH, WELCHE KON-

SOLE ES STEUERT. DER COMPUTER HAT MIR MITGETEILT, WIE MAN ES ABSCHALTET. Er war in diesem Moment so besorgt um Spock gewesen, daß er keinen Gedanken daran verschwendet hatte, wie bemerkenswert es für das Kh!lict-Unterhirn war, ihm den Schlüssel zum gesamten Sicherheitssystem des Planeten zu liefern. Im Nachhinein war es erschreckend, über das nachzudenken, was sonst noch alles in den Tiefen seines Kopfes vergraben war.

»Faszinierend«, murmelte Spock. Er schwieg längere Zeit, als analysiere er *genau,* wonach sie suchten. »Können Sie mir zeigen, wie die Durchgangsrahmen funktionieren?«

Zuerst spürte Kirk keine Reaktion. Er fragte sich, ob er die Reaktionen des Kh!lict eventuell fehlinterpretierte oder den Begriff für die hiesigen Ferntransportanlagen mißverstanden hatte. Nachdem er sich die Frage mehrmals in verschiedenen Variationen gestellt hatte, erhielt er von seinem Wirt so etwas wie eine Antwort. Die Durchgangsrahmen waren bloße Technik für Untertanen und Mechaniker, sie interessierten zukünftige Herrscherinnen nicht.

Kirk informierte sein Unterhirn verärgert darüber, daß die Fremden den Planeten ausspionierten, zu diesem Zweck die Durchgangsrahmen benutzten, und seine Aufgabe darin bestünde, dies zu unterbinden. Dies befriedigte seinen Wirt zwar, aber die Antwort war vage und verwirrend. ICH GLAUBE NICHT, DASS ER ETWAS WEISS, SPOCK, signalisierte Kirk. ICH HABE ZWAR EINE VAGE VERMUTUNG, WO WIR ANFANGEN SOLLEN, ABER ICH FÜRCHTE, WIR MÜSSEN ES AUF GUT GLÜCK VERSUCHEN.

Sie machten sich auf den Weg durch das Labyrinth, um die Konsole zu finden, die mit Kirks Eingebung übereinstimmte. Es dauerte fast eine Stunde, dann fanden sie sie an der gegenüberliegenden Wand. Am Anfang der Suche erkundigte sich Kirk mehrmals an den Konsolen, die sie passierten, nach dem Weg, bekam aber keinerlei Antwort. Nachdem Spock und er den Weg dreimal von vorn bis hinten zurückgegangen waren, fanden sie endlich das gesuchte Gerät. Eingeklemmt zwischen zwei Ambienkontrollen und der Müllverarbeitungssteuerung der größten Kh!lict-Städte, war es das einzige inmitten der Instrumentenbatterie, das nicht so tot war wie das Volk, dem es einst gedient hatte.

»Sind die Geräte permanent ausgeschaltet oder befinden sie sich nur im Wartemodus?« Spock wischte mit dem Finger über den leeren Bildschirm der Müllverarbeitungssteuerung. Selbst Jahrtausende nach dem Tod ihrer Erbauer war dieser Abschnitt des Komplexes in einem hervorragenden Zustand. Kein Stäubchen beeinträchtigte Funktionalität und Ästhetik.

Spock hatte die Frage kaum ausgesprochen, als die Antwort schon in Kirks Bewußtsein strömte. TOT. DIE VERBINDUNGEN ZWISCHEN DEN GROSSSTÄDTEN, FÜR DIE SIE TÄTIG WAREN, UND DIE KONTAKTE ZUM GEOTHERMISCHEN STROMVERBUND SIND GEKAPPT. Er hielt inne und spürte, daß weitere Informationen auf ihn einströmten. DIE SONNE IST NICHT DIE EINZIGE VERSAGENDE ENERGIEQUELLE. DIE KH!LICT HABEN DIE GEOTHERMALE ENERGIE DES PLANETEN HEFTIG ANGEZAPFT – KOMPENSATION FÜR DIE ABKÜHLENDE SONNE. DIES HAT ZUM ZUSAMMENBRUCH IHRER ZIVILISATION UND IHREM AUSSTERBEN GEFÜHRT. DIE GERÄTE FUNKTIONIEREN NOCH, WEIL SIE IM WARTEMODUS WENIG ENERGIE VERBRAUCHEN.

Sie fingen an, die Steuersysteme der Transportrahmen zu erforschen. Die Arbeit ging langsam voran, da Spock seine Fragen teilweise mehrmals umformulieren mußte, bevor Kirks Wirt eine Reaktion zeigte. Und selbst dann fiel die Antwort meist so schwammig und ungewiß aus, daß Kirk meist mehrere Minuten mit den Kontrollen experimentieren mußte, um ein Ergebnis zu sehen, mit dem man etwas anfangen konnte.

Als sie gegen Mitternacht eine Pause einlegten, damit

Kirk etwas essen konnte, sprach Spock aus, was beide dachten. »So geht es nicht, Captain. Ihrem Wirt fehlt die nötige wissenschaftliche Programmierung, um das Problem zu lösen.«

STIMMT. Es war ein frustrierender und niederschmetternder Gedanke. Dabei waren sie der Lösung so nahe. Sie lag ihm sozusagen in der Zange. Aber wenn sie in diesem Tempo weitermachten, würde es Tage oder gar Wochen dauern, bis sie etwas fanden, mit dem man arbeiten konnte. Kirk glaubte nicht, daß er so lange in einem Kh!lict-Körper existieren konnte, der unter Drogen gehalten werden mußte, damit er die Informationen abgab, die sie brauchten.

»Es gibt nur eine Lösung.« Spock griff zum Kommunikator. »Ich muß durch ein Fenster gehen und mich anschließend von der *Enterprise* hierher beamen lassen. Die Logik sagt mir, daß ich einen Kh!lict-Körper erhalten werde, der mit dem nötigen technischen Wissen ausgestattet ist.«

NEIN, SPOCK. ES IST ZU GEFÄHRLICH. ICH UNTERSAGE IHNEN EINEN SOLCHEN VERSUCH. Es war schon schlimm genug, daß sie fünf Lebewesen zurückverwandeln mußten. Ein weiterer Kh!lict würde das Problem nur zusätzlich komplizieren, und außerdem gab es keine Garantie, daß Spocks Kh!lict-Körper wirklich über die Informationen verfügte, die sie brauchten.

»Spock an *Enterprise.* Hochbeamen.« Er trat zur Seite, wich Kirks Versuch aus, ihm den Kommunikator aus der Hand zu schlagen, und baute sich hinter ihm auf. Kirk, dessen Zangen aufgeregt über den Steinboden klapperten, versuchte es ein zweites Mal, doch als er sich umdrehte, hatte der Transporterstrahl Spock bereits erfaßt.

22

Eine halbe Stunde später materialisierte Spock mit einer Kommunikationsvorrichtung, die für Kh!lict-Zangen gefertigt und an seinem Panzer angebracht war. Eines bemerkte Kirk sofort: Bevor Scotty ihn wieder ins Kontrollzentrum gebeamt hatte, hatte Spock eine starke Dazilyriondosis eingenommen. Der wacklige Gang und das Flackern seines Panzers verrieten, daß sein Wirt sich hier noch unwohler fühlte als der seine. Spocks Schwerfälligkeit rührte wahrscheinlich von den Nachwirkungen des Transports her, aber dies würde sich geben, sobald er die Kontrolle über den Kh!lict gewonnen hatte. Sie hatten jedoch nicht genug Zeit, um zu warten, bis Spock das Unterhirn beruhigt hatte.

Spock trat an die Durchgangsrahmen-Steuerkonsole und führte seine Zangen in die dafür vorgesehenen Öffnungen ein. Fünf Minuten später war er soweit und bediente den Computer in einem Tempo, dem Kirk nicht mehr folgen konnte. Fünf Stunden später hatte er jedoch noch immer keine brauchbare Methode gefunden. Kirk, der sich überflüssig vorkam, beobachtete die ständig wechselnden Bildmuster auf dem Schirm. Sie folgten fast zu schnell aufeinander, als daß er sie noch hätte übersetzen können. Bald war Spock so tief in die Systemprogrammierung vorgedrungen, daß Kirk kein Symbol mehr verstand. Da er nun selbst nichts mehr zu tun hatte, ließ er sich auf seine Gliedmaßen nieder und schlief ein.

Ein dumpfer Aufprall neben ihm riß ihn aus dem

Schlummer. Er richtete mit Mühe die Stielaugen auf und schaute sich um. Schließlich entdeckte er die Ursache des Krachs. Spock lag neben der Konsole auf dem Boden; sein Panzer pulsierte in einem ungesunden Graugrün. <Was ist los>? fragte Kirk.

<Ich… weiß nicht.> Spocks Antwort wurde von einem grünen Aufblitzen unterbrochen. <Ich fühle mich… benommen. Schwach. Als bekäme ich keine Luft mehr.>

<Sie sehen auch nicht gut aus.> Spock sah geradezu krank aus. Das Grün machte Kirk nachdenklich. Die Farbe hatte etwas Wichtiges zu bedeuten, aber er wußte nicht genau, warum. <Kommen Sie mit unserem Problem voran>?

<Ich glaube, ja. Doch ich habe eine… gesicherte Ebene erreicht… für die ich keinen Zugriffskode habe. Ich glaube, wir müssen einen weiblichen Kh!lict lokalisieren… das System spricht von einer Höchsten Ältesten. Sonst kommen wir nicht weiter.> Spock streckte die Beine so aus, als wolle er längere Zeit so verweilen.

<Lassen Sie mich mal…> Kirk bahnte sich einen Weg um Spock herum und führte seine Zangen in die Öffnungen ein. Es war leicht, die Stelle zu finden, an der das System Spocks Befehle verweigerte, aber er hatte auch nicht mehr Glück, die Sicherheitsabfrage zu umgehen. Schließlich zog er die Zangen wieder heraus und ging zu Spock zurück.

In der Zeit, in der Kirk an dem Computer gearbeitet hatte, war Spocks Farbe zu einem dunklen Grün geworden, das fast der Farbe vulkanischen Blutes glich. Als dieser Gedanke zur Gewißheit wurde, war Kirk plötzlich klar, woran es lag. <Spock, haben Sie an den Kh!lict irgendwelche Bluttests durchgeführt? Könnte es sein, daß das Kupfer in Ihrem Blut Sie krank macht>?

<Es ist… möglich… Es kann sein, daß mein Kreislauf nicht genug Eisen enthält… so daß ich nicht richtig atmen kann. Das in meinem Blut enthaltene Kupfer…

könnte die Kh!lict-Physiologie vergiften. Ich habe das Empfinden, daß ich die Umwandlung schnellstens rückgängig machen muß. Sonst werde ich bald sterben.>

<Nicht, wenn ich es verhindern kann.> Kirk aktivierte die Kommunikationseinheit und gab eine Nachricht ein. Es gab ein Kh!lict-Weibchen auf dem Planeten. Nun war es an der Zeit, daß es ihnen half. Er wußte zwar nicht, wie er Talika davon überzeugen sollte, falls sie der Meinung war, dieses Problem ginge nur die Menschen an, aber er hatte sonst nicht allzu viele Möglichkeiten. Spock brauchte ihre Hilfe so schnell wie möglich.

Als Talika materialisierte, war sie aufgebracht wie nie zuvor und bereit, jeden aus dem Weg zu räumen, der ihr in die Quere kam. Diese Reaktion entstammte direkt dem Kh!lict-Teil ihres Hirns, und Kirk war heilfroh, daß einige Wachen mitgekommen waren, um sie in Schach zu halten. Ein gezielter Phaserschuß machte sie unbeweglich, ohne ihr das Bewußtsein zu rauben.

<Du mußt uns helfen, o Höchste. Wir brauchen Zugriff zum Computersystem, damit wir wieder menschliche Gestalt annehmen können. Nur du kannst uns den nötigen Zugriffskode geben.> Kirk hatte Probleme, Farbe und Haltung zu bewahren, aber der Gedanke an Spock machte es einfacher.

Talikas Panzer verfärbte sich zu dem einer tiefdunklen Fuchsie. <Eure Unverfrorenheit, hier einzudringen, schreit nach dem Tod. Kein Männchen war je hier und hat es überlebt.>

<Ich wäre sehr gern woanders, o Prächtige. Aber ich brauche den Zugriffskode, um meiner unwillkommenen Anwesenheit ein Ende zu setzen.> Sogar für ihn klang diese Argumentation schwach. Was könnte ich mir ausdenken, um sie zu ködern? überlegte Kirk. Ihre Erklärung war zwar typisch für eine Kh!lict, aber woher wollte er wissen, wer ihren Leib gerade steuerte?

In manchen Dingen waren die Kh!lict und die Djelifaner sich hinsichtlich ihrer Weltanschauung mehr als ähnlich.

<Warum sollte ich mir diese Mühe machen? Ich könnte dich mit meinen Zangen aufschlitzen und deine Reste von den Reinigungsrobotern wegräumen lassen.> Der Fuchsienton ihres Panzers unterstrich ihre Aussage und erweckte den Eindruck, daß sie ihn in diesem Fall sehr langsam und schmerzhaft töten würde.

Kirk versuchte eine andere Strategie. <Gewiß kannst du mich töten, o Glorreiche. Und mein Begleiter wird ohnehin bald sterben. Dies würde zwar unsere Blasphemie vergelten, aber es bedeutet auch, daß dann nur noch drei Kh!lict da sind, über die du herrschen kannst.> Ein leichtes Flackern ihrer Farben sagte Kirk, daß diese Worte etwas in ihr auslösten, auch wenn sie weiterhin versuchte, seine Aussage zu bestreiten. <Und wenn du dich umdrehst, wirst du vier Fremde erblicken, die einem Volk angehören, das keinem wahren Kh!lict bekannt ist. Ich garantiere dir, sie werden dich töten, bevor du mich verletzen kannst.>

<Blasphemie, Ketzerei, Entweihung! Keine Weibliche mit Selbstachtung darf gezwungen werden, sich solch infame Worte anzuhören!> Obwohl Talikas Worte von Stärke kündeten, wurden sie von Zwischenfarben gestört.

Als Kirk spürte, daß sie kurz vor der Kapitulation stand, setzte er zum letzten Stoß an. <Du bist an diesem Ort ebenso fremd wie ich. Schau in dein Inneres, und du wirst erkennen, daß du nicht hierher gehörst.>

<Ketzerei, Blasphemie!> wiederholte sie. Ihre Farben wurden blasser. Kirks Argumente schienen zu wirken. <Du bist mir noch immer unterstellt! Du mußt die natürliche Ordnung des Lebens akzeptieren!>

Kirk hätte es zwar nicht erklären können, aber er wußte, daß diese Worte nicht von dem Kh!lict kamen, sondern von Talika. Er bemühte sich, seine Antwort in freundliche, helfende Farben zu kleiden. <Wenn du deine Schwestern wiedersehen willst, Älteste Talika, mußt du Spock den Zugriffskode geben, damit er dich von deiner momentanen Gestalt befreien kann.>

<Ja.> Sie ließ eine Zange zucken. <Ja. Sage ihnen, ich brauche Zugriff zur Konsole.>

Kirk tippte einen Befehl in den Kommunikator, der die Wachen anwies, sie gehen zu lassen. Als er fertig war, konnte Talika sich an die Konsole schleppen, die die Durchgangsrahmen steuerte. Sie stellte sich in Position, führte ihre Zangen in die Öffnungen ein und bewegte die Hebel auf verschlungene Weise; Kirk nahm an, daß sie stark durcheinander war. Als sie fertig war, zog sie die Zangen zurück und ging mit wackligem, unsicherem Gang fort.

Kirk blickte ihr verwundert nach, aber dann fiel ihm ein, daß Spock seiner Hilfe bedurfte. Seine Kiemen zuckten unregelmäßig, sie waren trocken und hatten eine ungesund grüne Färbung. Als Talika fort war, strengte Spock sich an, wieder auf die Beine zu kommen, aber er war schon zu schwach. Zwei Bordwachen hoben ihn vor der Konsole in die richtige Position. Mit langsamen, zitternden Bewegungen gab er eine lange Befehlskette ein. Kirk stand da und fragte sich, wann das System die Umgehungsbefehle ablehnen würde, da sie gegen alles verstießen, was die Erbauer programmiert hatten. Noch mehr fürchtete er sich davor, Talika könnte eine Falle eingebaut haben, die Spocks Programmierung als Waffe gegen ihn selbst verwendete.

Schließlich zog Spock die Zangen aus den Öffnungen. <Ich glaube ... ich habe ... es ... geschafft. Am besten ... mache ich ... den ersten Versuch.>

Alles in Kirk schrie auf, daß es zu gefährlich sei, wenn Spock den ersten Versuch machte, durch den neu programmierten Durchgangsrahmen zu gehen. Talikas Kode konnte durchaus falsch sein und den ersten, der die Reise machte, in Stücke reißen. Zudem war Spocks

Zustand kritisch; es war nicht unwahrscheinlich, daß er starb, während sie das System noch ausprobierten. <Na schön, Spock. Sie überprüfen es. Ich werde die anderen überreden hindurchzugehen.>

Er signalisierte der *Enterprise*, Spock, ihn und das Sicherheitspersonal zum nächstgelegenen Durchgangsrahmen zu beamen. Auch wenn es nur wenige Sekunden dauerte, sie dort abzusetzen, für Kirk waren es die längsten seines Lebens. Sie materialisierten auf dem steinigen Boden, auf dem Chekov zuvor mit den Bordwachen gekämpft hatte. Spock wollte durch den Durchgangsrahmen stolpern, aber er war schon zu schwach, um allein zu gehen. Sein Panzer zeigte ein tiefdunkles Grün. Kirk zog die Kommunikationseinheit von seinem Panzer und signalisierte den Bordwachen, Spock zu nehmen und durch den Rahmen zu schieben. Auf der anderen Seite erblickte er verschiedene Wachen, die sich um das erste Artefakt scharten. Als Spocks Vorderzangen das Fenster berührten, schwankte die Szenerie, dann wurde das Fenster schwarz. Kirk hatte das Gefühl, es dauere eine Ewigkeit, bis das Bild zurückkehrte.

Eine medizinische Noteinheit versammelte sich um Spocks zwar mitgenommenen, aber vollständig zurückverwandelten Körper. Als Kirk McCoys ungeduldige Gesten sah, wußte er, daß es Spock sehr schlecht ging. Die Frage, die es zu beantworten galt, war die, ob der Transport ihm weiteren Schaden zugefügt hatte oder ob er nur an den Folgeerscheinungen der als Kh!lict erlebten Belastungen litt.

In der Hoffnung, daß McCoy die Antwort bald parat hatte, wandte Kirk sich der Aufgabe zu, die anderen durch den Durchgangsrahmen zu bringen. Ihm war klar, daß es weniger Probleme gab, wenn die Kh!lict nichts von der *Enterprise*-Mannschaft und ihrer technischen Ausrüstung sahen. Doch er wollte, daß die Mediziner an den Artefakten bereit standen, um eventuellen

Problemen der Rückverwandlung sofort zu begegnen und Erste Hilfe zu leisten. Trotz der langen Zeit und harten Arbeit, die er aufgewandt hatte, um alle zum zweiten Artefakt zurückzubringen, hatte er zu spät erkannt, welches Trauma der Anblick ihrer Kollegen in den Transformierten hervorrief. Kirk befürchtete, daß sie auf der anderen Seite des Fensters eine Falle vermuteten.

Der Gedanke an eine Falle wirbelte durch seinen Kopf und wiederholte sich in Dutzenden von Variationen, bevor er die mentale Schleife überhaupt wahrnahm. Irgend etwas passierte mit ihm, brachte ihn in einen geistigen Zustand, der ihn beinahe paranoid werden ließ. Kaum hatte er diesen Gedanken gedacht, als er sich auch schon entfaltete. Er hatte seinem Wirt starke Diazilyriondosen zugeführt, um ihn dazuzubringen, Dinge zu akzeptieren, die seine Programmierung normalerweise für unmöglich hielt. Der Körper entwickelte nun eine Toleranz für die Droge, und bald würde das Kh!lict-Hirn eher wahnsinnig werden als einen seiner Befehle anerkennen. Er mußte die anderen durch den Durchgangsrahmen bringen, bevor es dazu kam.

Kirk beschloß, mit den beiden Anwesenden anzufangen. In der Hoffnung, daß Chekov und Talika genügend mit Diazilyrion versetzte Nahrung aufgenommen hatten, befahl er, die beiden zu ihm zu beamen.

Chekov traf als erster ein, sein Panzer strahlte in der goldenen Farbe der Freude. <Oh, anbetungswürdige Älteste, ich danke dir für die Gnade, mich aus der verbotenen Zone zu befreien.>

<Es gibt keinen Grund, mir zu danken, Kleiner. Tritt einfach in den Durchgangsrahmen und entferne dich aus der Reichweite der bösen Macht, die dich hierher transportiert hat.> Kirk hielt seine Worte für einfach und leicht verständlich. *Wenn es so leicht ist, sind wir in einer halben Stunde alle wieder an Bord.*

<Meine Rettung zeigt, daß deine Gnade grenzenlos ist.> Chekov wirkte nicht so, als hätte er Kirks Worte verstanden. <Ich will auf ewig in deinem Schatten wandeln.>

Kirk wiederholte die Anweisung, daß er durch den Rahmen gehen solle, und setzte diesmal einfachere und besser sichtbare Farben ein. Aber Chekov verstand noch immer nicht, was er sagte. Er wankte wie betrunken über einen Pfad, den nur er sah und wiederholte seine Botschaft. Nach dem fünften Versuch sah Kirk ein, daß er wohl schon zu tief in seiner Phantasiewelt steckte, um noch erreichbar zu sein. Er fragte sich, ob er die Wachen anweisen sollte, Chekov durch das Artefakt zu werfen, gab diese Idee aber wieder auf. Solange er nicht wußte, wie es Spock ging, wollte er niemanden durch das Fenster zwingen. Er ließ Chekov umherwandern und wartete auf Talika.

Als sie materialisierte, war sie noch weiter von der Realität entfernt als Chekov. Soweit Kirk es verstand, war sie sich ihrer Umwelt und seiner Anwesenheit nicht mehr bewußt. Ihr Panzer wiederholte immer die gleichen Sequenzen, aber er konnte kaum die Hälfte entziffern. Sie hielt irgend jemandem einen Vortrag über die Vorherrschaft der Frauen, aber er wußte nicht, ob die Kh!lict- oder die Djelifanerpersönlichkeit sie steuerte. Sie huschte an ihm vorbei, als sei er gar nicht da, und schlug einen Kurs ein, der parallel zu dem Chekovs verlief.

Kirk befahl Scott frustriert, ihn zum anderen Artefakt zu beamen und alle Spuren menschlicher Aktivität rings um das Fenster zu verwischen. Er materialisierte in der Nähe der beiden überlebenden Wachen und signalisierte ihnen sofort, er hätte ein großes Nahrungslager auf der anderen Seite des Durchgangsrahmens entdeckt. Wie erwartet, erregte er ihre Aufmerksamkeit, und beide folgten ihm in Richtung Artefakt.

Der Weg war länger, als er vermutet hatte. Sie

brauchten fast eine Stunde, um in Sichtweite des Fensters zu gelangen. In der letzten halben Stunde hatte er in seinen beiden Begleitern zunehmende Nervosität gespürt, und langsam machte er sich Gedanken über seinen eigenen Zustand. Doch als sich das schwarze Rechteck am Horizont abzeichnete, nahmen seine Ängste wieder ab. Zumindest würden diese beiden bald wieder menschliche Gestalt haben.

Hundert Meter vom Durchgangsrahmen entfernt blitzte der kleinere Wachmann karmesinrot auf und sprang seinen Begleiter an. Dieser richtete sich auf, warf den Angreifer um und jagte davon. Seine Flucht führte ihn mit hoher Geschwindigkeit vom Artefakt fort, und bevor Kirk reagieren konnte, verschwand er außer Sichtweite.

Der kleinere Kh!lict fing unkontrolliert an zu zucken und trat um sich. Er prallte von einem Fels ab und stürzte auf ein nahe gelegenes ausgetrocknetes Flußbett zu.

Kirk spürte, daß die Wogen des Wahnsinns nun auch langsam in ihm aufstiegen und schleichend an seinem Verstand nagten. Es konnte nur eine Erleichterung sein, sich aufzugeben und keine Entscheidungen mehr fällen zu müssen, die mit Leben und Tod zu tun hatten oder andere in Gefahr brachten. Mit den letzten Reserven seiner geistigen Gesundheit zwang er seine Gliedmaßen zur Bewegung und stürzte sich durch das Fenster.

23

Er erwachte in einem hellen Raum. An den Wänden standen leuchtende und blinkende Geräte. Leise mechanische Stimmen säuselten ohne Unterlaß. Das müde, erschöpfte, von goldenem Haar umrahmte Gesicht einer Frau kam in sein Blickfeld. »Wie geht's Ihnen, Captain?«

Ihre Worte hätten ihm etwas bedeuten sollen, aber so war es nicht. Was wollte sie von ihm? Da er nicht antwortete, runzelte sie besorgt die Stirn. »Sind Sie in Ordnung, Captain? Können Sie mich hören?« Ihre Stimme klang nun schärfer; ein besorgter Unterton war zu hören. Sie wandte sich ab und sprach lauter, damit ein anderer, der weiter entfernt war, sie hören konnte. »Der Captain ist zwar aufgewacht, Dr. McCoy, aber nicht ansprechbar.«

Er wußte noch immer nicht, was er tun sollte, also schwieg er weiterhin. Früher oder später würde ihm jemand sagen, was von ihm erwartet wurde; dann würde er es tun. Als dann ein älteres männliches Gesicht, das noch faltiger und gezeichneter wirkte als das der Frau, aber ebenso übermüdet wirkte, in sein Blickfeld kam, war er nicht überrascht. Der Mann lächelte ihn an, was sein hartes Gesicht etwas freundlicher machte. Nach einem Moment aber trat eine Verwunderung in sein Gesicht, die ihn noch müder aussehen ließ. McCoy richtete ein kleines Gerät gegen Kirks Stirn. »Nun, Jim, wie geht's dir?«

Da man ihm noch immer nicht gesagt hatte, wie er auf die Worte reagieren solle, tat er nichts. Der Arzt führte das kleine Gerät nun über seinen ganzen Körper, wobei er besonderes Augenmerk auf seinen Kopf und sein Knie richtete. Als er das Bein bewegen wollte, stellte er fest, daß das Gelenk schmerzhaft angeschwollen war. Der Arzt schwang das Gerät ein zweites Mal über seinen Leib und hielt den Blick auf die Anzeigen über seinem Kopf gerichtet. Kirk wollte sich aufsetzen, um zu sehen, was so interessant an ihnen war, aber er war mit seltsamen breiten Streifen ans Bett gefesselt.

»Totale Amnesie.« Der Arzt klappte das kleine Gerät zu. »Hemmung der Nervenimpulse, die mit jenem Teil des Gehirns verbunden sind, die für die Erinnerungen sorgen. Christine, wie lange war er bewußtlos?«

»Er ist schon vierzehn Stunden hier, Doktor«, erwiderte die Frau. »Mr. Scott fragt jede halbe Stunde an, wann der Captain das Kommando wieder übernehmen kann.«

»Und auch Spocks Zustand ist unverändert.« McCoy seufzte. »Ich tue es zwar nicht gern, aber holen Sie den corticosynaptischen Stimulator. Wir können nicht warten, bis er von selbst aus sich herauskommt.«

»Jawohl, Doktor.« Die Absätze ihrer Stiefel klickten über den gefliesten Boden, und sie verschwand außer Sichtweite. Als sie wieder auftauchte, trug sie ein kleines schwarzes Gerät mit verschiedenen Reglern.

McCoy nahm ihr das Gerät ab und stellte einen Regler ein. Zur gleichen Zeit machte die Frau ein paar klappernde Geräusche an der Konsole hinter Kirks Bett. Sie beendeten ihre Arbeit gleichzeitig. Die Frau sah den Arzt nachdenklich an. »Unser gegenwärtiger Wissensstand rät, auf der niedrigsten Stufe anzufangen und die Intensität stundenweise langsam anzuheben, bis der Patient das Erinnerungsvermögen zurückgewonnen hat.«

»Wenn wir *Stunden* hätten, würde ich das Gerät gar nicht erst einsetzen. Ich lasse lieber der Natur ihren Lauf.«

»Einverstanden, Doktor.« Sie erzeugte erneut klikkende Geräusche. »Der Hirnscan des Captains ist auf dem Bildschirm – zusammen mit den Ergebnissen corticosynaptischer Analysen mehrerer Testobjekte mit ähnlichen Hirnwellenmustern.«

»Sie haben schwer geackert, Christine.« Die Stimme des Arztes nahm einen herzlichen, bewundernden Tonfall an. Er trat vom Bett zurück und studierte die Messungen.

»Als die ersten Testreihen abgeschlossen waren, hatte ich befürchtet, daß Sie diese Daten brauchen.« Sie zuckte die Achseln. »Außerdem hatte ich während der ganzen Nacht nichts anderes zu tun, als die Ergebnisse zu lesen.«

»Nun, es wird uns einiges an Zeit sparen.« McCoy stellte die Regler der Kontrollkonsole ein. »Vier Komma drei dürfte zwar reichen, aber ich stelle es etwas höher ein. Ich möchte lieber nicht die neurologischen Reflexe abwarten, bis ich es erneut versuchen kann.«

»Ja, Doktor.« Sie trat zurück. »Er ist bereit.«

McCoy bewegte den schwarzen Gegenstand über Kirks Stirn. In seinem Gehirn wurde es blendend hell. Alles was er je gesehen, geschmeckt, berührt oder gerochen hatte, schien ihm nochmals zu widerfahren. Er konnte die auf ihn einprasselnde Flut nicht steuern. Und dann wurde gnädigerweise alles schwarz.

Kirk erwachte mit stechendem Kopfschmerz. Das Blinken und Piepsen der Lazarettmonitoren intensivierte die Pein. *Seit wann,* fragte er sich, *setzt Pille seine Diagnosebetten zur Behandlung einfacher Kopfschmerzen ein?* Er wollte seine Beine über den Bettrand schwingen. Fixierbänder hielten ihn gefangen. »Laß mich hier raus, Pille!«

Wie auf Abruf tauchte McCoy neben dem Bett auf. »Wie geht's dir, Jim?«

»Mein Kopf tut weh, aber sonst geht's mir gut. Laß

mich endlich hier raus!« Das dringende Gefühl, daß er woanders gebraucht wurde, machte sich in ihm breit.

»Nicht so schnell.« McCoy bewegte einen Scanner über ihn hinweg und prüfte die Ergebnisse auf einem Monitor. »Was weißt du noch von den letzten Tagen?«

»Von den letzten Tagen? Sei nicht albern. Wir waren…« Seine Stimme versagte, als er sich zu erinnern versuchte, was er in den letzten zwei Tagen getan hatte. Die *Enterprise* hat eine Archäologengruppe in diesen Sektor gebracht, und sie hatten… Langsam kehrten die Details der Untersuchungen auf Careta IV in sein Gedächtnis zurück. Eine alte, bösartige Rasse, deren unerklärliche Hinterlassenschaft auch noch nach zweihunderttausend Jahren funktionierte. Er war in ein fremdes Wesen verwandelt worden. »Wie geht's Spock?«

Ein erleichtertes Lächeln huscht über McCoys Gesicht, wurde aber sofort von Ernüchterung abgelöst. »Er ist noch bewußtlos, Jim. Ich habe mich nicht getraut, zuviel mit ihm anzustellen, da ich nicht wußte, was passiert ist. Er war nach seiner Rückkehr in schlechter Verfassung.«

»Er war auch *vor* seiner Rückkehr in schlechter Verfassung. Ich nehme an, Vulkanier haben nicht die richtige Biochemie, um gute Kh!lict abzugeben.« Kirk blinzelte in das helle Licht. »Läßt du mich jetzt endlich aufstehen und gibst mir was gegen die Kopfschmerzen, Pille?«

McCoy löste die Fixierbänder und griff nach dem Injektor. Kirk setzte sich hin und rieb sich die Stirn. Die Spritze zischte, als McCoy sie gegen seinen Arm drückte. »Deine Vermutung bezüglich Spock ist wahrscheinlich richtig. Wir lassen ihn noch eine Weile ausruhen. Du warst in ziemlich guter Verfassung, wenn man von deinem Erinnerungsvermögen absieht. Wir haben den corticosynaptischen Modulator eingesetzt, um dich wieder auf die Beine zu bringen.«

»Deswegen also die Kopfschmerzen.« Kirk hievte sich auf die Beine, prüfte sein Gleichgewicht und suchte nach eventuellen Verletzungen, die er sich bei seinen Abenteuern als Kh!lict zugezogen hatte. Er fand einige Prellungen und Abschürfungen, aber nichts, was nicht innerhalb der nächsten Tage wieder heilen würde. »Was ist mit den anderen?«

»Ihr beiden seid die einzigen, die es geschafft haben. Scotty sagt, du hast alles versucht, die anderen durch das Fenster zu jagen, aber sie haben es wohl nicht kapiert und sind einfach davongerannt. Bevor wir weitere Schritte in die Wege leiteten, wollten wir zuerst von dir oder Spock hören, was los war.«

»Wie lang war ich ohnmächtig?« Er erinnerte sich daran, daß einer der transformierten Wachen von einer Klippe gestürzt war. Er wußte nicht, wie gut Kh!lict Stürze verkrafteten oder wie stark die Verletzung des Gestürzten war, aber ihm war klar, daß die Wache sofort behandelt werden mußte.

»Insgesamt sechzehn Stunden.« McCoy nagte an seiner Unterlippe. Als Kirk ihm einen finsteren Blick schenkte, fuhr er fort: »Eine Zeitlang waren deine Werte so verwirrend, daß wir Angst hatten, weitere Schritte einzuleiten. Christine meint, es liegt an der Droge, die du mit der Nahrung aufgenommen hast. Wir mußten warten, bis dein Körper sich von allein regenerierte.«

»Verstehe.« Kirk aktivierte das Interkom und rief die Brücke. Noch bevor Scott ihm gratulieren konnte, daß er wieder da war, gab er schon Befehle. »Scotty, ich brauche unsere vier stärksten Bordwachen. Sie sollen sich mit Phasern bewaffnen und sie auf starke Betäubung einstellen. Außerdem brauchen wir ein schweres Lastennetz. Sorgen Sie dafür, daß alle in zehn Minuten im Transporterraum sind. Kirk, Ende.«

Er wandte sich zu McCoy um. »Halt deine Notteams bereit. Sie sollen aber außer Sichtweite bleiben, wenn unsere Leute durchkommen. Wir spüren sie auf und schicken sie nacheinander rüber.«

»Geht's dir auch wirklich gut genug, um diesen Einsatz zu leiten, Captain?« McCoys Miene wirkte besorgt. »Die Sensoren finden sie auch ohne dich, und ich weiß nicht genau, ob du schon wieder diensttauglich bist.«

»Ich bin in Ordnung, Pille. Außerdem mache ich mir keine Sorgen um ihr Auffinden, sondern um das, was sie anstellen, um sich vor unseren Leuten zu verstecken.« Kirk lächelte McCoy an und faßte sich an den Kopf. »Im Moment bin ich der einzige, der genau weiß, wie Kh!lict sich verhalten und wie sie denken.«

McCoy wirkte zwar so, als wolle er die Diskussion fortsetzen, aber er zuckte die Achseln. »Viel Glück, Jim. Ich glaube, du wirst es brauchen.«

»Ich fürchte, du hast recht.« Kirk grinste verlegen, dann verließ er das Lazarett.

Die Morgendämmerung auf Careta IV war schlimmer, als Kirk sie in Erinnerung hatte. Ein harter, kalter Wind pfiff aus Richtung Sonnenaufgang. Er schmeckte nach Staub und Ödnis, und dies waren zwei Begriffe, die Kirk stets mit diesem Planeten in Verbindung bringen würde. Dazu kam das Rascheln des Grases, das so aussah, als bestünde es aus Überresten eines toten alten Lebewesens. Es war vielleicht ein passender Nachruf auf die Kh!lict. Seine Erfahrungen hier machten ihn froh, daß ihr Erbe so unbeständig gewesen war wie der Flug von Sandkörnern im Wind. Die Galaxis war durch den Verlust der Rassen, die sie aufgrund ihrer völkermörderischen Xenophobie ausgelöscht hatten, viel ärmer geworden. Wäre es nach ihm gegangen, hätte er den Planeten nach der Abreise der *Enterprise* zur ewigen Sperrzone erklärt – so wie die Föderation es seinerzeit mit Talos IV gemacht hatte.

Die Bordsensoren lokalisierten mit Leichtigkeit die beiden Kh!lict, die sich in der Nähe des dritten Artefakts aufhielten – über der Schlucht und dem unterirdischen Komplex. Nachdem man Talika an die Oberfläche transportiert hatte, war sie fortgewandert und versteckte sich nun in einer Erdhöhle. Chekov stellte freilich ein gefährlicheres Problem dar. Er war wieder zu der unterirdischen Stadt aufgebrochen, und da man bislang nicht in Erfahrung gebracht hatte, auf welchem Weg er beim ersten Mal in sie eingedrungen war, wußte Kirk nicht, ob man ihn diesmal einfangen konnte. Die Sensoren zeigten zwar an, daß er sich im Moment nicht bewegte, aber natürlich konnten sie nicht sagen, wie lang dies noch so blieb.

Kirk und das Sicherheitspersonal machten sich an den Abstieg und wählten ihren Weg mit großer Vorsicht über das Gestein und das überall herumliegende Geröll. Daß Chekov diesen Pfad in Gestalt eines durchgedrehten Kh!lict nicht nur ein-, sondern sogar zweimal gefunden hatte, war ein Tribut an die Hartnäckigkeit aller intelligenten Lebewesen, welche Gestalt sie auch hatten und welcher Gesellschaft sie angehörten. Kirk hatte genügend Probleme, in seiner menschlichen Gestalt dem Pfad zu folgen, aber das konnte er den Wachen, die nicht seine Erfahrung im Klettern hatten, wohl kaum auf die Nase binden.

Es dauerte fast eine Stunde, bis sie Chekov fanden. Nachdem er seinen Körper bis an die Grenze der Belastbarkeit geschunden hatte, war er vom Pfad abgewichen und über einen Erdrutsch bergauf gekrochen. An dessen Ende bildete ein kleiner Vorsprung eine Höhle, die gerade groß genug war, um ihn aufzunehmen. Die vor dem Eingang verteilten faustgroßen Steine machten ein leises Anschleichen unmöglich und trugen auch nicht zum sicheren Stehen bei, als sie den Versuch machten, ihn aus dem Loch zu ziehen.

Nachdem Kirk den Hang begutachtet hatte, stieß er ein frustriertes Seufzen aus. »Es gibt nur eine Möglichkeit, ihn da rauszuholen. Wir müssen ihn aus der Ferne betäuben und dann ins Netz ziehen. Wenigstens können wir ihn zum Artefakt beamen, also brauchen wir ihn nicht den Berg raufzuschleppen.«

Es war zwar leicht, Chekov zu betäuben, aber ihn aus der Spalte zu holen, erwies sich als erhebliche Herausforderung. Er hatte ein Versteck gefunden, das so eng war, daß es ihn wie ein zweiter Panzer umgab. Nach einer Stunde des Herumrutschens und Zerrens fanden sie endlich sicheren Halt, und es gelang ihnen, den betäubten Chekov ins Netz zu verfrachten.

»Energie!« befahl Kirk. Er war erleichtert, daß er wenigstens einen der Vermißten geborgen hatte. Sie materialisierten wenige Dutzend Meter vom Artefakt entfernt, zerrten Chekov heran und schoben den immer noch Betäubten durch das Fenster.

»Einer hin, drei im Sinn«, sagte Timmons, eine der Wachen. Seine Stimme war gespannt. Wenn Chekov ein Beispiel für das war, was sie erwartete, nahm die Aktion mehr Zeit in Anspruch, als sie erwartet hatten.

Sie liefen dreimal an Talikas Versteck vorbei, ehe Kirk den schmalen, verwachsenen Spalt in der Felswand entdeckte. Sie hätten sie längst lokalisieren müssen, aber die Tricorder zeigten seltsame Werte an, als sie den Abschnitt der Schlucht betraten, in der sie sich versteckt hatte. Vielleicht ist es ein Kh!lict-Friedhof, dachte Kirk. Er nahm sich vor, den Archäologen diese Information nicht zu geben. Auch wenn es möglicherweise die einzige Kh!lict-Fundstelle war, die man unbehelligt untersuchen konnte: Er wollte es nicht darauf anlegen. Er hatte so viel über die Kh!lict erfahren, daß es für mehrere Leben reichte.

Als sie Talika fanden, war sie bewußtlos. Trotzdem ordnete Kirk an, sie zu betäuben – für den Fall, daß sie erwachte, wenn man sie bewegte. Wenn die Tricorder schon aus der Nähe keine klaren Ergebnisse bei ihrem Aufspüren gemeldet hatten, konnten sie auch dem Transporter nicht mehr unbedingt vertrauen.

Sie aus der Höhle zu ziehen, war eine schwierige und schmutzige Aufgabe, auch nachdem sie mit den Phasern eine Rampe geschnitten hatten. Sie mußten sich unter einen Überhang ducken. Obwohl Kirk von hinten schob und zwei andere Männer sie nach vorn zogen, brauchten sie eine Viertelstunde, um sie aus der Höhle zu hieven. Timmons wischte sich die Stirn ab und hinterließ eine Schmutzspur. »Man sollte nicht glauben, wie schwer es ist, sie zu bewegen. Meine Trainingsgewichte sind schwerer als das hier.«

Die anderen nickten zustimmend. Bevor die Diskussion weiterging, wies Kirk Scott an, sie zum Artefakt zu beamen. Als Talika wieder ihre alte Gestalt hatte, machten sich Kirk und die anderen auf den Weg zum zweiten Artefakt, wo sich die beiden überlebenden Wachen aufhielten, die mit ihm durch das Artefakt gegangen waren. Das Gelände um das zweite Fenster bot eine Vielzahl guter Verstecke, aber alles schien darauf hinauszulaufen, daß sie die gleiche Jagd wie bei Chekov und Talika erwartete. Der gestürzten Wache war es gelungen, von allein aufzustehen. Sie hatte sich daraufhin ganz in der Nähe verkrochen. Da man wußte, wo die beiden letzten Vermißten waren, konnte man sie leichter retten als Chekov und Talika. Dann beamten alle durstig, müde und ausgelaugt auf die *Enterprise* zurück – die letzten Menschen, die den Planeten verließen.

»Wie lautet deine Prognose, Pille?« fragte Kirk. McCoy war noch im Transporterraum und untersuchte die letzte bewußtlose Wache.

McCoy stand auf und wies die Träger an, den Mann ins Lazarett zu bringen. »Meine Prognose ist folgende, Captain: Du brauchst eine ausgiebige Dusche, eine ordentliche Mahlzeit und mindestens achtzehn Stunden Schlaf.«

»*Das* habe ich nicht gemeint, Pille.« Die Anstrengung ließ Kirks Stimme schärfer als sonst klingen. »Was ist mit den Leuten, die wir gerade zurückgeholt haben?«

McCoy ließ kopfschüttelnd Milde walten. »Wenn sie sich ein paar Tage ausruhen, sind sie wieder in Ordnung. Auch Jacobs, der sich ein Bein gebrochen hat, kann nächste Woche wieder Dienst tun. *Du* allerdings nicht, wenn du nicht das tust, was ich gesagt habe.«

»Jawohl, Pille.« Kirk bemühte sich zwar, so scherzhaft wie möglich zu klingen, aber er wußte, daß McCoy recht hatte. Er war bis an seine Grenzen gegangen, um die Leute zu retten. Essen und Schlaf waren genau das, was ihm nun fehlte. Er ordnete an, daß niemand mehr auf den Planeten beamte, egal welche Gründe auch vorlagen. Dann ging er in sein Quartier, um die Anweisungen seines Arztes zu befolgen.

24

Fünf Tage später waren alle wieder soweit genesen, daß man das Unternehmen Careta IV besprechen konnte. Als Kirk die erschöpfte Runde im Konferenzraum musterte, zog er den Schluß, daß nach dieser Mission alle Urlaub brauchten. Spock, dessen Gesichtsfarbe noch immer etwas blasser als üblich war, saß am Bibliothekscomputer. Diesmal sagte nicht einmal Chekov ein Wort, bevor die Besprechung begann. McCoy schien von seinem Schreibstift sehr beeindruckt zu sein. Auch Dr. Kaul war anwesend. McCoy hatte ihn einer intensiven Kur unterzogen und von den bösen Nebenwirkungen des suldanischen Gases befreit. Talika und Lassiter saßen rechts und links von ihm. Sie waren ebenso schweigsam wie Chekov.

Ist es wirklich erst zwei Wochen her, seit wir uns hier getroffen und darüber diskutiert haben, wie man den Planeten am besten erkunden kann? Kirk wartete, bis alle Platz genommen hatten. Ihm schien, als sei es ein halbes Leben her. »Na schön, meine Herrschaften«, sagte er, als er annahm, daß alle bereit waren. »Wir sind hier, um zu besprechen, was mit dem Planeten und den Kh!lict-Artefakten geschehen soll. Der inoffizielle Konsens besagt, daß wir den Planeten unter Quarantäne stellen. Möchte irgend jemand dieser Sache noch etwas hinzufügen?«

Spock richtete sich auf seinem Stuhl auf. »Ich habe die Möglichkeit untersucht, die Verbindungen der Kh!lict-Technik zu ihren Energiequellen zu unterbrechen, Captain. Zur Zeit besteht wohl keine Chance, die Objekte selbst zu vernichten. Ich weiß nicht einmal, ob

Photonentorpedo-Volltreffer die Transportfenster ausschalten könnten. Die Kh!lict haben ihre Systeme so konstruiert, daß sie vor den meisten Naturgewalten und Massenvernichtungsmitteln geschützt sind.«

»Offenbar sind wir nicht die ersten, die diese Entdeckung gemacht haben. Die Störfelder, die die meisten Kh!lict-Artefakte umgeben, sind das Werk einer anderen Zivilisation, die dieses System nach dem Aussterben der Kh!lict erforscht hat.« Spock nickte Kaul zu, um dessen Worte zu bestätigen. »Unsere Analyse zeigt, daß die Meztorianer das System erforscht und die Artefakte entdeckt haben. Wir vermuten, daß sie die gleichen Probleme hatten wie wir und am Ende den Schluß zogen, daß die Fenster zu große Gefahren bergen. Wir vermuten weiterhin, daß ihre Erfahrungen sie so stark verängstigt haben, daß sie beschlossen, sämtliche Fenster entweder zu vergraben oder abzuschirmen. Die Abschirmfelder, die sie an dem Artefakt bei J3 installiert haben, tarnten einen Großteil des gesamten Transportsystems. Sie waren mit Störfeldern gekoppelt, die an den Hauptartefakten installiert waren. Sie haben in den letzten hunderttausend Jahren jeden davor bewahrt, die Kh!lict und ihre Kultur zu entdecken und zu erforschen. Es ist für beide Kulturen bemerkenswert, daß Teile ihrer Technik bis in die heutige Zeit funktionieren.«

»Ich habe bei Mr. Spocks Untersuchungen assistiert«, fügte Chekov hinzu. »Wir konnten nicht erkennen, wie diese Geräte gesteuert werden. Dazu muß man wohl im Körper ihrer Erbauer stecken. Da sich ein Großteil des Wissens dieses Volkes im Unterhirn befindet, geht das System automatisch davon aus, daß jeder Benutzer über das nötige Grundwissen verfügt. In manchen Fällen ist – wie Captain Kirk und Mr. Spock in Erfahrung gebracht haben – Sonderwissen vonnöten, das nur ins Hirn bestimmter Wesen programmiert wurde. Ohne einen über das entsprechende Wissen verfügenden

Kh!lict-Körper können wir kaum herausfinden, wie sie funktionieren.«

Talika hob eine schwere Hand, um einen Kommentar abzugeben. »Niemand wieder darf werden zu einem Kh!lict! Als ich war ein Kh!lict, ich habe geglaubt, daß ich bin Herrscherin des Universums. Fast wie Gott. Menschen weniger waren als Tiere für mich. Keinerlei Wert hatten sie, weil nicht mal Nahrung sie waren. Als ich erwachte wieder, ich stellte fest, daß die Djelifaner oft machen verächtlich andere Völker auf die gleiche Weise. Daß falsch ist dies, ich weiß nun. Wenn die Völker müssen werden schlecht, um zu studieren die Kh!lict, dann lieber niemand sollte studieren die Kh!lict.«

Lassiter nickte zustimmend und zwirbelte ihre Locken. »Es gibt etwas Böses auf diesem Planeten. Ich habe es gespürt, seit wir angekommen sind, auch wenn es mehrere Tage dauerte, es zu begreifen. Mr. Spock fand mehrere Anzeichen dieser Boshaftigkeit – in den Bildern, die den Tempel zieren. Die Kh!lict haben in jeder uns bekannten Form dominiert. Aufgrund der Bilder und Spocks Untersuchungen kamen wir zu dem Schluß, daß die Kh!lict jede Rasse ausgelöscht haben, die ihnen begegnete. Wir haben ungefähr siebenunddreißig Prozent der sogenannten verwaisten Kulturen auf Bildern identifiziert, die zeigen, wie sie ausgerottet wurden. Das wirklich Schreckliche an den Kh!lict ist, daß sie nie in Betracht zogen, daß die Rasse, die sie gerade ausrotteten, intelligent sein könne. Ihrer Weltanschauung nach waren sie allein. Dies machte alle anderen Völker zu niederen Lebewesen. Sie haben die Bilder und die Brutalität gesehen, die wir gefunden haben. Als ihre Zivilisation zusammenbrach, richtete sich ihre Brutalität gegen alles, was sie berührten. Ich kann … eigentlich … nicht genau sagen, was ich meine, aber ich bin sicher, daß das Böse sich schon in der Programmierung der Computer und allen anderen Dingen befindet, von denen sie wußten. Und da die einzige Möglichkeit, sie zu studieren, darin besteht, einer der ihren zu werden, können wir dem Bösen in ihrem Hirn auch nicht entkommen. Nicht einmal dann, wenn wir uns darauf konzentrieren, nur das Gute zu suchen.«

»Ich protestiere.« Kauls Miene wirkte ärgerlich. »Wir haben hier die Entdeckung unseres Lebens gemacht – und Sie wollen sie für immer begraben! Die Wissenschaft verdient die Chance, die Artefakte zu untersuchen, um zu sehen, was die Kh!lict uns zu bieten haben.«

Kirk blickte in die Runde und erkannte, daß allen Anwesenden eine passende Antwort auf Kauls Einwand auf der Zunge lag. *Er will nur seinen Namen in den Geschichtsbüchern lesen,* hörte Kirk die anderen denken. *Er will den Ruhm, den er mit einer solchen Entdeckung einheimsen kann.* Er schüttelte den Kopf, um den Gedanken wieder loszuwerden. Kauls Einwand, egal wie er klang, war sicherlich korrekt. »Im Prinzip stimme ich Dr. Kaul zu, wenn es darum geht, jede Entdeckung zu erforschen und zu untersuchen. Doch in diesem Fall sehe ich keine Möglichkeit, die Kh!lict-Kultur von außen zu erforschen.«

Spock schaute vom Computerschirm auf. »Dr. Lassiter und ich haben uns einige Zeit mit diesem Problem beschäftigt, Captain. Wir sind sicher, daß es unmöglich ist, Zugriff zu den Kh!lict-Computern zu bekommen, wenn man die dazu nötige Sprache nicht kennt. Und da man die Sprache nur erlernen kann, wenn man sich das nötige Wissen von Computern implantieren läßt …« Er breitete die Arme aus. »… muß jeder Wissenschaftler zu einem Kh!lict werden, um diese Gesellschaft zu erforschen.«

Kirk nickte. »Wenn man bedenkt, daß das Kh!lict-Hirn kaum in der Lage ist, fremdes Leben zu akzeptieren, ist die Katastrophe vorprogrammiert. Niemand von uns konnte seine Persönlichkeit die ganze Zeit über steuern, und wir haben keinen Grund zu der Annahme, daß es anderen anders ergehen wird. Das Unterhirn eines Kh!lict zu steuern, ist eine Tortur, die ich nicht weiterempfehlen kann.«

»Vergessen Sie nicht etwas, Captain? Sie vergessen wohl, welche Nebenwirkungen es hat, wenn sich ein Mensch in ein solches Wesen verwandelt.« McCoy schob das Kinn vor, wie immer, wenn er sich anschickte, ein Argument vorzutragen. »Ich hatte das Vergnügen, die meisten von Ihnen nach diesem kleinen Abenteuer wieder zusammenzusetzen. Spock und Sie haben es zwar relativ gut überstanden, aber für alle anderen ist es nach wie vor sehr problematisch, das geistige Gleichgewicht wiederzufinden. Das Problem besteht darin, daß ich nicht weiß, ob ich ihnen helfen soll, alle Erinnerungen zurückzubekommen, denn ich weiß, was manche erlebt und getan haben. Ich könnte diese Erinnerungen auch so tief vergraben, daß sie nie wieder an die Oberfläche kommen. Ich halte zwei von acht nicht für einen guten Schnitt. Vor allem, wenn zwei weitere dabei den Tod gefunden haben. Falls also jemand auf die Idee kommen sollte, ein Kh!lict zu werden… Ich weiß nicht mal, wie gut er es übersteht – oder ob er es überhaupt übersteht! Es ist zu riskant, damit herumzuexperimentieren. Dies ist meine offizielle medizinische Meinung.«

Kirk blickte in die Runde. Außer Kaul bedachten alle McCoys weise Worte mit einem zustimmenden Nicken. Er machte sich die geistige Notiz, den Arzt anzuweisen, alle Transformierten genau zu beobachten, und ganz besonders Chekov. Doch solange sich Chekovs Erinnerungen an das, was er als Kh!lict getan hatte, nicht zusammenhängend zeigten, war es wohl besser, dieses Thema nicht weiter zu diskutieren.

»Das war's also. Unsere offizielle Empfehlung lautet, Careta IV unter Quarantäne zu stellen und jede Untersuchung der planetaren Oberfläche zu unterbinden.«

»Ich protestiere!« Kaul sprang auf und schlug mit beiden Händen auf den Tisch. »Ich protestiere aufs schärfste gegen die Weigerung, einen Fund dieser Wichtigkeit zu untersuchen!«

Kirk erhob sich langsam von seinem Stuhl. Er setzte seine Größe ein, um den kleineren Mann einzuschüchtern, und maß ihn mit einem stählernen Blick. »Wir waren auf diesem Planeten – *Sie* jedoch nicht. Dies ist der Beschluß jener, die die Kh!lict-Kultur aus erster Hand kennen, Ihre eigenen Leute mit einbezogen. Wir haben mehr Erfahrungen mit dieser Zivilisation gemacht, als für die geistige Stabilität eines jeden gut ist. Die Kh!lict und ihre Technik sind zu gefährlich, als daß wir damit herumspielen dürften. Wir lassen nicht zu, daß in der Galaxis wieder irgendeiner ihrer schrecklichen Völkermorde stattfindet. Ich werde Ihren Einwand zwar in meinem offiziellem Bericht vermerken, Dr. Kaul, aber die Quarantäneempfehlung steht. Die Besprechung ist beendet.«

Bevor Kaul sich faßte und die Diskussion fortsetzen konnte, eilte Kirk hinaus. Die Brücke wirkte nach dem Experiment auf dem Planeten wunderbar friedlich, sauber und aufgeräumt. Er nahm in den vertrauten Konturen des Kommandosessels Platz, um den Befehl zu geben, auf den die ganze Besatzung schon seit fünf Tagen wartete. Unterdrückter Jubel brandete auf, als er ihn endlich aussprach.

»Bringen Sie uns hier raus, Mr. Sulu. Warpfaktor zwei.«

STAR TREK™

in der Reihe
HEYNE SCIENCE FICTION & FANTASY

STAR TREK: CLASSIC SERIE

Vonda N. McIntyre, Star Trek II: Der Zorn des Khan · 06/3971
Vonda N. McIntyre, Der Entropie-Effekt · 06/3988
Robert E. Vardeman, Das Klingonen-Gambit · 06/4035
Lee Correy, Hort des Lebens · 06/4083
Vonda N. McIntyre, Star Trek III: Auf der Suche nach Mr. Spock · 06/4181
S. M. Murdock, Das Netz der Romulaner · 06/4209
Sonni Cooper, Schwarzes Feuer · 06/4270
Robert E. Vardeman, Meuterei auf der Enterprise · 06/4285
Howard Weinstein, Die Macht der Krone · 06/4342
Sondra Marshak & Myrna Culbreath, Das Prometheus-Projekt · 06/4379
Sondra Marshak & Myrna Culbreath, Tödliches Dreieck · 06/4411
A. C. Crispin, Sohn der Vergangenheit · 06/4431
Diane Duane, Der verwundete Himmel · 06/4458
David Dvorkin, Die Trellisane-Konfrontation · 06/4474
Vonda N. McIntyre, Star Trek IV: Zurück in die Gegenwart · 06/4486
Greg Bear, Corona · 06/4499
John M. Ford, Der letzte Schachzug · 06/4528
Diane Duane, Der Feind – mein Verbündeter · 06/4535
Melinda Snodgrass, Die Tränen der Sänger · 06/4551
Jean Lorrah, Mord an der Vulkan Akademie · 06/4568
Janet Kagan, Uhuras Lied · 06/4605
Laurence Yep, Herr der Schatten · 06/4627
Barbara Hambly, Ishmael · 06/4662
J. M. Dillard, Star Trek V: Am Rande des Universums · 06/4682
Della van Hise, Zeit zu töten · 06/4698
Margaret Wander Bonanno, Geiseln für den Frieden · 06/4724
Majliss Larson, Das Faustpfand der Klingonen · 06/4741
J. M. Dillard, Bewußtseinsschatten · 06/4762
Brad Ferguson, Krise auf Centaurus · 06/4776
Diane Carey, Das Schlachtschiff · 06/4804
J. M. Dillard, Dämonen · 06/4819
Diane Duane, Spocks Welt · 06/4830
Diane Carey, Der Verräter · 06/4848
Gene DeWeese, Zwischen den Fronten · 06/4862
J. M. Dillard, Die verlorenen Jahre · 06/4869
Howard Weinstein, Akkalla · 06/4879
Carmen Carter, McCoys Träume · 06/4898
Diane Duane & Peter Norwood, Die Romulaner · 06/4907
John M. Ford, Was kostet dieser Planet? · 06/4922

STAR TREK™

J. M. Dillard, Blutdurst · 06/4929
Gene Roddenberry, Star Trek (I): Der Film · 06/4942
J. M. Dillard, Star Trek VI: Das unentdeckte Land · 06/4943
David Dvorkin, Die Zeitfalle · 06/4996
Barbara Paul, Das Drei-Minuten-Universum · 06/5005
Judith & Garfield Reeves-Stevens, Das Zentralgehirn · 06/5015
Gene DeWeese, Nexus · 06/5019
D. C. Fontana, Vulkans Ruhm · 06/5043
Judith & Garfield Reeves-Stevens, Die erste Direktive · 06/5051
Michael Jan Friedman, Das Doppelgänger-Komplott · 06/5067
Judy Klass, Der Boacozwischenfall · 06/5086
Julia Ecklar, Kobayashi Maru · 06/5103
Peter Norwood, Angriff auf Dekkanar · 06/5147
Carolyn Clowes, Das Pandora-Prinzip · 06/5167
Diana Duane, Die Befehle des Doktors · 06/5247
V. E. Mitchell, Der unsichtbare Gegner · 06/5248
Dana Kramer-Rolls, Der Prüfstein ihrer Vergangenheit · 06/5273
Michael Jan Friedman, Schatten auf der Sonne · 06/5179
Barbara Hambly, Der Kampf ums nackte Überleben · 06/5334
Brad Ferguson, Eine Flagge voller Sterne · 06/5349
Gene DeWeese, Die Kolonie der Abtrünnigen · 06/5375
Michael Jan Friedman, Späte Rache · 06/5412
Peter David, Der Riß im Kontinuum · 06/5464
Michael Jan Friedman, Gesichter aus Feuer · 06/5465
Peter David/Michael Jan Friedman/Robert Greenberger, Die Enterbten · 06/5466
L. A. Graf, Die Eisfalle · 06/5467
John Vornholt, Zuflucht · 06/5468
L. A. Graf, Der Saboteur · 06/5469
Melissa Crandall, Die Geisterstation · 06/5470
Mel Gilden, Die Raumschiff-Falle · 06/5471

STAR TREK: THE NEXT GENERATION
David Gerrold, Mission Farpoint · 06/4589
Gene DeWeese, Die Friedenswächter · 06/4646
Carmen Carter, Die Kinder von Hamlin · 06/4685
Jean Lorrah, Überlebende · 06/4705
Peter David, Planet der Waffen · 06/4733
Diane Carey, Gespensterschiff · 06/4757
Howard Weinstein, Macht Hunger · 06/4771
John Vornholt, Masken · 06/4787
David & Daniel Dvorkin, Die Ehre des Captain · 06/4793
Michael Jan Friedman, Ein Ruf in die Dunkelheit · 06/4814
Peter David, Eine Hölle namens Paradies · 06/4837

STAR TREK™

STAR TREK: STARFLEET KADETTEN
John Vornholt, Generationen · 06/6501
Peter David, Worfs erstes Abenteuer · 06/6502
Peter David, Mission auf Dantar · 06/6503
Peter David, Überleben · 06/6504
Brad Strickland, Das Sternengespenst · 06/6505
Brad Strickland, In den Wüsten von Bajor · 06/6506
John Peel, Freiheitskämpfer · 06/6507
Mel Gilden & Ted Pedersen, Das Schoßtierchen · 06/6508
John Vornholt, Erobert die Flagge! · 06/6509
V. E. Mitchell, Die Atlantis Station · 06/6510
Michael Jan Friedman, Die verschwundene Besatzung · 06/6511
Michael Jan Friedman, Das Echsenvolk · 06/6512
Diane G. Gallagher, Arcade · 06/6513
John Peel, Ein Trip durch das Wurmloch · 06/6514

STAR TREK: VOYAGER
L. A. Graf, Der Beschützer · 06/5401
Peter David, Die Flucht · 06/5402
Nathan Archer, Ragnarök · 06/5403
Susan Wright, Verletzungen · 06/5404
John Betancourt, Der Arbuk-Zwischenfall · 06/5405

DAS STAR TREK-UNIVERSUM, 2 Bde.,
überarbeitete und aktualisierte Neuausgabe!
von *Ralph Sander* · 06/5150

DAS STAR TREK-UNIVERSUM, Ergänzungsband
von *Ralph Sander* · 06/5151

William Shatner/Chris Kreski, Star Trek Erinnerungen · 06/5188
William Shatner/Chris Kreski, Star Trek Erinnerungen: Die Filme · 06/5450

Phil Farrand, Cap'n Beckmessers Führer durch
STAR TREK – DIE NÄCHSTE GENERATION · 06/5199
Phil Farrand, Cap'n Beckmessers Führer durch
STAR TREK – DIE CLASSIC SERIE · 06/5451

Ralph Sander, Star Trek Timer 1997 · 06/1997

Diese Liste ist eine Bibliographie erschienener Titel
KEIN VERZEICHNIS LIEFERBARER BÜCHER!

Schwarzes Loch
Zukunft
Science Fiction Tage
im ORF Dornbirn
Was? Schlaglichter auf eine
schlecht verstandene Literatur:
Lesungen, Vorträge,
Diskussionen, Hörspiele ...
Wo? ORF Radio Vorarlberg,
Dornbirn, Österreich
Wann? 9. bis 11. Mai 1997